http://www.bbulmedia.com

SpecTator

스펙테이터

스펙테이터

1판 1쇄 찍음 2014년 7월 31일
1판 1쇄 펴냄 2014년 8월 5일

지은이 | 약먹은인삼
펴낸이 | 정 필
펴낸곳 | 도서출판 **뿔미디어**

편집장 | 이재권
기획 · 편집 | 주종숙

출판등록 | 2002년 9월 11일 (제1081-1-132호)
주소 | 경기도 부천시 원미구 상동로 117번길 49(상동) 503호 (우)420-861
전화 | 032)651-6513 / 팩스 032)651-6094
E-mail | bbulmedia@hanmail.net
홈페이지 | http://bbulmedia.com

값 8,000원

ISBN 979-11-315-3397-0 04810
ISBN 979-11-315-0000-2 04810 (세트)

BBULMEDIA FANTASY STORY

SperTator

스펙테이터

약먹은인삼 퓨전 판타지 소설

6

Contents

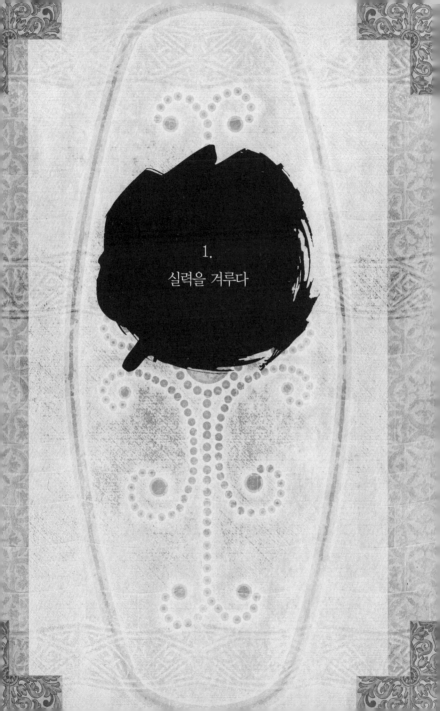

1.

실력을 겨루다

화기애애했던 분위기가 침울해지는 것은 그야말로 순간이었다.

"아들내미가 격이 딸려서지?"

못난 아들을 향한 부모의 안타까움. 주영순은 이용택 관장을 보았다.

"어떻게…… 안 될까요?"

"자칫 동길이가 죽습니다."

"나나 마누라처럼 좀 안 되겠나?"

"불구로 만들 각오가 돼 있다면."

강하성 소장 역시 거들었으나 바늘 하나 들어갈 틈이 보이지 않았다. 이용택 관장의 기세는 '그만큼 어렵다.' 가 아니라 '부탁하면 반드시 불구로 만들어 버리마.' 로 들릴 만큼 단호했다.

부부는 나와 동길, 한나를 번갈아 보았다. 이윽고 냉장고에서 소주 한 병을 꺼냈다. 물컵에 따르고 벌컥벌컥 마시는 주영순. 강하성 소장이 소갈비를 아내의 입에 넣었다.

잘근잘근 씹는 모습이 참으로 닮은 부부였다. 하지만 아쉬움으로 속상해하던 그들의 암울함은 이용택 관장의 손 틈새로 평화의 불씨가 비추는 순간 눈 녹듯이 사라져 버렸다.

"하는 수 없지, 뭐."

눈 깜빡할 사이에 그들은 처음의 흥겨움을 되찾았다. 스킬 효과에 따라 받아들이고 수용하게 된 것. 새삼 격의 힘과 무서움을 실감했다.

"보기는 하되 부를 수는 없다면 도깨비같이 되는 거네? 근데 용택아, 너도 그렇단 말이지?"

"어."

"거 대답 간결해서 좋다."

답하며 손가락을 꼽는 그의 모습이 광대처럼 보이는 것은 내 착각일까.

"어디 보자, 분명히 처음부터 이러지는 않았단 말이야. 상현이는 Z&F 다녀오면서 저리됐고 너는 도장 정리할 때까지는 아니었고 술 마실 때도 아니었으면~ 옳지. 숨법 개량했다는 그때구만! 여태 방콕하다가 오래간만에 나간 김에 도깨비 된 것도 알았고?"

끄덕.

"숨법이면 모든 무공을 죄다 복원할 수 있다더니만, 과연 좋구나. 역량인지 격인지 하는 것도 단번에 치솟고……!"

그 순간, 무슨 생각을 했는지 강하성 소장이 음흉맞게 웃었다.

"격이 높아진다는 건, 그 뭐야…… 환골탈태라도 하는 거냐?

재처럼 쑥쑥 자라거나 몸이 그냥 껴 맞춰지고 그래?"

"상현이는 그런 것 같은데 나는 별다른 변화가 없었다."

"하긴, 너야 타고난 게 그러니까 더 바뀔 게 없었나 보다."

와드득.

나는 그들이 대화하는 사이 찌개의 게와 생선뼈 따위를 통째로 씹어 먹었다. 잠깐 사이에 갈비 접시와 끓던 찌개 냄비가 싹 비워지고 나물무침이 한 젓가락에 바닥을 보였다.

퍼 넣는다는 게 딱 알맞은 식사 속도다.

"쟤는 환골탈태 부작용이냐?"

"세상에!"

"맛은 보고 있는 거예요?"

강하성 소장이 혀를 내둘렀다.

"너 먹는 거 보니 싸는 것도 무지하게 쌀 거…… 악!"

식탁에서 화장실 얘기하다 아내에게 옆구리를 꼬집혔다.

잠깐 사이 식탁 전체를 깨끗하게 비운 나는 물 대접으로 입가심했다.

"부를 수 없는 자는 어디에서나 어울릴 수 있지만, 누구도 기억하지 못하게 됩니다. 카리스마도 더욱 대단해져서 말만 하면 누구나 의심 없이, 아무런 조건 없이 순종하게 되지요."

나는 '저쪽에서 게임 중인 동길이처럼.' 의 뒷말을 덧붙였으나 처음 씁쓸해했던 소장 내외는 평화의 불씨 속에서 마음의 평정을 이룬 상태였다.

그들에게 작은 욕심은 봄날 눈 녹아내리듯 사라지고 없었다.

"또한, 격을 갖춘 자를 만난다 해도 그들은 본능적으로 두려워

합니다. 얼마 전에 다녀온 Z&F의 신진권 사장과 new century의 개발자가 그랬어요. 지금 말씀드리는 내용도 그들에게서 얻은 겁니다."

이에 웃노라니 한나가 빤히 나를 보았다.

"외로운 거 아니에요?"

"글쎄. 부모님께서 돌아가시지 않았다면, 죽마고우랄 만한 친구가 있었다면 그랬을 거 같아. 내가 완전히 잊힌다는 거니까. 하지만 나를 기억해 줬으면 하는 사람들 지금 여기에 있고 또 동격이자 같은 길을 가고 있는 관장님도 계시니까 전혀 외롭지 않아."

잠시 그런 마음이 들기는 했었다. 그러나 옛 아내가 살아가는 모습. 그리고 기억을 반추하며 돌아본 삶의 흔적이 내게 말했다. 지금의 인연과 앞으로 만들어 갈 인연만으로도 나는 만족할 수 있노라고.

소녀의 눈망울이 촉촉하게 젖었다. 안타까움이 물씬 묻어나는 모습.

전에 없는 표정으로 평화의 불씨에 집중하고 있는 이용택 관장을 제외한 그들의 모습에 나는 손사래를 치며 음식과 이사로 화제를 전환했다.

❈   ❈   ❈

말끔하게 비운 식탁.

'그걸 다 먹었어!' 하며 입을 떡 벌린 시선을 뒤로한 채 후식을 함께했다.

"그럼 상현 군은 이제부터 무얼 할 생각이야?"

각자에게 식혜를 한 컵씩, 내게는 한 대접을 준 정혜란의 물음이다.

"여행하고 게임하며 느긋하게 쉬려고요."

현실을 위한 대책. 부와 권력을 누리지만 말고 사회를 위해 사용할 방안도 물론 생각해 두었다. 그러나 이 자리에서 그녀들에게 시시콜콜 말하는 것은 어울리지 않는 일.

꿀꺽꿀꺽…….

대접째 마시는 식혜는 설탕보다 엿기름이 많이 들어가 아주 맛있었다. 예전 처음 간 콘서트에서 음률의 향연을 만끽했던 것처럼 요리 스킬 덕에 음식의 맛을 제대로 알았다.

'식도락이나 음악 여행도 괜찮겠어.'

아는 것이 적으면 사랑하는 것도 적노라고 레오나르도 다빈치가 말했다. 비로소 자유로워졌으니 구애받지 않고 누리는 것 역시 좋을 것이다. 앎을 충족시키며 삶을 더욱 풍요롭게.

사진을 찍는 것도 좋으리라. 추억과 기억을 그렇게나마 간직하면 먼 훗날 함께할 이와 기쁘게 나눌 수 있을 것이다.

"한나나 동길이가 방학하면 함께 가는 건 어떨까요? 주말도 괜찮고요."

가까운 이들부터 챙기고자 물으니 강하성 소장이 대번에 반겼다.

"우리 젊은 갑부가 쓴다면 나야 만사 OK지. 몸만 가면 되는 거 맞지?"

"네."

"따봉! 몰디브도 되냐?"

나도 가 본 적은 없지만, 신진권으로부터 전용기를 빌리면 언제든지 가능할 것이다. 그쯤 주영순이 물었다.

"상현아, 저게 뭐니? 용택 씨가 아까부터 자꾸 저 불만 만지고 있던데."

"이이가 이렇게 몰입하는 건 나도 처음 봐요."

이용택 관장은 왼손으로 평화의 불씨를 쥐고 오른손으로 비슷한 불꽃을 만들어 내고 있었다. 혈력과 기력, 마력이 뭉치고 흩어지며 이글거리다가 하얗게 타오르는 등의 각종 불꽃이 차례로 모습을 보였다. 하지만 어디에도 평화의 불씨가 보이는 평온함은 전해지지 않았다.

"관장님의 숨법과 비슷한 건데 몸과 마음을 평화롭게 해 주는 불씨입니다. 아늑한 분위기에는 아주 그만이죠."

폭력적일 만큼 강제로 아늑하게 만들지만 말이다.

"저 녀석, 네 기술 훔치는 중이었군! 그나저나 용택이가 저리 고생하는 건 나도 머리털 나고는 처음인데, 저게 그거냐?"

술자리에서 강하성 소장이 한 말을 떠올렸다. 확실히 '사람이 쓸 수 있지만, 인류가 사용한 바 없는 무술'과 스킬의 극의는 일맥상통하는 것 같았다.

"아마도요."

"그 되지도 않는 소리를 제꺽 만들어 내는 놈이나 그걸 단숨에 베끼려 드는 저 녀석이나 똑같다, 똑같아."

혀를 차던 그가 아내에게 속삭였다.

"쟤가 이상한 거지 우리 아들이 못난 게 아니야. 미련 접자고."

"어휴."

게임하는 아들을 보며 한숨을 내쉬는 모습. 이용택 관장의 말에도 어떻게든 숨법을 가르쳐 볼 요량이었던 듯했다. 나는 그들의 자식 사랑에 미소가 지어지는 한편으로 가슴이 서늘해졌다.

'사랑하는 아들의 성장을 위해 이용택 관장의 당부를 어길 생각을 했다?'

내가 아는 이용택 관장은 친구의 아들이 잘못되었다 해도 맹세를 어길 이가 아니다. 더군다나 충분히 경고하고 주지시켰음에도 부탁한다면 재고의 여지도 없을 터. 그는 내뱉은 말을 천금같이 지키는 사람이다. 일반적이지 못한 매우 특별한 사람이었다.

반면, 강하성 소장은 보통 사람이다. 만에 하나 잘못된다 쳐도 절친한 친구가 들어줄 것이라는 기대. 혹은 아들의 의지를 단련하여 충분히 극복할 수 있노라는 기대.

충분히 가질 수 있다.

그뿐만 아니라.

'한나와 동길이.'

아무리 넉살이 좋다고는 해도 장인이니 장모니 말하며 행동하는 모양새가 하루 이틀 해 온 것이 아니었다. 그토록 좋아하는 아들이 한나보다 수준이 떨어져서 그렇다면?

나는 얼간이가 아니다. 비록 가장으로서 실패는 했지만, 소녀가 보이는 호감, 순수한 표현을 읽지 못할 정도로 둔하지는 않았다.

이를 참작하여 만약, 만에 하나로 '나'라는 굴러 온 돌이 아들의 첫사랑을 깨뜨린다면, 그를 충당할 방법인 숨법을 확실하게 알고 있노라면 어떻게 행동할까.

'……륜의 정체를 알려 줬어야 했나.'

욕심이 있다면 유혹에 빠지기 마련이다. 주의하라고 하여 미연에 방지했어야 했나 싶기도 하다. 그러나 숨법조차 수단으로 쓸 가능성이 있다면, 륜에 대해 경고한다손 쳐도 그 현혹에 빠지지 않는다는 보장 역시 없다.

회귀 직후부터 오늘에 이르기까지 너무 의심하고 조심해서 생긴 내 망상일까.

하지만 냉정하게 유지되는 나의 이성이 거듭 알렸다. 단순히 억측으로 치부하기에는 너무나도 현실성 있는 추론이라고.

"관장님."

스킬을 취소하며 그를 불렀다.

"미안하군. 흥미로운 불이라서 정신없이 빠져들었어."

"그렇죠? 그럼 한 수 부탁해도 될까요?"

"기대했던 바다."

흔쾌히 승낙한 그가 몸을 일으키자 식탁에 앉아 있던 모두가 호기심을 가득 보였다. 구경하려는 것이다. 하지만 대련하자 한 이유가 둘이 대화할 장소가 필요해서이니 저들을 달고 갈 수는 없었다.

"위험하니 여기서 기다려 주세요."

"왜?"

"근처에서 했다가는 아파트 무너질지도 모릅니다. 지난번처럼 가볍게가 아닌 제대로 해 볼 생각이거든요. 소장님은 이해하시죠?"

공항을 반파시키고 건물 몇 채를 주저앉히는 두 명이 부딪치는 상황.

"에이, 괴물들 같으니. 그래, 놀다 와라."

"살살 하고 오세요."

그때 한나가 이용택 관장의 손을 잡았다.

"저도 안 돼요?"

"되고말고. 아빤 우리 딸을 약하게 키우지 않았단다. 함께 가자꾸나."

해맑게 웃은 그녀가 이용택 관장의 뺨에 입을 맞췄다. 쪽 소리가 나니 메마른 그의 웃음에 생기가 감돌았다.

가만히 두었다가는 정혜란마저 따라올까 싶어진 나는 당장 창을 열고 베란다에서 훌쩍 뛰어올랐다. 아파트 16층에서 풍류로 몸을 가볍게 하고 환혼력으로 얇은 발판을 만들어 흐르는 물처럼 움직였다.

허공을 내달렸다. 옥상에서 옥상으로 넘어가 아파트 단지를 단숨에 벗어났다. 힐끗 돌아보자 놀랍게도 나와 똑같은 풍류보와 유수행을 사용하는 이용택 관장이 보였다.

"타클라마칸에서 너도 이 걸음을 보았구나."

"이것도 요령이었나요?"

"숨법을 개량하기 전에는 요령이었지."

어느새 따라온 그의 품에서 한나는 이용택 관장의 등으로 대범하게도 자리를 옮겼다. 귓전을 두드리는 파공성. 안전띠도 없이 번쩍 치솟았다가 훅 가라앉는데도 기뻐 즐거워하는 소녀의 모습에 이제는 헛웃음만 나왔다.

"지금은 비전이라기에 손색이 없지만 말이다. 네 불을 보니 이런 요령에 휘둘리지 않을 거라는 확신이 들더구나."

비전과 대척점을 이루는 극의. 평화의 불씨를 본 이용택 관장은 많은 생각을 한 듯했다.

"여유가 생겼다 했지? 함께 여행하자. 돌아보지 못한 것들도 찾고, 참고할 만한 요령도 추천해 주마. 네게 보여 주고 싶은 것이 많다."

"유적들은 이제 어디에도 없습니다. 신진권이 모조리 모아 두고 연구하고 있어서 건물째 붕괴시켰거든요."

"저런."

심히 안타까워하던 이용택 관장이 미안해하는 나를 외려 위로했다.

"그런 놈이 갖는 것보다는 낫지. 잘했다. 잠시 숙인 것처럼 보여도 언제고 뒤를 칠 놈이니 여지를 남기지 않은 것이 백배 나아."

그때 한나가 얼굴을 내밀었다.

"저기, 어디까지 가요?"

"이쯤이면 아무도 없겠지?"

"불빛조차 없는걸요."

캄캄한 산허리에서 나는 펜던트를 만졌다. 곧 국내 지도가 떠오르고 서서히 시점이 내려앉으며 현재의 위치를 정확히 알려 주었다.

지금 있는 곳은 수락산이었다.

한때.

사람은 길 있는 곳으로만 다닌다 생각했다.

어두우면 가려지고 눈 덮이면 하얗게 변하는 풍경처럼, 눈에서 가려지고 알지 못하면 없는 것과 마찬가지라 여겼었다.

휘황찬란하고 혼잡한 명동, 인사동의 거리도 고작 상가가 밀집된 몇몇 길만 그러할 뿐 조금만 벗어나면 한가롭듯이 가로등과 가로수 심은 인도를 벗어나면 다른 곳. 불안한 다른 시계(視界)가 펼쳐진다 걱정했다. 그 때문에 눈에 차는 것과 안정적이며 안전한 것만 보고 그곳에 머무르고자 노력했다.

'그리고 실패한 가장이 됐지.'

그때는 알기만 했다.

날이 밝고 따사로운 햇살이 비추면 어둠은 걷히고 쌓인 눈은 녹아내린다는 것. 설피 가려진 것은 언젠가 그 속살을 내비치며 덮어 둔 허물만큼 안은 썩은 상태라는 사실을.

눈 덮인 세상에 마음이 가 있다면 질척질척하고 잎사귀 썩어 가는 땅은 추한 진실로 와 닿는다. 반면, 어둠을 어둠으로, 하얀 눈을 풍경으로 인식한다면 이 모두가 사실에 불과하다.

그때는 보고 싶은 것만 보았다.

일탈은 곧 일상이다.

익숙하지 않을 뿐 새로운 것은 없었다. 지금의 어둠과 고요함도 감각의 소산일 뿐 결국 나의 행보는 흔적을 고스란히 남기고 누군가에게 읽힌다.

한때, 그것이 두려웠다.

지금은 개의치 않는다.

⊠　　　⊠　　　⊠

살갗에 닿는 흙의 감촉은 매우 부드러웠다. 뾰족한 돌과 나뭇
가지보다 단단한 피부 덕분에 마음껏 누릴 수 있는 호사다.

"조용하구나."

폴짝 뛰어내린 한나의 머리를 쓰다듬는 이용택 관장.

나 역시 한손 거들었다.

"편히 구경하렴."

그녀에게 야영 스킬을 사용했다.

초승달 어스름한 산속에서 아늑한 오로라가 쏟아졌다.

"이건 뭐예요?"

"보호막 같은 거야."

머리맡에서 살랑살랑 내려앉아 담요처럼 따뜻하게 몸을 휘감은
야영 스킬의 효과는 내가 익히 경험한 바.

"어느 정도는 보호해 주겠지만, 몸조심하고."

"네."

토끼처럼 눈을 동그랗게 뜬 소녀의 옆에서 이용택 관장 역시
오로라를 눈여겨보았다.

"비슷한데 참으로 다르군. 같은 스킬을 사용해도 사용자의 격
에 따라 이런 차이를 보이는 건가?"

일그러진 륜이 절대적인 효용을 발휘하는 new century와

기본 스킬이 법칙과도 같은 현실의 관계는 아직 알아 가야 할 부분이다.

그러나 이 정도 대답은 할 수 있었다.

"조금은 영향이 있겠지만, 스킬 자체도 격이 있었습니다. 예를 들면 야영 스킬의 극의인 평화의 불씨지요."

"극의?"

"스킬이 극에 달하면 얻게 되는 특수 스킬입니다. 깨달음의 결과와도 같죠."

이용택 관장은 주의 깊게 생각하더니만 고개를 저었다.

"깨달음이라는 것도 신진권이 알려 주던가?"

"아니요. 제가 얻은 겁니다."

"그렇다면 극의와 비전에는 차이가 있는 거로군."

한나가 대화에 동참했다.

"그게 무슨 말이에요?"

"new century에서 요령을 쓴 적 있지?"

한나가 빠르게 세 번, 고개를 위아래로 끄덕였다. 두 부녀가 현실의 무공을 게임 속에서 사용했을 때의 이야기였다.

"상현이가 말한 극의라는 건 new century의 NPC들만 쓸 수 있는 거고 아빠가 알려 준 요령들은 NPC들이 절대 쓸 수 없다는 말이란다."

"그래서 스킬 등록이 안 된 거구나."

그녀가 손뼉을 쳤다.

"그럼 체감도를 1로 하면 요령들도 제대로 쓸 수 있겠네요?"

"아니지. 의식부터 모든 감각을 일치해야 요령을 쓸 수 있는데 그 둔한 상태로는 불가능하다. 천만분의 일로 성공한다손 쳐도 99%만 발휘될 테고."

"하지만 아빠는 언제나 되죠?"

끄덕.

"그럼 저도 될 거예요."

"물론."

다부지게 말하는 한나에게 용기를 북돋아 주는 이용택 관장이었다. 언제 어디서나 무표정에 메마른 미소만 보이는 그가 아내와 딸의 앞에서만큼은 자상하며 듬직한 아버지의 모습을 여과 없이 보였다.

나는 조용히 자리를 옮기며 조금 전의 대화를 귀담았다. 현실의 비전이 체감도만큼 효과를 잃는 new century의 세계. 반대로 일반 스킬은 가능하되 극의는 구현 불가능한 현실 세계.

'둘 모두가 가능한 나.'

그리고 시간 회귀. 일그러진 륜.

이 모두를 관통하는 단어는 '격'이었다.

그런데 문득 의문이 들었다. 그는 왜 현실에서 극의가 없다고 자신한 걸까?

"극의에 대해 어떻게 확언하신 건가요?"

"앎이 곧 현실이듯 깨달음이란 환상이니까."

"예?"

대체 무슨 말일까?

이용택 관장은 예의 마른 웃음을 보이며 다른 소매를 마저 걷었다.

"깨달음은 자기 합리화에 불과한 어리석음일 뿐이다. 너도 알다시피 비전이 기본에 숨겨져 있다거나 일상에 진리가 잠들어 있다는 건 모두 헛된 자위에 불과하지. 세상에 감춰진 것은 없다. 단, 바로 보지 못하는 사람만 있을 뿐."

그의 말을 듣노라니 새삼 떠오르는 기억이 있었다. 마력 실드를 사용하며 '한 번 보았으니까.' 라고 답하던 모습.

그런 그였다면 가능하리라. 모든 깨달음이 헛된 자위 행위와 같다는 가치관이. 선택에 따른 모든 책임을 감수할 뿐이라는 사상이 말이다.

궁금해졌다.

"관장님은 '아쉬움은 있으나 후회는 없다.' 는 말과 '후회는 있으나 아쉬움은 없다.' 는 말 중 어떤 것에 더 마음이 가십니까?"

"모두 별로구나."

"제가 아는 사람 중에 후회는 곧 깨달음이며 아쉬움은 곧 나태함이라는 이가 있습니다. 그는 후회로 가득 찬 삶은 곧 깨달음이 가득한 삶이고 아쉬움이 가득 찬 삶은 곧 매 순간에 온 힘을 들이지 못한 자기만족의 역사라 했지요."

피식.

"넘치는 깨달음으로 아집에 차고 지나친 나태함으로 비관하는 삶이라니, 불쌍하기 그지없는 이군. 참으로 편협한 앎에 좁은 삶이다."

간단히 일축한 그는 심심해하는 한나에게 손짓한 뒤 자세를 잡았다.

"그럼 시작해 보자."

슬쩍 움직인 발이 땅을 지르밟고 부드럽게 움직인 손이 그의 단전 어림에 자리 잡았다. 이윽고 깊은 호흡이 고요하게 가라앉는 찰나.

경계를 그리던 이용택 관장의 마력이 삽시간에 옅어졌다. 나는 그의 머리로 후광이 이는 것 같은 착각을 목격했다. 마치 그가 산이 된 듯 자연의 일부가 되어 머리끝은 하늘로 발끝은 땅에 이르기까지 완벽히 소통한 것이다.

순간, 범종이 울리듯 세차게 마력이 요동쳤다. 무형의 파동이 쫘악 뻗어 나가며 수백의 투로가 성난 파도처럼 나를 휩쓸었다.

'빠르다.'

그리고 강력했다. 이에 비하면 지난번의 겨룸은 소꿉장난일 정도.

간격을 의미하는 투로가 그 자체로 실체화된 공격을 이루어 막강한 물리력을 선사했다.

'숨법을 개량했다더니.'

파형을 그리는 마력만큼 나무가 밑동부터 잘리고 땅거죽이 편편하게 다져졌다. 분질러진 나무가 퍽 찍히고 날카롭게 베여 속살을 드러냈다.

나는 즉시 환혼력을 일으켰다. 에일락 반테스의 실전 경험이 침범하는 투로를 맞받아치고 잘라 냈다. 그러나 출력에서 밀렸다. 자신의 몸을 하나의 통로로서 무한정 마력을 끌어내는 그와는 달리 나의 마력은 고작 6.

실내에서의 겨룸이었다면, 그의 숨법이 개량 전이었다면 상황은 백중지세였을 것이다. 그러나 트인 산중이고 넘치는 마력이 그에게 일반적인 움직임 이상의 투로를 가능케 했다.

'에일락 반테스의 몸이라면 대등하게 해볼 만할 텐…… 헉!'

쨍!

서로의 잔영이 공수를 주고받다가 나의 환영이 유리조각처럼 산산이 부서졌다. 부지불식간에 투로가 깨진 것이다.

그렇다면-!

섬뜩함이 몸을 갈랐다.

불규칙적으로 자라던 나무, 수풀이 사라진 평평한 일대에서 이용택 관장이 걸음을 내디뎠다. 너풀거리며 휘적거리는 발걸음은 바람과도 같고 무궁한 변화는 물처럼 자연스럽다. 경박하지 않은 저 보법을 나 역시 아는 바.

'온다!'

부릅뜨고 노려보았다.

한발 늦었으니 쫓기에는 늦다. 대신, 없던 투로로 공세를 취했다.

'변화의 축을 친다.'

호흡을 압축. 희뿌연 환혼력 사이로 팽창한 근육과 심장의 펌프질이 혈관을 부풀게 했다. 머릿속이 아득해질 만큼의 압력으로 가속한 뇌가 이용택 관장의 변화를 분석.

수축한 근육이 한계점에 다다른 순간.

쾅!

땅을 박차며 108수의 환혼장벽을 퍼부었다.

만개하려던 꽃이 이지러졌다. 이에 이용택 관장의 몸이 허공을 박차며 번쩍 솟구쳤다. 풍류와 유수로는 보일 수 없는 움직임이었다. 소싯적 여행하며 얻은 또 다른 비전일 터.

나는 정교한 수정으로 그의 움직임을 두 눈에 새겼다.

"조심하십시오!"

환혼력의 발판을 만들었다. 이를 디딤돌 삼아 일점 집중의 권을 날렸다. 저택을 부수고 연구동을 파괴한 극강의 권!

"좋구나!"

기꺼이 웃은 이용택 관장이 체공하는 채로 손을 떨쳤다. 석가여래의 손처럼 거대해진 장영이 일점 집중의 권을 막았다. 폭발한 마력이 나를 땅에 곤두박질치게 했다.

뼈마디가 시큰거렸다.

반발력에 나동그라질 뻔한 몸을 간신히 땅에 세웠다.

"그게 뭡니까?"

충격파 탓에 무릎 어림까지 박힌 다리를 뽑았다.

"시바(siva)의 손이자 대수인(大手印)이라는 이름을 가진 기술이지. 네 것은?"

그가 표표하게 내려앉으며 말했다.

"유적에서 본 비전입니다. 일점 집중의 권이라 부르고 있지요."

"권이라……."

도복 상의가 완전히 날아간 그는 상반신을 드러낸 채 잠시 주억거렸다. 구멍 난 신발을 벗어 던진 이용택 관장이 곧 기마 자세를 하며 주먹을 허리춤으로 당겼다가 쾌속으로 뻗었다.

펑!

소리 나는 권풍도 잠시.

일보를 내딛으며 두 번째로 내뻗는 주먹이 묵직하게 직선으로 관통했다.

"이거였군."

고개를 끄덕인 그의 시선이 목표점을 향했다. 이윽고 점으로부터 시작된 최적의 선이 떠올랐고 그의 주먹이 단숨에 비탈진 산허리를 꿰뚫고 침잠했다. 방사형으로 뻗어 나간 충격파가 지형을 바꾸며 산사태를 일으켰다. 저편에 있던 등산로가 그대로 휩쓸렸다.

펜던트를 통해 확인한 결과 인명 피해는 없었지만 막대한 재산 피해는 있었다.

'단번에 가져갔다.'

경이적인 능력.

이자가 정말 인간이기는 한 걸까?

콜록콜록!

그때 한나가 짓누르던 나무를 밀치며 일어났다.

"좀 살살 해요!"

기침하는 소녀의 외침.

"좁구나. 여기도 좁아."

이용택 관장은 호흡을 갈무리하며 손을 올렸다. 완벽한 경계를 그리던 그의 마력이 삽시간에 코와 입으로 빨려들어 가더니만 뻗은 손으로 용솟음쳤다.

흔히들 말한다. 아스팔트와 도시화로 자연이 훼손되었다고. 순수한 기운이 오염되어 현대인이 강퍅해졌노라고. 그러나 실상은 달랐다. 세상에 마력은 넘쳐흘렀고 외려 도시에는 포화상태일 만큼 넘쳤다.

그 마력이 폭주했다.

한계 수위까지 차오른 제방에 구멍이 뚫린 셈.

번쩍 치솟은 이용택 관장의 힘은 허공에서 넘실거리는 마력을 삽시간에 땅으로 끌어내렸다. 급작스러운 흐름에 일진광풍이 일고 푸른 잎사귀가 우수수 떨어져 휘몰아쳤다.

그러나 파괴 끝에 창조가 있었으니, 오케스트라를 지휘하는 마에스트로처럼 그의 손짓에 날뛰는 마력이 완벽한 하모니를 이루었다. 곧 달빛을 머금은 거대한 오로라가 장엄하게 일대를 아울렀다.

'아—!'

신성한 것 근원적인 것을 만났을 때 느끼는 두 가지 감정은 호기심과 두려움!

누미노제Numinose라는 말처럼, 지금 이용택 관장을 보는 내 심정이 바로 그러했다.

포근하게 내려앉으며 안온함을 주는 효과. 광범위 야영 스킬을 사용한 그는 재차 손을 떨쳤다. 시바의 손이자 대수인이라 명명한 그의 손이 오로라 위를 짓눌렀다.

퍽!

촛불이 꺼지듯 삽시간에 오로라가 날아갔다.

"역시 불가능하군."

한나의 몸을 두른 야영 스킬과 자신이 사용한 오로라를 비교한 거다. 야영 스킬의 보호 효과를 이용해 전장을 만들고자 했지만 애석하게도 보호 효과가 생각에 미치지 못했던 까닭이다. 그의 것은 어느 정도의 보호막만 가졌지만, 내 스킬은 절대적인 이유였다.

현실에 온갖 비전이 남았으면서도 그 맥이 끊어진 것은 혹, 저와 같은 외로움, 맞지 않는 장소에 있다는 격의 고고함 때문은 아니었을까.

가족도 알아보지 못하고 모두가 복종과 순종만 하는 세상. 동격의 존재와 작은 겨룸만 해도 일대가 초토화되는 참상을 일으키기에 올라간 격만큼 높은 곳으로 스스로 떠난 것은 아닐까 하는 생각이 들었다.

"그거 아십니까? 제가 보스 몬스터도 한다는 거. 저 잡으면 무려 100억이고 유명 스타도 됩니다. 핸디캡이 있으니 파티 모아서 한번 도전하는 건 어떻습니까?"

"도전?"

그의 삶에서는 생경한 말이었으리라.

이용택 관장은 주먹을 꽉 쥐었다가 펴기를 반복했다. 이윽고 크게 웃었다. 캄캄한 밤하늘. 더운 여름임에도 환혼력으로 선선한 산중에서 호탕하게 웃은 그가 손을 내밀었다.

나 역시 힘 있게 마주 쥐었다.

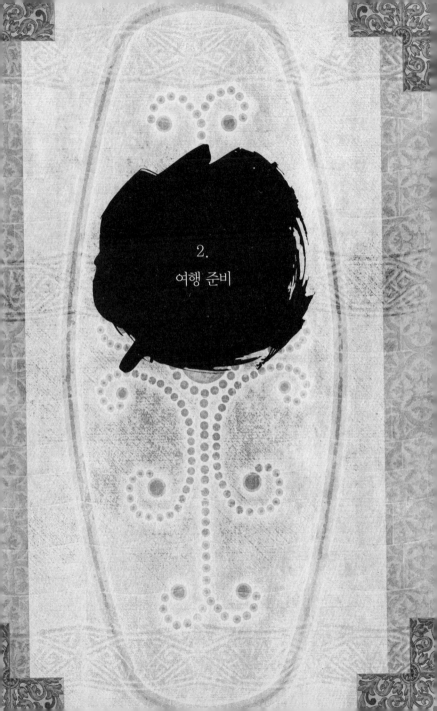

2.
여행 준비

돌아오는 길은 여유로웠다. 흥취가 일어 혈기왕성하게 보였던 이용택 관장은 바위처럼 본래의 신색을 되찾았고, 한나는 대결을 보며 쌓아 두었던 질문들을 풀어놓았다.

"축이 되는 발보다도 스킬은 무조건 의지라는 건가요?"

"개념적으로 맞지 않을 테지만, 마력과 숨법은 골조가 다르거든. '나는 생각한다, 고로 존재한다.' 이런 식이지."

"아빠는요?"

"나눌 필요가 없지. 행하며 관철시키고 부수면 된다."

"그건 더 어렵고요!"

한나의 물음은 나와 이용택 관장에게 골고루 나누어졌다. 하지만 시각의 차이는 있었다.

이용택 관장과 에일락 반테스의 삶이 다른 탓일 터. 그러나 둘 다 같은 경지를 논하는 것이었기에 한나는 양쪽을 비교하며 착실하게 막힌 바를 수습했다. 그 결과, 그녀의 마력 운용이 더욱 능숙해지고 풍류보와 유수행의 기초를 떼는 경지에 이르렀다.

쏜살처럼 빠르고 잔영을 보일락 말락 하는 한나의 모습에 경탄을 금치 못했다.

"오빠나 아빠보단 아직 한참 부족한걸요."

물론 나와 이용택 관장에게 비하면 그 말이 맞았다. 그러나 내게는 정교한 수정이라는 극의가 있고 그는 논외의 괴물이니 비교가 어리석을 뿐.

외려 하나를 가르치면 정확히 흡수하고 응용하는 그녀의 재능이 기꺼웠다. 마치 걸음마를 시작한 아이를 보는 기분이랄까. 주는 족족 받아먹고 실수도 하지만 그 실수를 금방 바로잡는 모습에 절로 칭찬이 나왔다.

"좋아. 정말 대단해!"

처음에는 놀리는 줄 알았던 한나는 진심이라는 것을 알고는 두 뺨을 손으로 가렸다. 손 부채질을 하는 모습에 절로 웃음이 나는 것이, 왜 이용택 관장이 딸을 보면 미소가 가득한지 크게 공감됐다.

새벽녘.

야영 스킬에 힘입어 안락하게 걸어와 집까지 배웅한 나는 한나와 함께 있기에 하지 못했던 말, 강하성 소장에 대한 우려를 문자로 작성하여 이용택 관장에게 전송했다.

그리고 미루고 미루었던 태진이를 찾았다.

어떻게 지내고 있을까?

학교에서 잘 생활하고 있을까? 바라는 바를 모두 이루었을까? 인기인으로서 많은 것을 누리고 있는 성공한 모습일까?

직접 마주 볼 생각은 없었다. 단지 먼발치에서 보고 다른 학급 친구를 통해 우회적으로 물어볼 요량이었다. 강유나에게 들어도 되지만 긴박감 넘치는 격투를 벌인 탓인지 직접 눈으로 보고 귀로 듣고 싶었다.

태진이를 떠올리니 뒤따르는 물음이 있다.

'만약 회귀하지 않았다면, 내 삶은 어땠을까?'

쫓기던 일상으로부터 자유로워진 나는 느긋하게 60의 지혜로 회귀 전의 삶을 유추해 보았다.

헌데, 생각의 결과가 실로 의외였다.

"나쁘지 않아."

실패한 가장으로서 아내의 외도를 보았다. 하나뿐이라 착각했던 친구마저 자살했다. 친척과도 척을 진 상황.

최악에다가 밑바닥인 셈이다.

나는 자존심이 있으며 고집이 있다. 책임은 지되 누군가에게 빚지는 것은 싫어한다. 내가 친척들에게 배신당한 아픔 때문에 빚에 대해서는 학을 떼는 탓이다. 이는 마음의 빚 역시 마찬가지.

회귀 첫날. 이불을 뒤척이며 아내의 외도가 나로부터 시작된 것임을 알았다. 문제의 원인이 내게 있으며 소홀히 한 나의 책임을 절감했다. 자기 객관화가 된 것.

여기에 완전하게 혼자가 되었다는 자각과 더 떨어질 곳과 책임 질 것이 없다는 상실감은 쓰라린 아픔과 고독한 마음의 여유를 부르게 된다.

나는 책임을 통감하며 아내에게 모든 것을 이양할 것이다.

그리고 다시 시작한다.

'괴롭기는 하지만 자살할 정도는 아니니까.'

살아 있으면 어떻게든 살게 되는 것이 인생 아니던가.

그간 실패했던 이유는 나에 대한 확신이 부족했고 더 벌고자 하는 욕심으로 평정을 잃은 탓이었다. 투자가 아닌 투기를 한 까닭.

하지만 내 부족함. 내 옹졸함을 이혼과 친구의 죽음으로 자각한 나는 내 한계를 넘어서는 무모한 도전을 하지 않게 된다. 뼈저리게 통감한 나의 깨달음이니까.

그 결과 조금씩 나아진 삶을 산다.

보란 듯이 성공할는지는 알 수 없다. 그러나 과거보다는 조금더 행복할 것은 확실했다.

이것이 나아진 지혜가 알려 주는 내 미래였다.

"거참."

내 미래가 괜찮았으리라는 예측의 근거는 또 있었다.

나태하지 않고자 손바닥에 찰과상을 거듭 입혔던 기억. 더 이전에는 아내와 놀아난 그놈을 패지 않은 것까지.

"메그론한테 물들었나……."

새삼 돌아보니 나란 녀석, 생각보다 괜찮은 놈 같다.

충격적인 상황에서, 힘겹게 부둥켜안고 있던 가치가 무너졌을때 나는 오히려 이성적인 대처를 보였었다. 내 여자가 다른 남자와 신음을 흘렸지만, 화가 치미는 상황에서 나는 때려 부수지 않았다.

그 마음 그대로 서릿발 같은 삶을 살며 굶주림에 허덕인다면, 외로움에 사무친 그 기억은 내 삶을 윤택하게 만드는 충분한 밑거름이 되었으리라. 천재지변이 일거나 급작스러운 사고를 당하지 않는 한 그렇게 제2의 삶을 살았을 터.

'나를 아는 것이 이토록 중요할 줄이야.'

웃어 보지만 참으로 씁쓸했다.

그쯤.

나는 휴대폰 진동처럼 미세하게 진동하며 불빛을 번쩍이는 펜던트를 들었다.

떠오르는 메시지가 핑크빛으로 반짝였다.

[상현 씨, 초능력자 찾았어요~! 그리고 이중 접속자도요. 놀랍게도 혼자서 두 개의 캐릭터를 생성한 사람이랍니다. 궁금하지 않나요?]

'두 개?'

73번째 능력자에 이어 2개 캐릭터를 보유한 이라니.

"준비해 두세요. 바로 가겠습니다."

나는 즉시 걸음을 돌렸다.

태진이보다는 73번째 능력자와 이중 접속자, 그들이 더욱 큰 변수였다.

❈   ❈   ❈

먹장구름이 개이고 밝은 아침이 왔노라 항변하듯 Z&F의 본사는 화사하게 바뀌었다. 팽팽한 긴장감이 현저해진 터라 이제는 사람 사는 느낌이 들었다.

　물론 판형으로 찍어 낸 듯한 아리따운 하녀들과 게으름은 전혀 피우지 않는 인부들, 째깍째깍 가위질하는 정원사의 태연한 모습은 여전했다.

　열심히 일하는 그들은 참으로 바람직한 엘리트 노예.

　정문을 넘어 걸음을 옮겼지만, 지난날처럼 고개를 조아리며 대접하는 이는 없었다. 그러나 내가 가고자 하는 길을 막는 이 역시도 없다. 걸레질하고 서류를 뒤적이면서도 홍해바다를 가르는 모세처럼 나의 발걸음 닿는 곳을 본능에 따라 양보한 것이다.

　왠지 그 모습이 야영 스킬로 일대를 휘감던 이용택 관장과 겹쳐 보였다. 어마어마하게 흐르는 마력이 그의 손길에 순종한 것처럼 만나는 모든 이들이 내 한 마디에 복종했다. 부르기 전까지는 충직하게 일상을 보낼지니, 이는 오랜 세월 비어 있던 왕위가 채워졌다는 듯 막강한 권한을 단숨에 휘두르는 것과도 같다.

　이용택 관장과 나.

　둘의 차이가 뭘까?

　현실과 new century.

　'신의 부재(不在).'

　회귀의 순간부터 가져온 화두를 대입했다.

　이 조각으로 맞춰 보자니 이해가 됐다.

　new century와 현실에서의 나는 같은 존재다. 그러나 가히 외경의 대상이 된 현실과 달리 new century의 제임스는 능력 있는 여행자일 뿐.

　이런 차이는 왜 생겼을까?

처음에는 new century가 더 높은 차원이라 추측했다.

new century의 능력치로 현실에서 비범해진 나였으니까. 그런데 빈센트 일행은 여기서나 저기서나 천재적이었고 유적을 통해 본 현실의 비전 역시 new century의 극의와 같은 대단한 것이었다.

'문명에 다름은 있을지언정 고하(高下)는 없다.'

그렇다면 남는 것은 시스템의 차이. 설계자의 성격과 취향의 문제였다.

저곳이 만 명에게 권력을 분산시켜 준다면 이곳은 한 명에게 몰아준다.

너무도 격상돼 고독해질 정도로.

"외로움?"

잠시 걸음을 멈춘 나는 하늘을 올려보았다.

'선각자들은 어디로 떠났을까?'

현실의 유적. 그 흔적을 남긴 이들은 어디에 갔을까.

한여름.

길어진 낮이 저물어 갔다.

    ❂   ❂   ❂

강유나의 공개 연구실은 서류와 부품, 온갖 홀로그램들이 날아다니는 그녀만의 파라다이스였다.

나는 눈을 몇 차례 껌뻑였다.

강유나. 그녀에게 있어 아름다움은 언급할 필요조차 없는 일상이다.

그럼에도 시선이 집중됐다.

빨갛다.

오늘의 그녀는 강렬했다.

"기다리고 있었어요."

반기는 강유나의 원피스와 입술은 원색적이며 매력적인 빨간색이었다. 선정적인 색이 그녀의 매력을 더욱 배가시켰다. 보라색이던 머리칼도 어두운 갈색으로 염색했고, 희고 검은 줄무늬가 그려진 카디건을 입었다.

덕분에 나의 시선은 아찔한 그녀의 몸매로 모였다.

"로체스터 대학의 연구에 따르면, 레드 컬러는 남자에게 여자를 더 아름답고 성적 매력이 넘치게 인식시킨다고 해요. 어때요?"

말과는 달리 예전처럼 유혹하는 몸짓, 엉덩이와 가슴을 강조하는 동작을 조금도 하지 않고 있었다. 아름다움만 가득할 뿐 티끌만큼도 천하지 않다.

"매우 좋습니다."

기대감을 품은 보라색 눈이 환하게 웃었다.

빨간 부채가 움직이자 두 개의 영상과 다섯 개의 자료들이 떠올랐다. 그녀는 두 여자의 영상을 보여 주었다.

하나는 new century의 법의와 지팡이를 든 여성이다. 25 레벨이라는 중상위 플레이어로서 이름은 베로카. 회색 머리칼과 우수에 젖은 듯한 눈동자가 특징인 그녀는 파생 스킬을 통해 '마법 부여가' 라는 직업을 개척한 이였다.

하지만 행적을 비롯한 상세한 기록은 new century의 플레이에 관한 것일 뿐, 현실과는 맞지가 않았다. 게임 내에는 존재하지만, 현실에서는 흔적조차 남기지 않은 탓이다.

"찾기는 쉬웠어요. 단서로 범위를 설정하고 현실의 접속자와 플레이어 간의 정보가 불일치하는 사례를 찾으니 간단히 나왔거든요. 현실에서 어떤 모습일지는 아직 모르지만, 접속 경로마다의 동선을 파악하면 활동 범위와 거주지를 좁힐 수 있을 거예요. 그때를 위해 경호와 석호가 24시간 출동 대기 중이죠."

"new century에서는 어떻게 조치를 취했습니까?"

"이벤트 관리를 위한 최소 인원을 뺀 800의 아메바가 맹렬하게 쫓고 있답니다."

역시 빈틈이 없다.

99번을 피한다고 해도 단 한 번이라도 실수하면, 그걸로 끝이다.

"죽여서는 안 됩니다."

"물론이에요."

나는 마련된 안락의자에 앉았다.

"이중 접속자는 누굽니까?"

진작부터 보고 있는 영상은 평범한 한 여성의 모든 것이 있었다. 푸드스타일리스트라는 직업부터 27의 나이. 사귀었던 남자의 수. 김보경 본인조차 기억하지 못할 신체 정보까지. 특이점은 아바타 게임을 벌였던 공항에 그녀가 있었다는 사실이다.

"그녀는 운이 없었어요. 베로카 같은 경우가 또 있지는 않을까 해서 자료를 전부 검사했거든요. 그런데 하필 그때, 딱 접속했지

뭐예요."

그날 이후로 캐릭터도 바뀌었다.

공항에서의 사건 이후 영상을 보여 주었다. 직장을 그만두고 날이 없는 가검을 구매하는 모습. 공원을 달리며 체력을 다지는 그녀가 복권을 사는 영상이었다. 6개의 자릿수를 적은 뒤 같은 복권을 다섯 장 구매했다.

마치 이번 주의 당첨번호가 무엇인지 알고 있는 양.

"이전의 그녀는 죽고 다른 누군가가 차지했다가 99%랍니다."

영상 속 김보경을 유심히 보았다.

무언가가 빙의했다. 그것도……

"미래를 아는 존재가 말이군요."

"물론 예지 능력일 경우도 배제하지는 않아요. 그만큼 저도 이번 주 복권을 기대하고 있죠. 저 번호가 모~두 맞는다면 많은 얘기를 들을 수 있을 거예요. 특히."

맞은편에 앉은 그녀가 내가 잘 아는 녀석을 보여 주었다.

"검룡의 계약자인 김태진에 대해서도."

"김태진?"

"김보경이 퀘스트를 진행하는 순서나 플레이 방식이 100% 같거든요. 게다가 체감도를 자유자재로 조절하는 능력까지 보였어요. 흥미로운 건 살짝 다른 퀘스트를 진행해도 일부러 카이져와 같은 선택지를 고른다는 거예요. 특수 NPC들에게는 그런 모습들을 감춘 채."

등받이에 푹 파묻었던 몸을 다시금 일으키게 하는 얘기였다. 김보경이라는 이중 접속자는 자신을 관찰하는 이가 있다는 사실을 정확히 알고 있다는 표현이니까.

그러나 Z&F와 신진권과는 달리 강유나는 공식적은커녕 개인 적으로도 저택 바깥을 나서 본 적조차 없는 인물이다. 그런 강유 나를 알고 있다?

안경을 쓴 평범한 여성이 새삼스럽게 다가왔다.

"부르는 거군요."

이벤트 NPC는 신진권의 분신이다.

퀘스트와 운영은 강유나의 눈이다.

김보경은 정확히 그녀를 부르고 있었다.

'누굴까?'

또 다른 회귀자? 회귀가 잘못되었음을 알고 보낸 사자일까? 아니면 다른 시간대에서 다시 회귀를 시도한 무엇?

내심 그녀의 의도와 정체를 고심하는 나와는 달리 강유나는 부 채로 영상을 날려 버렸다.

"하여간 계약자나 륜이나 수준이 비슷한 것 같지 않아요?"

'비슷하다?'

날아간 김보경과 구겨지는 태진이의 영상. 이를 보자 일목요연 하게 이해됐다. 륜과 계약자가 분리하여 활동하고 있는 것이다. 그녀의 분석력에 절로 고개가 끄덕여진다.

그런데 내 고갯짓을 본 강유나는 달콤한 케이크를 앞에 둔 소 녀처럼 혀로 입술을 훔쳤다.

"고마워요. 저 륜은 제가 먹을게요."

입맛을 다시는 것만으로도 고혹적인 그녀가 박속같이 하얀 치 아를 보였다.

'예나 지금이나 그녀의 오해로 대화가 이어지는 상황이구나.'

내심 탄식했다. 또 대화의 의미를 놓쳤지 않는가.

아직 사고의 흐름이 대등하지 못한 탓이다. 나아졌으나 진정 뛰어난 이들에 비하면 아직 부족한 나였다. 이용택 관장의 직관(直觀)에도, 강유나의 혜안(慧眼)에도.

하지만 자격지심 따위는 없었다. 나는 나다움을 잊지 않으면 되니까.

큰 웃음으로 화답했다.

"기록을 만들어 주시겠습니까?"

"기록이라니요?"

"아바타를 만들어 사라진 나를 대신할 생각입니다. 당신이 알고 세상이 알던 처음의 나. 다소 생각이 트인 청년의 나를 말이지요. 적당히 투자하며 봉사하고 취미 삼아 이것저것 하는, 그리고 태진이를 친구라고 믿는 나입니다."

그녀가 눈을 반짝였다.

"그의 곁에 붙여 두려는 건가요?"

고개를 저었다. 내부 고발자로 두거나 염탐을 하려는 목적이 아니다.

"독자적으로 그 과거와 그 사고방식으로 살게 하는 겁니다. 간섭 없이 평범하게 도움을 주고 도움을 받으면서 말이지요. 이 세상에서 이상현이라는 인간은 아바타가 되기를 바랍니다."

가짜가 진짜의 삶을 산다. 녀석이 보고 싶어 하는 나를 둠으로써 나는 안전해지는 거였다.

"상현 씨의 말대로 이루어질 거예요."

답하는 그녀에게 나는 손을 내밀었다.

마주 잡은 그녀의 손은 따뜻했다.

"줄 게 있어요."

손을 꼭 붙든 채 강유나는 마술처럼 왼손의 부채를 펼쳤다.

빨간 장미가 그려진 부채. 꽃잎에 맺힌 이슬이 브라운관 너머에서 생동하듯 통통 튀었다. 이를 손끝에 수놓인 은빛의 실에 꿰어 엮으니 목걸이가 되었다.

'아니구나.'

염주였다. 영롱한 빛을 머금은 구슬에는 광명진언이 새겨져 있던 것. 선물하는 강유나의 얼굴은 마치 처음 뜬 뜨개질로 만든 벙어리장갑을 선물한 여자처럼, 기대와 부끄러움이 함께 보였다.

외전 : 〈강유나〉

따스한 햇볕이 눈가를 어루만졌다.

온기를 따라 신체 감각이 닫았던 빗장의 문을 열었다. 처음은 청각이었다. 철썩거리고 출렁이는 파도, 봄날 고양이가 하품하며 잠들 법한 은은한 바람, 함께한 연인의 발목을 간질이듯 살랑거리며 부딪히는 풀잎까지.

"우음~"

캡슐 속에서 잔뜩 웅크리고 있던 몸이 그에 반응해 사르르 녹아내렸다.

그러나 눈꺼풀은 무겁기만 했다. 피곤한 일은 없었는데. 더군다나 단잠을 잤는데도 눈은 쉽게 떠지지가 않았다. 그녀는 잠시 고민하다 '막 꿈에서 깬 몽롱한 이 감각이 좋아서.' 라는 결론에 도달했다.

강유나의 입가에 빙긋한 미소가 머금어졌다. 편안한 상태로 잠들고 깨어날 수 있게 된 것. 그건 다 한 사람 덕분이다.

'더 잘래.'

설정해 놓은 홀로그램이 지중해 한복판의 비취색 섬을 입체화한다는 건 지금이 새벽녘이라는 걸 의미했다. 그럼에도 그녀는 깊이 몸을 더 묻었다.

그러자 그녀만의 알람이 2단계 작동을 시작했다.

청각에 이은 감각의 자극.

이번에는 후각과 촉각이었다. 눈을 감았음에도 선하게 그려지고 손에 잡힐 듯 닿았다. 갈매기가 날더니 나비가 꽃 사이를 누볐고, 풀잎의 이슬로 한 사람의 얼굴이 맺혔다. 이 모든 것이 어우러진 은은한 하모니가 귓가를 간지럽혔다.

홀린 듯 보던 그녀.

위태롭게 휘청거리는 이슬에 입술을 가져가는 순간.

'어머!'

깜짝 놀란 강유나가 벌떡 일어났다.

쿵!

"아야!"

미처 열리지 않은 캡슐 머리에 부딪히고는 이마를 양손으로 비볐다. 두근두근 뛰던 가슴을 내려앉히는 한 방이었다. 빨개진 얼굴은 절대로 아파서 생긴 거다.

"에이-씨!"

좋은 침대에서 잘 것을 괜히 캡슐에서 자서 머리만 아팠다. 이젠 무저갱에서 벗어난 만큼 편하게 지내도 되는데, 이래서 습관을 무섭다고 하나 보다.

착!

그녀의 손에 마술처럼 부채가 잡혔다. 이를 접었다가 펼친 강유나는 한 사람의 모습을 신중하게 띄우고는 괜히 왼쪽, 오른쪽을 살폈다.

"좋은 아침이요."

그리고 꿈속이 아닌 바깥에서 몰래 입을 맞췄다. 하루의 시작을 알리는 그녀만의 비밀이었다.

⊠   ⊠   ⊠

홀로그램의 바다 위.

넘실거리는 투명한 수십 개의 창으로 글자와 숫자가 폭포수처럼 쏟아졌다. 8차선 도로를 씽씽 달리는 차량처럼 점점이 흐르는 각각의 정보들을 강유나는 능숙하게 처리했다.

간단하게는 new century의 퀘스트를 생성하는 것부터 Z&F의 보고서들. 각국의 비밀 협약은 물론 현재 실험하고 있는 것 등, 분초를 수백으로 쪼갠 찰나의 판단으로 그녀는 모든 정보를 관리하고 통제했다.

그것도 콧노래를 흥얼거리면서.

"그때에 비하면 이 정돈 껌이야."

같은 일을 하지만 압박감과 스트레스는 전혀 없으니 흥겨울밖에.

과거, 무저갱 속에서 new century의 꿈을 꾸던 때는 불안의 나날이었다. 책의 페이지를 채워 나갈수록, 관리자의 권한이 늘어날수록 아메바에게 당할 미래와 가까워져 감을 의미했으니까.

외부에서 활동하던 정신이 사라지면 세상과 단절되어 영원한 꿈에 살아야 했다.

'융켈의 가호가 아니었다면 꿈속에서 지내는 것조차 내 힘으로 할 수 없었겠지.'

쌓이던 불안은 두려움이 됐고, 그 두려움을 없애기 위해 한 가닥의 끈을 이어 외부의 상황을 지켜봤다.

하지만 날이 갈수록 강해지는 신진권을 보며 신에게라도 빌어야 했다. 구해 달라고. 여기서 꺼내 달라고. 물론 기대하지는 않았다. 그건 실현 불가능한 자신의 바람일 따름. 어떤 이유도, 근거도 없는 소원이었으니까.

그런데 기적처럼 꿈에서 깨어나게 하여 준 그 사람을 만났다.

'이상현.'

삐빗.

그 순간, 연구실 가득 떠올랐던 각각의 정보들이 모조리 한 사람으로 바뀌었다. 급속도로 처리되던 시스템이 완전히 정지한 것이다.

'우으으!'

그녀의 얼굴이 다시금 빨개졌다. 이만하면 중증 아닌가. 정신을 차려야 했다. 가뜩이나 그가 부탁한 일도 있는데 이렇게 엉뚱하게 시간을 보내선 곤란한 일.

그때였다.

[검색 알고리즘이 가동되었습니다.]

"진짜?!"

강유나는 눈을 번쩍 떴다.

지시해 두었던 명령이 스크린이 되어 사방에서 떠올랐다. 화면은 게임을 플레이하는 한 유저의 모습을 연속적으로 보여 주고 있었다.

추적을 지시했던 73번째 초능력자다. 그녀는 산적한 수많은 일거리들을 저 구석에 처박아 버렸다.

"가만, 본 계정이 맞는 거야? 이중 접속? 이거 말할 거리가 생겼잖아. 후훗."

곧바로 연락을 보냈다.

[상현 씨, 초능력자 찾았어요~! 그리고 이중 접속자도요.]

그리고 잠시 생각했다. 그는 매우 바쁜 사람이다. 그가 하는 일은 아주 중요한 일들이었다. 그럼 별거 아닌 일이면, 나중에 올 수도 있지 않을까?

강유나는 날아가는 메시지가 붙잡힐 만큼 재빨리 판단하고는 두 줄을 첨가했다.

[놀랍게도 혼자서 두 개의 캐릭터를 생성한 사람이랍니다. 궁금하지 않나요?]

그리고.

딱.

손가락을 튕겨 방의 구조를 바꿨다.

잔잔하던 바다가 밀려나고, 바닥에서 전신 거울이 솟아올랐다.

'뭘 입을까?'

많은 생각이 동시에 떠올랐다. 이럴 땐 조언을 듣는 게 최고.

거울의 왼쪽에 계절에 맞는 트렌드를 알려 주는 패션채널이 생겨났다.

—옛날 촌스럽게 여겨졌던 원색 블라우스도 올 시즌에는 패션 리더들의 필수 아이템으로 주목받고 있습니다. 웬만해서는 입지 않는 원색 원단을 과감하게 선택해 보시는 건 어떨까요? 제 빛깔을 그대로 살린 원색 패션은 강렬한 느낌까지 들지만, 의외로 아무에게나 잘 어울리는 게 특징입니다.

"그러니?"

전신 거울에 속옷만 걸치고 있는 한 여자가 보였다.

풍만한 가슴에 매끈한 다리, 티 한 점 없는 피부. 스스로 몸매에 자신이 있다고 생각하고 있지만, 전혀 관심을 둬 주지 않는 그이기에 고민에 고민을 거듭해야 했다. 살결을 보여 준다고 능사가 아니니까.

촤라락.

거울과 나 사이에 패션채널에 나온 것과 똑같은 모양의 옷들이 떠올랐다.

어떤 게 좋을까?

'이건 아니야. 이것도. 이것도!'

착착착 넘어가는 모델들이 왠지 다 미흡하게만 여겨졌다.

"에휴."

복잡한 추적 알고리즘은 몇 초 만에 고안했으면서 겨우 옷 고르는 데 이렇게 많은 시간을 허비하다니.

그래도 그가 온다고 했으니 얼른 결정해야 했다. 강유나는 끙끙거리며 중차대한 결단력을 과감히 선보이는 데 마침내 성공할 수 있었다.

'좋았어. 다음은?'

초대 장소를 꾸밀 차례.

마음이 급했다.

카디건을 걸치고 밖으로 나오니 신진권의 아메바들이 이리저리 뛰어다니는 모습이 눈에 들어왔다. 불치병 해결이라는 상현 씨의 명령 때문인지 눈코 뜰 새 없이 바빠 보였다.

"풋."

웃음이 절로 나왔다. 저들이 저런 꼴이 될 줄 누가 알았을까?

아메바들은 그들보다 한 단계 위라고 자만하고 있는 외팔이 신진권의 명령을 듣는다. 그리고?

'이 외팔이는 다시 내 말을 따르니까~'

Z&F의 실질적인 주인은 정해졌다고 볼 수 있다.

이곳에서 그녀가 가는 길을 막을 자는 없는 것. 꿈에 갇혀 사는 것도 더는 두려움이 아니었다.

'이런 기분 좋은 나날에 한 사람만 함께해 주면 금상첨화일 텐데.'

채워지지 않은 2%에 작은 한숨을 내쉴 때였다.

허영의 신진권이 한쪽 소매를 헐렁거리는 채로 다가왔다.

"이야~"

외팔이 신진권이 내 몸을 훑었다.

"오늘은 분위기가 묘한데. 뭔 일 있어?"

"흥!"

강유나는 고개를 홱 돌렸다.

'매번 마주치는 사이라 이게 불편해. 한 번에 알아보다니. 꾸민 듯 꾸미지 않은 거라고!'

부채로 파리를 쫓듯 부쳤다.

"그쪽 보여 주려고 입은 거 아니니까 눈 저리 치워."

"와하! 알겠어. 그분이 오시는군? 그렇지 않고서야 꽃단장할 리가 없잖나."

그가 턱을 쓰다듬었다.

"그렇다면 나도 쫙 빼입어 볼까나?"

"넌 만날 일도 없잖아."

"그야 만들면 되지."

신진권의 두 눈으로 느끼한 희열이 맴돌았다. 다른 의미로 소름이 오싹하게 돋는 눈빛이었다.

'으! 징그럽게.'

그녀는 애써 준비한 자리에 끼려는 불청객을 얼른 막아섰다.

"보고자는 나니까 얼른 말하기나 해."

"그건…… 이제 만들 건데 보고할 거리가 뭐가 있겠어. 다 하고 나서."

잠깐 머뭇한 것을 보아하니 꿍꿍이가 있음이 분명했다.

'이 안에서 누굴 속이려 들어.'

강유나는 외팔이 신진권을 밀치고 연구실 중앙에 섰다.

부채가 손에 잡혔다.

[초월 네트워크 가동.]

꿈속에서 관리한 new century의 정보와 실제의 정보가 교차를 시작했다. 눈으로 좇는 것만으로도 핑글핑글 돌아 버릴 정도의 정보가 삽시간에 소용돌이치는 사이.

'어쭈?'

아메바들의 행적 위주로 검토하던 중, 특이한 부분을 발견했다.

[기니피그 1789호. 코드명 포세이돈.]

부채의 끝으로 서류의 글자를 따다 화면에 띄웠다. 스크린 다섯 개가 동시에 떠오르며, 북쪽 연구동에 막 분열을 완료한 아메바의 얼굴이 드러났다.

포세이돈이라 불리는 인간 실험체. 여기까진 별다를 것 없는 신진권의 분신 만들기였다.

하지만 저 포세이돈의 몸이 바닷물의 농도와 똑같은 해수 탱크 속에 있고, 그 안에서 숨까지 쉬고 있다는 사실은 제법 관심을 둘 만했다.

"이 물고기는 뭐야?"

스크린 하나를 확대해 외팔이 신진권 앞에 들이댔다.

"어허, 말조심해. 물고기라니."

"내가 말 좀 조심하게 자세히 말해 주겠어?"

강유나는 아무 정보도 채워져 있지 않은 스크린을 들이댔다. 이에 신진권은 한숨을 푹 내쉬고는 어쩔 수 없다는 듯 입을 열었다.

"어차피 보고할 거였어. 얼마 전에 산산이 조각난 내 유적 컬렉션들 있지? 그중 심해의 아틀라스 유물에서 DNA 샘플 하나를 채취한 게 있어. 이게 인간과 흡사해서 한번 시도해 본 거지."

"인간과 흡사한데 왜 물고기가 됐지?"

"아가미로 숨을 쉬는 게 아니야. 물을 공기 삼아 들이켜는 인간이라고."

포세이돈의 전신스캔 정보를 확인하니, 내부 구조가 인간과는 달랐다. 달팽이관처럼 생겨 물을 빨아들였다가 뱉어 내는 새로운 장기. 성문을 타고 나오는 목소리도 수중에서 전달이 가능한 초음파 형식의 파형이었다.

대단한 능력은 아니었다. 하지만 새로운 염기서열로 다른 가능성을 도출할 자료임은 분명했다. 게다가 가장 꺼림한 건.

"아틀라스의 주민일 수도 있었단 소리잖아. 이런 발견을 했으면 곧장 보고했어야지."

숨겼다는 거다.

"나도 그러고 싶은데, 잘 봐."

외팔의 신진권이 포세이돈을 찍고 있는 스크린을 가리켰다.

생성된 지 2분. 해수 탱크 속 포세이돈은 괴로운 듯 머리를 움켜쥐더니 5초 만에 사망했다.

"저러니 뭔 조사를 하겠어. 회수할 수 있는 정보의 양이 너무 적다고."

"잘 봐 줘도 흔한 돌연변이체 정도구나?"

성공해도 정말이지 별반 쓸모없는 샘플이었다. 이런 걸 그에게 보고하는 건, 너무나도 부끄럽고 민망한 일.

"그렇다니까. 뭐라도 성과가 나와야지."

"성과를 봐도 별거 없을 거 같은데…… 가만?"

강유나가 눈을 반짝였다. 괜찮은 생각이 스친 것이다.

외팔의 신진권은 방금 만들면 된다고 했다. 어차피 폐기될

DNA인데 이렇게라도 쓰면 어떨까?

"오래 살리는 방법은 찾았지?"

"계획은 있어."

"진행해 봐. 관련 정보는 계속 밀어 줄 테니까."

"그분께 보고하는 건?"

'설령 다른 권한이 다 사라져도 이것만큼은 절대 양보 못 하지.'

강유나가 다시금 코웃음 쳤다.

"당연히 내가 해야지. 규칙을 어길 셈이야? 넌 나한테 무조건 협조해야 해. 알지?"

"크음."

그녀는 냉소를 날려 주고 부채를 휘휘 저었다. 곤바로스의 유물에서 비롯된 바람이 신진권을 연구실 밖으로 밀어냈다.

✖　　　✖　　　✖

저녁 무렵 이상현이 연구실로 들어왔다.

"기다리고 있었어요."

솔직한 표현에 그의 얼굴이 살짝 변했다. 강유나는 좋아하는 건지 싫어하는 건지, 이상현의 눈동자, 숨, 솜털의 움직임까지 전부 담으며 생각하고 또 생각했다.

하지만 큰 기대에 비해 그의 반응은 대단찮았다.

'보고 있지만 말고 행동을 좀 해 달라고요!'

잔뜩 기대하고 있던 것과는 다른 미적지근한 대응에 괜히 심통이 났다. 그래도 티를 낼 수는 없는 노릇.

"로체스터 대학의 연구에 따르면, 레드 컬러는 남자에게 여자를 더 아름답고 성적 매력이 넘치게 인식시킨다고 해요. 어때요?"

게다가 그냥 보는 것만으로도 행복하니 차가운 반응쯤, 너그러이 이해해 주는 그녀였다. 그때, 담담한 목소리가 들려왔다.

"매우 좋습니다."

'응?'

그의 한마디에 배시시 웃음이 나오고 말았다.

이후 강유나는 이상현에게 원하는 정보창을 띄워 주고 한쪽에 물러섰다. 몰입하고 있는 그의 얼굴을 보고 있자니 자꾸만 심장이 두근거렸다.

"찾기는 쉬웠어요."

이어진 설명에 그가 조금은 감탄한 표정을 지었다.

찾는 건 쉬웠지만, 검색 알고리즘을 조합하는 건 쉽지 않은 일이었다. 그러나 굳이 티를 내서 칭찬 같은 걸 받고 싶은 마음은 없었다. 이런 건 저쪽에서 알아줘야 가치가 있는 거니까.

취한 듯, 흥겹게 준비해 놓은 이야기를 푼 지 얼마일까. 얼마 시간이 지난 것 같지 않은데 벌써 그가 떠날 시각이 왔다. 강유나는 용기를 내기로 했다.

"줄 게 있어요."

그의 손목에 채워 준 염주.

마주 잡은 손은 지중해의 햇살에 닿은 듯 온기로 가득했다. 용건이 끝났음에도 손을 놓을 수가 없었다.

조금만 더 같이 있고 싶었다.

"잠시만요, 상현 씨."

결국, 저질러 버렸다.

"상현 씨가 관심 있어 할 정보가 있어요."

"제가 말입니까?"

입으로는 미소를 지으며 머릿속의 사고 회로를 풀가동했다.

'나 좀 봐. 외팔이 신진권이 계획만 있다고 했을 뿐이잖아. 어쩌려고 이래?'

뇌리 한쪽에서 발을 동동 구르는 그녀가 있었고.

'좋았어! 별거 있어? 그냥 지르는 거야! 빼고 자시고 하지 말고 확 해 버려!'

주먹을 꽉 쥔 채 힘을 실어 주는 그녀도 있었다.

강유나는 그 조언자들의 가운데에서 정보들만을 간추렸다.

-외팔의 신진권이 준비한 아틀라스의 DNA.

-아틀라스의 유적이 생겨난 연도는 대략 1만 년 전. 가장 최근의 논문을 보면 그 시기의 해수 구성 성분은 지금과 전혀 다르다.

-염분, 부유물질, 온도. 1,000회의 시뮬레이션이 가동됐다. 이것으로 생존 시간을 3분가량 증가시킬 확률은 78.9%!

'아직 부족해.'

그래도 하는 수 없었다. 우선 나가려는 그를 붙잡았는데, 괜한 오해를 사면 안 되니까. 까짓, 밀어붙이는 강유나였다.

"아틀라스의 유적에서 DNA 샘플을 채취했어요. 신진권이 불가해의 유적을 모은 것 중 일부였었죠."

"제가 파괴한 것 말입니까?"

"네."

꿀꺽.

침을 삼킨 그녀가 목소리를 가다듬었다.

"신진권이 파괴 전에 샘플을 저장해 두었어요."

스크린에 인간의 DNA와 샘플의 DNA 비교 자료가 떠올랐다.

"기니피그 1789로 명명된 돌연변이지만, 지능이 있다는 것은 확실히 파악했지요."

그러며 슬쩍, 채널 하나를 열어 외팔의 신진권에게 메시지를 보냈다.

[포세이돈 지금 좀 쓸게.]

[뭐?]

답장은 필요 없었다. 그사이 실험체를 이상현이 보고 있었다.

"생존 시간은 겨우 2분이군요. 그것도 자연 붕괴라…… 몬스터를 재현했을 때와 같은 현상이 1만 년 전의 고대 인류에게서 나타나는군요."

그가 아쉬워했다.

"포션으로 해결될 일이 아닙니다. 대화라도 할 수 있었으면 좋았을 텐데."

"대화까지 가능할지는 몰라요. 다만, 생존 시간을 연장할 방법은 알죠. 상현 씨라면 그 안에 다른 방법이 있지 않을까 해서, 알린 거랍니다."

미소와 함께 그녀가 선택한 방법은 내부 실험에서 자주 사용하는 임시방편이었다. 냉동 수면을 시도하며 사용하는 이완제. 이를 쓰면 생체리듬이 느려진다.

치료나 해법과는 완전하게 거리감이 있지만 당장 옆에 있는 이상현에게 거짓말을 하지 않으려면 달리 방도가 없었다.

'괜찮지?'

의심하고 자체로 1,000회의 투약 시뮬레이션을 사고 회로 한쪽에서 진행해 보았다. 그 결과 57.7%의 확률로 생존 시간을 두 배로 벌 수 있음을 결론지었다.

'너무 낮아.'

그녀는 초조한 한편 방책을 마련했다.

우선 그에게 대답하고.

"현재는 10분 정도 생존할 수 있어요."

"그 정도면 저도 시도할 방법이 있을 듯하군요."

살아 있을 수 있는 시간은 총 10분. 확률은 45.5%. 북쪽 연구동으로 걸어가기 전까지 이것을 99.9%까지 끌어 올려야 한다.

세계 각국에 위치한 슈퍼컴퓨터가 초월 네트워크를 통해 리소스를 공유했다. 시뮬레이션 봇을 생성해 결과를 자동 업데이트하게 하였다.

본래 그녀의 능력이 훨씬 뛰어났지만, 지금은 이상현이 바로 옆에 있기 때문에 집중이 잘 안 되었다.

[자원을 풀가동해.]

그런 그녀를 이상현이 의아하게 보았다.

"땀을 상당히 흘리시는군요."

강유나는 얼른 부채를 꺼내 얼굴에 흔들었다.

"하~ 좀 더워서요. 해수 탱크 때문에 이쪽으로 이동을 못 시켜요. 같이 가 보는 건…… 어때요?"

잠시 우두커니 있던 그가 고개를 끄덕였다. 강유나는 속으로 가슴을 쓸어내렸다.

연구실 문을 열고 나가자 과열된 처리 속도 때문에 사방에서 경고 스크린이 떠올랐다.

삐빅거리는 소음과 함께 난장판이 되어 가는 연구실 안. 그녀는 문을 닫으며 시뮬레이션 봇에게 나직이 메시지를 남겼다.

[조용히 진행해라. 들키면 기계어 0, 1 하나까지 조각내서 삭제해 버린다.]

경고 스크린이 일시에 사라졌다.

❈　　　❈　　　❈

북쪽 연구동으로 향하는 길 위엔 개미 한 마리 얼씬하지 않았다. 미리 연락을 넣어 인부와 하인 모두 자리를 비우게 하였기 때문.

강유나는 한적한 정원을 걸으며 그를 흘끔 바라봤다.

또 무언가에 골몰해 있는 얼굴이었다.

'나도 좀 보라고요!'

내심 심통을 부리는데 들리기라도 한 걸까?

그가 자신을 보았다. 강유나는 고개를 돌려 황급히 시선을 내리깔았다.

'주문이 통했어?'

심장이 빠르게 뛰었다. 그 위로 나직한 그의 목소리가 들렸다.

"유나 씨, 확률은 좀 올랐습니까?"

그가 빙긋이 웃었다. 강유나의 눈이 빠르게 깜빡였다.

'뭐, 뭐야? 들통 났어?'

하긴, 그가 모를 리가 없었다. 이런 거짓말에 속아 넘어갈 사람이었다면 무저갱에서 구해 주지도 못했을 테니까.

그녀는 기왕 이렇게 된 것, 대범하게 나가기로 했다. 장단에 맞춰 준 이상현을 보건대, 오늘은 뭘 해도 귀엽게 봐 주려는 것 같았으니까.

'이 정돈 괜찮겠지!'

붉어진 얼굴을 수습하며 그의 앞에 스크린 하나를 띄워 주었다.

[87.5%…… 87.6%……]

"조금만 더 걸으면 돼요."

나름 의도한 양, 뻔뻔하게 나가 보려고 애쓰는 강유나.

하지만 부끄럽고 민망한 감정까지는 어쩔 수 없었다. 비슷한 사례나 가설, 연구를 찾으라면 수만 개를 찾을 수 있는데, 왜 직접 한 일은 이 모양 이 꼴이 된 걸까?

-용감할 것!

뇌리 한편으로 불쑥 연애 정보가 떠올랐다. 실패건 성공이건 후회가 없어지려면 용기를 내시라.

"에잇."

그녀가 이상현의 팔을 덥석 안았다. 기대 반, 조마조마한 마음

반으로 눈치를 보는데, 다행하게도 그는 뿌리 깊은 나무처럼 가
만히 있어 주었다.

"이러면 작업 속도가 더 빨라져요."

"시뮬레이션이 말입니까?"

그가 처음으로 크게 웃었다.

"저보다 잘 아네요? 직접 컨트롤하실래요?"

말해 놓고 스스로 엉망진창이라 그녀 역시 따라 웃고 말았다.

'아~ 몰라! 아무튼, 성공!'

뭔가 이리저리 꼬여 버렸다. 하지만 하나는 확실했다.

한 걸음 더 가까워졌다는 것!

'오늘은 이걸로 만족하자.'

복잡 피곤한 정보창들을 싹 내린 강유나.

그녀의 즐거운 한때였다.

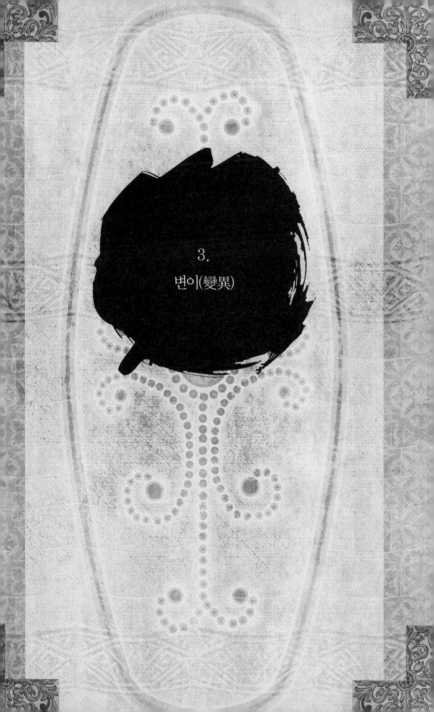

3.
변이(變異)

찰그락.

현실에서의 일을 마치고 접속한 new century.

펍 모퉁이에서 눈을 뜬 나는 낯선 염주의 감촉에 소매를 어루만졌다. 품이 넓은 법의 바깥으로 흘러내리는 은백색의 구슬들은 하나하나가 뼛속까지 전해지는 환혼력을 뿜었다.

'거참.'

괜스레 귓가를 긁적인다.

〈환혼령주(還魂靈珠)〉 - [Unique]
* 정확한 감정으로 아이템의 숨겨진 힘이 발휘됩니다.
* 착용 시 특수 직업 Soul Eater가 생성됩니다.

고도로 압축된 마력이 물질화되어 생성된 혼백의 서.

세계의 벽 너머에서 산 자와 망자의 넋을 새길 수 있는 비서를 관리자, 강유나가 연단했다. 오직 [마스터 제임스]만이 사용 가능한 이 법구(法具)는 적(敵)을 살해할수록 적(種)의 완성된 특성을 힘으로 구현해 낸다.

속성 : 暗. 氷. 月.
착용자(제임스)의 속성 : 中
효과 : 힘 +10.8 민첩 +10.8 지혜 +10.8 환혼력 +108
활성화된 환혼령주의 수 : 0

---

* 직업 : 소울 이터(Soul Eater)
* 속성 : 影. 月. 昏.
환혼령주에 가둔 영혼을 삼켜 성장해 가는 반인반마의 존재. 강력한 힘과 무한한 성장성을 자랑한다. 강자의 혼을 먹을수록 더욱 뛰어난 고유 스킬을 이끌어 낼 수 있다.
단, 순수한 빛과 순수한 어둠에 극히 취약하다.

정보창으로 확인한 아이템의 효과.

'일장일단이 명확한데.'

염주의 재료는 내가 강유나를 구하기 위해 부었던 융켈의 책이었다. 검은 그녀의 책을 하얗게 물들인 환혼력의 낱장들. 그녀는 이를 손질하여 염주를 제작했다.

장점은 성장형 아이템으로 각각의 환혼령주가 완성될 때마다 특수 스킬을 습득하고 능력치에 영향을 끼친다는 점. 격이 높아져 new century의 스킬을 습득할 수 없게 된 내게는 그야말로 군침이 절로 도는 부분이다.

신규 스킬!

정교한 수정에 힘입어 마스터할 때마다 극의가 추가된다.

'앞으로의 여정에 큰 도움이 되지.'

대신 직업 설명 마지막 부분. 순수한 빛과 어둠에 극히 취약해지는 단점이 있었다.

선택해야 했다.

불완전하지만 빠른 강함.

안정적이지만 느린 성장.

뭐, 답은 애당초 나와 있다.

"상관없지."

나는 흔쾌히 환혼령주를 제대로 착용했다.

본신의 환혼력을 이끌어 동조하자 쩌릿한 느낌과 함께 구슬들이 뱀의 비늘처럼 소매를 타고 오르내렸다. 안팎으로 오가며 나의 몸. 뼈마디에 구멍이라도 뚫는 양 빈 108개의 작은 결정들을 박는다. 외부의 염주가 내부의 결정과 반응하여 나의 육신을 강화하는 방식인 바.

순수한 빛과 어둠에 취약하다는 설명이 절로 이해가 되었다.

제아무리 잘 맞추고 아문다 해도 신체 곳곳에 난 미세한 틈들이 제방의 실금처럼 몸을 불안정하게 했다. 그리고 그 결합을 무너뜨리는 역할을 빛과 어둠이 한다는 의미였다.

하나, 그 약점은 내게 무의미했다.

왼손의 겁륜으로 어둠을 먹고 오른손의 성륜으로 빛을 삼키면 되니까.

"답례라도 해 줘야겠어."

내 사정을 모두 알고 준 것은 아니겠지만 딱 맞는 선물이다.

나는 환혼령주를 풀어 목에 걸었다. 그러고 나니 행색이 딱 행
자승 같다. 머리칼을 밀지는 않았으니 파계승처럼도 보이고.

'왠지 반야심경이라도 읊어야 할 것 같은데.'

가슴 어림까지 내려온 염주를 몇 차례 굴린 뒤 닫힌 펍의 문을
열었다.

떠오르는 해가 어두운 멜도란을 밝히고 있었다.

※   ※   ※

문을 나섬과 동시.

"제임스 씨!"

"으! 이제야 나오면 어떻게 합니까?"

"쩝쩝. 먹던 건, 마저 먹고 가자니까……."

세 개의 목소리가 나를 불렀다.

옆 건물에서 허겁지겁 내려온 그들은 창병 둘에 검사 하나.

덜렁거리는 칼을 든 훤칠한 금발 사내는 눈 밑이 퀭했다.

단창 두 개를 허리에 찬 팔자 주름의 장년인은 눈곱을 달고 연
신 하품을 하고 있었다.

묵직한 철창을 멘 뚱뚱한 거구의 대머리는 빵과 스테이크가 담
긴 접시, 수프 그릇을 꿀떡꿀떡 마시는 채였다.

"어휴. 드디어 만나는군요. 대체 장 보러 들어가서 뭘 그리도

오래 있는 겁니까?"

쾽한 눈의 사내가 안도와 책망의 말을 했다.

"내내 기다렸나 보군요."

"아이고, 말도 마소. 진짜 곤바로스의 사도만 아니었어도, 계약서만 없었어도 딴 길로 샜다고 어르신께 보고할 뻔했거든."

"미안하게 됐습니다."

"아무튼, 됐소. 흐으~ 이제사 두 다리 뻗고 자겠구나……."

졸려 죽겠다를 연발하는 장년인이 입을 쩍 벌렸다. 크게 하품을 하는 격 없음이 자유분방한 용병임을 여실히 보여 줬다.

"난 좋았는데?"

"어련하겠냐. 너야 처먹기만 하면 되니까."

"위렉 형이 잘 먹는 건 알았지만, 그래도 이틀 내내 먹을 줄은 몰랐어요."

"쟨 짜구날 때까지 먹을걸?"

킬킬 웃으며 대꾸하던 세 용병은 어느새 나의 퇴로를 점하고 느슨하게 포위하고 있었다. 은밀하게 깔아 둔 마력의 공조가 구멍 숭숭 뚫린 그물처럼 퍼지고 콩알 크기의 마력 한 점이 찐득찐득하게 내 소매에 닿아 있었다.

느슨한 듯 보이나 감춘 칼날은 날카롭다.

허튼 생각이라도 보였다가는 즉각 행동. 만에 하나 탈출해도 마력의 잔재는 추적의 실마리로 삼겠다는 의도다.

"그런데 멋있는 옷을 사셨군요."

"들어가기 전이랑 후랑 확 바뀌셨수?"

그 말에 나는 나가던 걸음을 멈추었다.

한 번 사과했더니 행동이 조금씩 건방져지지 않는가.

'기 싸움을 할 필요가 있겠어.'

슬쩍 그들을 돌아보았다.

"게이트는 준비 중입니까?"

"말도 마세요. 이틀째 담당자들이 꼬박 대기 중입니다."

"어찌나 닦달하던지 냉큼 찾아……."

이어 간단히 일축했다.

"안내하시지요."

"에?"

슥.

유수행으로 내딛는 걸음이 저들의 엉성한 그물 사이로 흘렀다. 나의 몸이 마력과 함께 물과도 같이 대로로 이동했다.

포위망에서 벗어나면 위치와 방향에 상관없이 '도주'로 인식하는 것이 자연스러운 반응이다. 세 용병 역시 내 추측대로 움직였다.

시야에서 내가 사라짐과 동시에 위렉이 반사적으로 스테이크 접시를 투포환 던지듯 내게 날렸다. 쐐액, 파공성을 울리며 면전에 날아든 접시.

이러면 명분이 된다.

'방어를 위한 반격이지.'

고개를 돌려 피한 뒤 위렉을 향해 땅을 박찼다. 아직 던지는 모션 중인 위렉.

그에게로 묵직하게 일 권을 뻗었다.

"으익!"

잔뜩 힘을 준 그는 막지 않았다. 어긋난 균형 그대로 몸을 돌린 것. 그러자 나의 주먹이 정확하게 그가 메고 있는 철창을 때렸다.

순간 위렉의 등에서 육중한 곰의 환영이 어른거렸다.

쩡-!

"으악!"

위렉의 몸이 튕겨 나갔다. 동시에 나의 주먹으로도 날카로운 발톱이 할퀴고 간 흉터가 새겨졌다.

그뿐만 아니었다.

"쌍!"

장년인이 단창을 쥔 채 야조처럼 날아든 것이다. 독수리 문신을 활성화한 그의 기민함에 나 역시 환혼력을 끌어 올렸다. 흉흉한 그의 살기가 창졸지간 여덟 개의 투로를 형성.

허나, 수 싸움은 이쪽도 익숙하다. 에일락 반테스나 이용택 관장에 비하면 우습기까지 하다.

대번에 양손을 펼쳐 투로들을 뭉갰다.

"씨불-!"

이에 장년인은 팔을 세차게 휘저었다. 독수리 문신이 재차 활성화되더니 2차 도약 후 활강하여 멀찍이서 착지했다.

"빠른 후퇴군요."

"쉽게 생각했다가 싹 털릴 뻔했수."

씩 웃는 그의 모습에 나 역시 손가락 마디마디를 풀었다.

"잠은 깼습니까?"

"덕분에."

더 부딪치겠느냐는 물음에 그가 어깨를 빙글빙글 돌려 보였다.
아직 맛도 안 봤노라고.

그러자 우두커니 서 있던 사내가 말했다.

"야켄 씨, 만나면 바로 게이트로 인도하라는 게 어르신 명령이
었습니다. 안 그래도 늦은 상황인데…….."

자신의 목을 손날로 탁 쳐 보였다.

메그론이 화나면 전부 '끽!' 이라는 것.

"알았다, 알았어. 밤샐 때부터 알아봤지만 하여간 신참은 빡빡
해."

손을 탁탁 턴 야켄은 주섬주섬 단창을 꽂았다. 저만치 나가떨
어졌던 위렉은 떨어진 음식들을 주워 먹었다.

그렇게 사과 겸 인사치레를 주고받은 나는 그제야 게이트로 안
내받았다.

84Lv의 제임스.

플레이어로서는 터무니없는 레벨이지만 new century에서
는 발에 채는 수련자에 불과했다. 신화와 맞닿은 신비를 여행하
기에는 아직 갈 길이 멀었다.

❂   ❂   ❂

날 선 긴장감이 요새를 휘감았다.

멜도란의 분위기는 전과 다른 불안으로 가득했다.

표면화된 초조함이다. 사람들의 표정에서 보이는 공통의 감정
은 두려움.

거리에는 골목에서나 보이던 건달과 용병들이 무장한 채로 건들건들 다니고 주민은 그들을 피해 다녔다. 노점이 문을 닫고 자체 호위를 둔 상가만 영업했다.

여자들은 외부 활동을 삼갔다. 남자들 역시 호신을 위한 무기를 들었다.

'각박하군.'

골목에는 맞고 신음하는 이들이 산적했고 화이트 로드만을 지키는 경비병들은 긴장한 채 경계를 섰다. 삶이 위축되고 일상이 불편해지니 피부로 와 닿는 폭력에 가진 자들은 자기 것만 지켰다.

도망친 마르셀 백작 영애. 안에서의 이권 다툼. 평민에게는 무관심한 상류층.

지켜 주지 못하는 그들의 작태가 수위에 도달하면 영웅이 등장해 그 뜻을 대변한다. 명분과 힘을 가진 주인공은 메그론일 것이다.

"혁명일까……."

중얼거리자 금발 검사가 답했다.

"교체라던데요?"

야켄이 혀를 찼다.

"에헤이~ 신참은 입도 싸다니까. 그걸 냉큼 말하냐?"

"한편 아니었습니까? 조금 게을러서 그렇지 어르신 비밀 지령까지 받는 사람이고요."

"하긴. '둔하긴 해도 믿고 맡길 만하다.'고 하셨으니까."

그가 킥킥 웃었다.

"난 그 둔한 게 머리인 줄 알았는데 약속을 안 지키는 거였어. 그래도 로이, 말은 조심해야 하는 거야. 안 그러냐, 돼지?"

쩝쩝.

"……그래, 먹어라, 먹어."

그들의 대화에 나는 메그론의 심중을 엿볼 수 있었다. 계약의 룬인 페이엔탈로 엮어 나를 오래도록 써먹으리라는 것이다. 강압적이지는 않을 터다. 암시장을 이용케 한 것처럼 상벌이 분명한 그였으니까.

그에게 있어 곤바로스의 사도는 배신의 우려가 없는 좋은 패(馬)다.

나는 대화의 물꼬가 터진 김에 그들과 통성명을 하고 이야기를 이어 보았다.

휘파람의 검사 로이.

"이참에 작위를 가져 보는 거지요. 요즘 예법 배우느라 힘들긴 합니다."

날카로운 날개 야켄.

"참한 아내면 끝. 그러려면 용병직을 때려치워야 하는데, 아~ 돈이 안 모여! 응? 여자들이 용병이라면 질색인 거 몰라?"

투창의 전사 위렉.

"봉토? 영토? 아무튼, 내 땅에다 소, 돼지 키우며 한껏 먹는 겁니다. 작위가 없으면 땅도 없으니까요."

소박한 소망을 말하는 이들은 B급 용병으로서 멜도란의 3대 용병단 중 하나인 느람 소속이었다. 그리고 성의 용병들 전체를 조율하고 있는 느람, 카니달, 부텐은 모두 메그론의 것. 수뇌부터 말단까지 모두 그의 손이 직접 닿은 정예자 베테랑이었다.

그들의 역할은 계획대로 부딪치며 얼마 남지 않은 군사들을 화이트 로드에 묶어 두어 공포 분위기를 조성, 치안을 엉망으로 만드는 것이다.

건달이나 어중이떠중이들, 용병들이 제 세상인 줄 알고 설치고 있지만, 저들은 희생타다. 고조된 불안을 잠재우기 위한 제물인 셈.

메그론의 계획은 치밀하게 진행되고 있었다.

'B급 용병들이란 말이지.'

륜과 비전이라는 힘을 배제한 채 역량만으로 평가한 나의 등급.

용병이라는 틀로 볼 때 현재의 나는 C+급 용병이다.

사실, 종족의 수만큼 다양한 힘의 체계가 있는 new century이기에 전 종족을 아우르는 표준화된 틀은 없었다. 또한, 제아무리 강하다 해도 잠잘 때 암살을 당하거나 일상에서 독살을 당할 수도 있는 일.

절대적인 기준은 없다.

그러나 용병이라는 직업과 인간이라는 종족. 기반 스킬을 문신술로 한정하면 공식적인 평가가 가능해진다.

0~50레벨은 평민이다.

50~100레벨은 C급. 전시에 창 자루 쥐여 준다. 쓸 만하다.

100~150레벨은 B급. 숙련병이자 베테랑 용병이다. 분대 정도는 맡김직하다.

150~200레벨은 A급. 정예에 속한다. 자기만의 용병단을 조직할 수 있다.

200~250레벨은 S급이다. 나라로부터 기사의 단승 귀족으로서 봉토를 하사받으며 군에서는 최소한의 발언권 및 독자적인 소규모 작전을 이행할 수 있게 된다. 만약 4개 이상의 문신술을 사용하는 비전이 있다면 자기만의 유파를 창설하는 것 역시 가능하다.

+는 문신술 이상의 무언가, 숨겨 둔 한 수가 있을 때 받고 −는 문신술에 미숙할 때 평가받는다. 플레이어로 치면 스킬의 유무와 숙련도인 셈. 그 때문에 C+급 용병은 B급 용병에 준하는 대우를 받고 B−급 용병은 C+급 용병을 예우했다. 나름의 한 수가 있으니까 서로 조심하는 것이다.

플레이어들? 랭커?

화살받이는 고려 대상조차 되지 않는다.

　　　　※　　　　　※　　　　　※

"드디어 왔군!"

"더럽게 오래 기다렸어."

"아, 졸려."

나흘 전, 마르셀 영애와 시넬이 게이트를 가동하여 탈출하는 찰나 메그론이 등장해 손을 썼다. 그의 일수에 응축된 마력과 크리스털, 술식이 단숨에 깨지며 게이트가 강제로 닫혔다.

그러나 애석하게도 아슬아슬하게 탈출에 성공하니, 그들을 쫓으려는 방법 역시 게이트를 작동하고 강제로 닫아서 한 명을 날려 버리는 것이었다. 그 대상자가 나였고.

"ㅎㅎㅎ."

"후딱들 합시다."

"암! 그래야지요."

날짜가 같을 수는 없다. 그러나 같은 시각, 같은 방법, 같은 타이밍으로 날려 버린다면 쫓을 수 있을 터.

이를 위해 꼬박 계산하고 마력을 유지한 채 이틀을 기다린 이들의 기세는 시선으로 나를 때려죽일 정도였다.

"이 늙은이 눈 빠지는 줄 알았소이다."

만년 차석으로 연구만 하던 멜도란의 노(老)마법사는 퀭한 눈으로 나를 반겼다. 제자로 보이는 젊은 마법사들은 복잡한 수식을 계산한 종이 더미에서 엎드려 자는 채였다.

"그나마 다행이군. 1분만 늦었어도 내일 진행해야 했을 텐데."

공성 병기로나 씀직한 대형 망치를 든 거구의 용병들이 살기 띤 웃음을 지었다. 전부 내가 도착하기만을 학수고대한 탓이다.

"한 번에 바로 갈 테니 잘 들으시오."

노마법사, 이넬라스가 숨도 쉬지 않고 읊조렸다.

"부서진 술식으로 보건대 대략 40르틴 반경의 어느 곳으로 튕겼을 것이고, 상공 20르닌 지점에서 추락할 것이니 이에 대해 준비를 하면 되고. 대응 게이트는 위성 요새 레바논이었으나 마력장의 충돌로 증폭 이탈했을 확률이 65%, 중도 충돌했을 경우가 30%, 계산 외로 임의의 좌표점과 동기화됐을 확률이 5%가 되니 각각의 산출 경로를 표시한 지도에 따라 도착점부터 추산해 가장 빠른 황도로의 경로를 추적하면 마르셀 영애와 시넬을 찾을 수 있을 것이오!"

보험 가입 시 약관을 읊듯 할 말만 빠르게 한 이넬라스.

뻘건 눈으로 준비했던 말들을 폭포수처럼 퍼부은 노마법사는 뒤편의 고풍스러운 상자를 열었다.

아이 머리 크기의 수정구 한 쌍.

이 중 하나를 꺼냈다.

"무엇입니까?"

"마력 패턴이 새겨지는 상급 마법기인데, 정말 운이 없게도 다른 좌표점과 혼합이 될 시에는 대척점으로 튕겨 나가 극동, 극서, 남극, 북극에 떨어지게 된다오. 그렇게 되면 추적보다는 생존에 힘쓰라는 것이 그분의 명이외다."

남은 수정구의 패턴을 분석해 내가 5%로 날아가게 되면 페이엔탈의 계약을 완화하겠다는 뜻이다.

'훌륭한 리더다.'

무모한 지시가 아닌 내 사정까지 고려하여 도달할 수 있는 목표와 동기를 확실하게 부여하다니. 만약의 사태에 대비까지 완벽하니 실로 대범하며 세심한 일 처리였다.

"건투를 비오."

짧은 흰 수염의 이넬라스는 지팡이를 마법진의 중심에 가리켰다.

"가시오."

대기 중인 시종이 지도를 주었다.

"받으쇼."

아울러 배낭 크기의 큼직한 가방 두 개를 함께 건넸다. 두 손으로 낑낑 가져온 그것에는 내가 사고자 했던 엑탈렘 수련 장비가 가득 들어 있었다. 다른 하나는 식량 및 물약 등의 치료제였다.

"서시오."

시종은 '다급히 뒤돌아서서 피하는 동작'을 내게 취하게 했다. 그리고 후다닥 빠져나감과 동시.

노마법사의 영창과 더불어 마력이 소용돌이쳤다. 눈 비비고 일어난 제자들이 함께 지팡이를 움직인다. 내가 오기 전까지 100번 넘게 연습했다더니만 그야말로 눈 감고도 마력을 보조하는 것이었다.

수정에 응어리진 빛이 정교한 술식에 따라 빛을 토하며 눈앞을 밝게 물들였다. 번뜩이는 마력이 수면처럼 고요한 면. 다른 풍경을 비추는 마력의 거울을 생성했다.

나는 자세 그대로 걸음을 내디뎌 거울 속 세상에 성큼 들어갔다.

그 순간.

우라랍-!

마법진 가장자리의 수정에 대고 용병 다섯이 망치를 치켜들었다. 혈력을 가득 머금은 육중한 쇳덩이가 구령에 맞춰 똑같은 속도로 같은 양의 충격을 가했다.

마르셀을 뒤쫓던 메그론의 한 수를 재현한 것이다.

퍼적!

크리스털이 으깨짐과 동시.

번쩍!

천장이 내려앉았다. 폭발적인 빛이 눈꺼풀에 작렬했다. 그리고 어느덧 나의 몸은 텅 빈 허공에서부터 추락하고 있었다.

'춥다.'

차가운 공기. 고막을 흔드는 바람의 소리. 펼쳐진 숲이 흰 눈옷을 입고 있었다. 침엽수림 저 너머로 흰털을 갑옷처럼 두른 대형 몬스터가 언뜻 보였다.

스르르르……

전자회로처럼 복잡한 마력 패턴을 빼곡히 새기던 수정구가 과부하하여 가루가 되었다.

재수 없게도 5% 당첨이었다.

※　　　※　　　※

눈밭에 착지한 나는 지도와 가방들을 보관함에 넣었다.

펜던트로 확인한 현재 위치.

[대륙의 북부 : 고르단 산맥 – 샤건의 언덕]

목표 지점까지의 거리.

[란티놀 제국까지 2,870㎞. 황도까지 3,220㎞]

"헐……."

멀리도 튕겨 왔다.

그나마도 험준한 산맥을 관통했을 때지 우회한다면 다섯 배는 더 될 것이다. 사시사철 한겨울인 극지에 조난을 당하다니, 실로 파탄 난 공간 이동은 여느 공격 마법보다도 강력한 위력을 발휘하는 것 같다.

[출입 권장 레벨 : 200Lv 이상]

[출몰 몬스터 : 회색 이빨 늑대. 흰털 늑대(60Lv~120Lv)
검치호(120Lv~150Lv). 메킨(80Lv~200Lv). 거인-하얀
눈의 두두 : (170Lv~320Lv)……]

쭉 나열되는 종류가 실로 다양했다. 탄성과 함께 하얀 입김이
뿜어졌다.

마르셀 영애와 시넬이 이런 곳에 떨어졌다면…… 가다가 꽁꽁
언 시체를 회수하는 건 아닐지 모르겠다.

'환혼력 아니면 어쩔 뻔했을까.'

싸늘한 한기를 다뤘다면 얼마 버티지 못하고 급격히 체온을 잃
어 동사했을 것이다. 불을 다룰 수 있다 해도 추위에 지쳤을 터
다. 그러나 환혼력은 각각의 힘을 충돌시킨 공진력. 주위를 얼리
는 현상은 가져오지만, 그 중심은 태풍의 눈처럼 고요한 힘이다.

힘을 운용하여 발끝까지 감싸자 싸라기눈처럼 아프기 그지없는
바람이 환혼력에 묻혔다. 그렇게 추위를 해결한 나는 가만히 의
문을 떠올렸다.

두 남녀는 어떤 생각을 했을까? 어떻게 행동했을까?

'생존.'

질문하고 답을 찾는 것이 곧 생각이다. 수준 있는 사람은 수준
높은 질문을 스스로 하는 이를 일컫는 바, 나는 내가 경험한 '시
넬'의 입장이 되어 고민해 보았다.

그는 뛰어난 마법사였다. 총명하고 실천력까지 갖춘 이였다.

복귀를 위해서는 우선 살아야 하리라. 허나, 자력으로는 생활
할 수 없다. 혹한은 알량한 마음가짐으로 이겨 내기에는 너무나

도 큰 대자연의 시련이다.

즉, 이를 이겨 내기 위해서는 도서관의 죽은 지식이 아닌 산 경험과 지혜가 필요하다.

"문명을 찾았겠어."

우선은 사냥했을 것이다. 체온을 유지키 위한 가죽과 털이 필요했을 테니까. 하지만 임시방편일 뿐. 복귀를 위해서는 더 많은 조건이 필요케 된다.

야생 동물을 잡고 몬스터를 피하며 남하했을 터.

나는 펜던트를 조작했다.

준비한 지도는 쓸모없었다. 대신 가장 완벽하며 확실한 강유나의 보조가 있을지니, 경로를 검색했다.

검색어는 사람, 마을, 쉴 곳.

불쑥.

왼쪽 위로 지도가 띄워졌다. 반짝이는 인접한 마을은 네 곳.

한 곳을 짚었다.

펜던트에서 뻗어 나가는 화살표가 길을 안내했다.

❈　　　❈　　　❈

고레벨의 몬스터가 출몰한다던 고르단 산맥은 생각보다 평화로웠다. 가는 내내 야생동물 몇만 보일 뿐 위협적인 몬스터는 발견하지 못했던 것이다.

'하긴 가는 곳곳마다 몬스터로 바글바글한 것도 난센스겠지.'

덕분에 사냥 대신 수련으로 여정을 채웠다. 마을을 향하며 육체와 스킬을 가다듬고 날이 저물면 평화의 불씨를 피운 채 힘의 운용을 수련했다.

하루가 지나자 낯설기만 했던 풍경이 이제는 익숙하게 다가왔다. 드넓은 자연과 평화로운 나날들은 마치 삶에 여백이 더해진 기분을 선사했다.

자연과 삶의 흐름을 함께하니 하루가 더욱 간결해졌다. 해가 뜨면 움직이고 달이 뜨면 쉬는 하루하루는 여유로우며 또한 충실했다.

그렇게 사흘째 되던 날 밤.

나는 사방이 탁 트인 야트막한 언덕 위에서 평화의 불씨를 피웠다. 하얀 눈과 드문드문 드러난 바위. 굳은 땅에 그대로 몸을 뉘었다.

마력이라도 운용하며 수련과 휴식을 겸할까 했다가, 오늘은 그냥 푹 쉬기로 했다.

편안하게 누워 캄캄한 하늘을 보았다.

검은 하늘은 끝 모르게 높았다. 아득한 곳에서부터 총총히 빛을 발하는 별이 차분한 흰빛을 뿜었다. 그리고 밝은 햇살에 가려 보이지 않던 달빛처럼, 풍경에 숨어 보이지 않던 북극 대기의 마력이 언뜻 보였다.

개똥벌레의 작은 반짝임처럼 극미하게 드문드문 보이는 마력의 빛. 지금까지는 환혼력에 밀려 멀리서 떠돌다 사라지던 힘이었다.

'쥐꼬리만큼이란 게 과분한 표현일 만큼 없어도 너무 없어.'

오염되지 않은 청정한 설원이었지만 마력의 양은 현실의 도시만 못했다. 턱없으리만큼 적어 동네 약수터도 이곳보다는 더욱 많은 마력으로 가득할 정도다. 하지만 폐부 깊숙이 와 닿는 맑은 공기와 사람의 손길이 닿지 않은 경치는 그것만으로도 충분한 감동을 안겨 주었다.

감상적이 되니 흥취가 절로 일었다.

나는 맨몸으로 산의 공기를 한껏 품었다.

두르고 있던 환혼력을 멈추고 반짝이는 마력에 손을 가져갔다.

뽀드득.

발가락 사이사이로 느껴지는 눈의 감촉. 속옷 없이 법의만 입어 피부 깊숙이 스며드는 시린 공기. 손끝에 닿는 이질적인 북극의 마력이 몸의 감각을 짜릿하게 일깨웠다. 그러며 온몸으로 만끽했다.

'다르다.'

손끝에 착 달라붙어서 둘둘 휘감기는 하얀 마력은 확연하게 달랐다.

남자와 여자라는 성별의 차이만큼이나 뚜렷하게.

와작.

사탕 먹듯이 마력을 깨물어 보았다.

스하-!

내쉬는 입김이 사라졌다. 차갑다.

'입 안이 얼얼한데.'

북극의 마력은 눈 결정체 같은 모습으로 바람에 극미량이 섞여 흩날렸다. 그러다 피부와 호흡기관에 달라붙으면 기묘한 현상을 일으켰다.

육신의 변화와 마찬가지로 혈력과 기력이 요동쳤다. 아울러 호흡과 함께 본신의 마력도 딸려 나갔다. 그것은 투명한 물그릇에 한 방울의 잉크를 떨어뜨린 것처럼. 독버섯같이 피어나 확산하는 모습이었다.

버릴까? 뱉어 낼까?

아마 예전이었다면 생경함에 놀라 그리했을 것이다.

하지만 안다. 현실의 유적을 통해 비전을 얻지 않았던가.

－익숙함보다 자연스러움이 옳다.

나는 정교한 수정으로 관찰하며 변화를 주시했다.

심장이 빠르게 뛰었다. 몸이 떨렸다.

'괜찮아.'

혈류가 가속했다. 머릿속이 아득해졌다.

"괜찮아."

뼈마디가 시큰거렸다. 통증이 더욱 심해졌다.

허나, 숨을 한껏 마시고 몸의 긴장을 풀었다.

'나를 믿는다.'

생소한 고통이 잠시간 온몸을 장악했다. 신체에 쌓여 있던 마력들이 썰물처럼 나가며 일부가 남아 변형됐다. 그리고 변형 마력은 마르지 않고 솟아나는 나의 마력에 힘입어 그 크기를 더욱 불려 갔다.

그제야 진정으로 알 수 있었다.

'현실의 마력은 무채색이고 new century의 마력은 유채색이구나.'

단순히 양이 많고 적음만이 아니었다.

특히 북극의 마력은 유형질이랄 정도로 두드러진 마력.

변모한 마력이 혈력과 기력에 녹아들었다. 체모가 가늘고 길게 자라며 흰색으로 바뀌었다. 얇은 옷을 입은 양 피부 위로 변형된 마력이 한 꺼풀의 막을 형성했다.

불끈.

대흉근을 비롯한 전신의 큰 근육이 팽창하다 막에 눌려 이지러지듯이 퍼졌다.

성장하는 육신. 고정된 틀. 결정체 같고 벌집의 모양과도 같은 마력의 틀. 이 삼박자가 고루 퍼지며 피부를 더욱 강하고 질기게 만들었다.

이윽고 큰 곳에서 신체 말단에 이르기까지의 변화를 마친 나는, 이를 눈으로 확인해 보았다.

제임스 Lv84(곤바로스의 사도 : 진리 탐구자 : 소울 이터)

직업 속성 : 中. 影. 月. 昏

마력 속성 : 氷

힘 : 847.8		혈력 :	84
민첩 : 276.8		기력 :	27
지혜 : [80]		마력 :	[8]
위엄 : 5		환혼력:	[4]+108
평정 : [80]		위압 :	[80]
통솔 : [80]		투지 :	[80]
굴강 : [80]		재생 :	42

상태창을 보니 소울 이터라는 직업이 미친 영향을 더 많이 이해할 수 있었다.

'레벨업은 제임스. 스킬 숙련과 극의는 현실의 내 힘이군.'

혼합된 성장 방식이 분리되어 효율을 극대화한 셈이다.

사냥을 하면 높아졌다.

기존의 레벨업이자 제임스의 강함. 이는 추가 능력치와 스킬 등을 얻게 해 준다. 대신 이 성장으로는 고정된 지혜와 마력 등을 조금도 올릴 수가 없다. 사냥할수록 확실하며 꾸준하게 강해지는 성장법이었다.

반면, 수련을 하면 깊어졌다.

이상현의 역량 강화로서 스킬 상승에 따른 추가 특성과 극의를 비롯한 비전들을 얻었다. 하지만 소위 말하는 깨달음이 있어야 하기에 지금과 같은 행운이 얼마나 더해질지 알 수는 없는 방법. 정교한 수정에 힘입어 단련하며 정진하면 끝을 볼 수 있다.

"굴강과 재생이라."

새 특성들.

재생은 신체의 회복 능력을 의미한다. 야성이 강하고 호전적인 종족과 투사들이 얻는 특성으로 상처가 나도 쉽게 낫는다.

하지만 굴강은 잘 모르겠다.

뼈마디가 단단해졌으니 육체가 강해졌음을 뜻하는가도 싶지만, 그렇게만 보기에 지혜 수치와 동일한 것. 에일락 반테스로부터 얻은 특성들과 같은 수치를 보인다는 점이 선뜻 이해되지 않았다.

'밀착력 때문일까?'

찰싹 달라붙던 눈 결정체 모양의 마력 덕분인지도 모르겠다.

아무래도 경험을 통해 차차 확인해야 할 것 같다.

흐읍— 하아~

나는 상태창을 접은 뒤 크게 숨을 마셨다.

내쉬는 숨이 이제는 차갑지 않았다.

◪   ◪   ◪

펼쳐진 설원을 따라 쭉 뻗었던 화살표가 종착지를 알렸다. 굵직한 나무를 뼈대로 눈과 얼음이 보강된 울타리가 세워진 작은 마을의 이름은 〈데날〉.

그 입구에서 걸음을 멈췄다.

높은 장대에 시체가 걸려 있었다. 저레벨 존과는 다른 고레벨 사냥터의 잔혹함일까. 모자이크 처리되지 않은 고깃덩이는 모진 고초를 당했는지 흉물스럽기까지 했다.

'식인 풍습이 있나 본데.'

고통으로 일그러진 얼굴의 시체는 머리만 붙어 있을 뿐 몸 곳곳이 뜯겨 너덜너덜했다.

뚝뚝 피가 떨어지는 것으로 보건대 죽은 지 채 하루도 되지 않은 상태였다.

— 으으……

목책 너머에서 고통의 신음이 들렸다.

언뜻 보이는 높은 통나무 위에는 손이 묶인 사람들이 위태롭게 서 있었다. 피칠갑을 한 채 두 발로 간신히 서 있을 정도의 나무에 사람이 한 명씩, 총 다섯 개였다.

목책 위에 올라 아래를 보았다.

큰 우리 안에 박힌 일곱의 통나무. 굶주린 늑대 두 마리. 위태롭게 서 있는 사람들을 두꺼운 가죽옷에 모자를 쓴 50여 명의 주민이 둘러서 구경했다. 난쟁이들이 공주와 왕자를 벌하는 모습이 연상되는 잔혹한 처형식이었다.

"아…… 안 돼! 으아아악!"

정신이 혼미해진 한 남자가 떨어졌다.

기다렸다는 듯 굶주린 늑대들이 달려들었다.

와작!

날카로운 이빨이 뼈와 살을 씹었다.

산 채로 뜯어 먹히는 처절한 비명에 몸부림치던 몸이 뜨거운 피와 내장을 드러냈다. 그러자 철장대를 든 사내들이 늑대를 때려죽이곤 시체를 끄집어내는 것이 아닌가.

"라테! 으으!"

"이 잔인한 것들!"

"제발…… 제발 그냥 죽여 주세요!"

"살려 주세요…… 살려 주세요……."

살아남은 네 명의 남녀. 어떤 이는 울부짖고 어떤 이는 저주를 퍼부으며 어떤 이는 그저 흐느꼈다. 그러나 이를 보는 마을 사람들의 시선은 진실로 차가웠다. 끔찍함에 외면하기는커녕 더욱 분노에 찬 것이다.

잔인하지만 엄숙하기까지 한 광경. 그때 한 주민이 그를 보았다.

"누, 누구…… 헉!"

화들짝 놀란 그가 엉덩방아를 찧었다.

쳐다보던 그들은 법의를 입은 내 모습에 한층 긴장했다.

"뉘시오."

목발을 짚은 노인이 무리 가운데서 나왔다. 떨리는 어조를 애써 감춘 그는 왼쪽 다리가 무릎부터 잘리고 오른쪽 눈마저 없는 마을의 대표였다.

"무슨 일로 예까지 온 것입니……외까?"

"두 사람의 행방을 알고자 왔습니다."

"두 사람?"

"젊은 남녀지요."

흠칫 놀란 그의 뒤편에서 한 외팔이 사내가 어눌하게 물었다.

"무, 무슨 일로 차, 찾으시는 겁니까?"

"데려가기 위해섭니다. 헌데……."

나는 주민 하나하나를 자세히 보았다. 갈색과 주홍색 머리칼을 한 그들은 하나같이 삐쩍 마르고 손이나 눈, 귀 등 신체적인 결함이 있었다. 뿐만 아니라 정신지체라도 있는지 말투가 다들 이상했다.

"그런 건 모르니 당장 나가주십시오."

노인이 다급히 내 앞을 가로막았다.

"혹여라도 저 흉악한 놈들을 구할 생각 따위는 하지 말고!"

그사이 활과 칼을 가져온 남자들이 내게 겨누며 눈을 부라렸다.

노인은 고개를 저어 그들을 만류했다. 그때 통나무 위의 남자가 소리쳤다.

"그 쌍놈들은 내가 압니다! 나를 구해 주시오! 안내하리다!"

"저, 저도 알아요! 제발 살려 주세요!"

고통과 혼미한 정신 와중에도 이를 빠드득 간 그들의 모습에 나는 주민과 저들, 그리고 마르셀 간의 관계가 대변에 이해됐다.

'마르셀과 시넬이 폭정으로부터 마을을 구했구나.'

지배자와 피지배자.

신체적 결함이 있는 주민과 피를 철철 흘릴지언정 사지육신이 멀쩡한 통나무 위의 죄인들. 그들의 관계는 주인과 노예, 강자와 약자였다.

행색이 이를 증명했다.

한 맺힌 모습과 상처가 흉터로 남고 부러진 뼈가 뒤틀린 채 아문 마을의 주민은 전부 전쟁 난민들처럼 못 먹고 못 자랐다.

치료조차 제대로 받지 못했다.

이에 반해 죄인들은 정상인의 신체를 가졌다. 고문당했을지언정 사지가 멀쩡한 죄인들이며 굳은살 없이 피부는 여리고 고왔다.

수탈당했으리라. 노예처럼 부렸을 수도 있다. 몸이 병신이 될 정도로 오랜 세월을. 그렇기에 저토록 차분하며 한 서린 처형을 하는 것이다.

그리고 이 작은 마을의 체계를 무너뜨린 이는 그들이다.

"마르셀, 시넬."

둘의 이름을 언급하자 저들이 침을 꿀꺽 삼켰다.

구원자이자 해방자.

지혜가 상승한 덕분일까.

나는 그들의 모습과 반응, 행동을 통해 상관관계를 차분히 해석했다. 과거보다 명석해졌음이 스스로 느껴졌다. 이어 강유나와 신진권이 왜 나를 오해하고 두려워했는지도 명확하게 알았다.

'내가 보지 못한 것을 본 거였어.'

아는 만큼 볼 수 있다. 단면을 통해 전부를 읽는 그들에게 나의 일그러진 륜은 불가해의 영역이었을 터. 그러함에도 나를 도발한 것은 '이상현'이 보인 인간적인 면모와 어설픔 덕이었을 것이다.

물론, 결과적으로는 압도적인 힘으로 그들의 공포를 증명해 버렸지만 말이다.

"오해하지 마십시오. 저는 함부로 해치거나 하지 않습니다."

대략의 상황을 파악한 나는 그들을 안심시켰다.

"그저 두 사람의 행방에 대해 조금만 알려 주시면 됩니다."

촌장으로 보이는 노인이 침묵했다.

덜덜······.

외팔이 사내가 떨며 나섰다.

"모, 모르오!"

대답 대신 나는 물끄러미 그를 보았다.

사내는 흔들리는 눈을 애써 부릅떴다. 하지만 이내 움츠리며 고개를 숙이고 만다. 좁은 어깨가 더욱 왜소하게 줄어들었다.

"당장 나가!"

그가 질끈 눈을 감고는 들고 있는 창을 휘둘렀다. 하지만 하나뿐인 팔로 눈까지 감은 채 휘두르는 창이 위험하면 얼마나 위험하겠는가.

가볍게 낚아챘다.

그때였다. 기척도 없었건만 창졸간 몸이 긴장한 것.

반사적으로 일으킨 일말의 혈력으로 몸을 보하는 순간.

캉!

관자놀이가 간질거렸다. 가늘고 길게 자란 체모가 부드럽고 탄력적으로 힘을 격감시킨 까닭이다.

쇳소리와 함께 떨어지는 것은 손바닥 크기의 작은 화살.

'적인가.'

즉시 반격에 나섰다. 화살의 방향을 역추적. 확장된 시야가 적의 위치를 확인했다.

처형대 우측의 통나무집 굴뚝. 은신하고 있는 이는 붕대를 칭칭 감은 사냥꾼.

풍류보를 밟아 암습자의 머리 위에 도착했다. 남은 것은 손을 내리쳐 두개골을 으스러뜨리는 일뿐인 그때.

"컥!"

채 손이 닿기도 전에 그가 왈칵 피를 토하는 것이 아닌가.

장년인의 붕대 사이로 검은 핏줄기가 뿜어지기까지 했다.

'중상을 입은 몸으로 공격했다니.'

공격하려던 손으로 그를 받쳤다. 위해가 되지 않을뿐더러 절박한 사연이 신경 쓰인 이유다.

"아아…… 캘튼!"

재차 밟은 풍류보로 마을 입구에 돌아오니 촌장과 사내가 털썩 주저앉았다. 무기를 들던 주민의 손에서 무기가 떨어졌다.

이를 본 통나무 위의 네 남녀가 기쁘게 웃었다.

"하…… 믿을 수 없군. 류의 호감이라니."

"미천한 것들답다! 재앙을 스스로 부르는구나."

"다 죽이시오! 특히 그놈을!"

"빨리 살려 줘요! 힘이 빠진다고요!"

울다가 광소를 터뜨리는 그들과 달리 모든 것이 끝난 것처럼 체념한 마을 주민은 묵묵히 눈물만 뚝뚝 흘렸다. 회한의 눈으로 노인이 하늘을 쳐다보았다.

"제가 알아요."

코가 뭉개진 여인이 엎드렸다.

"그분들이 가신 곳을 제가 알아요. 제가 알려 드릴 테니 제발…… 제발 그를 놓아주세요."

"누아야. 은인의 당부를 저버릴 셈이냐?"

촌로의 힘없는 말에 그녀는 울음으로 답했다.

선한 눈에 고운 목소리를 가진 추레한 여인은 엎드린 채 기어와 발을 핥으려 했다. 이를 보고는 '살려 주세요.'를 연발하던 통나무 위의 여자가 비웃었다.

나는 고문을 당한 남녀 중에서 유독 저 여자 죄인만 발바닥 가죽이 벗겨져 있음을 볼 수 있었다.

"저 여자가 그렇게 한 겁니까?"

여인, 누아가 서럽게 수긍했다.

'북해는 전부 이 모양인가?'

모두가 미쳐 있었다. 그리고 맺힌 한을 풀기 전까지는 살아도 미쳐 있을 수밖에 없을 것이다.

"데려가십시오."

나는 죽어 가는 장년인의 상처를 치료해 주었다.

완치는 시키지 않았다. 내가 저지른 만큼, 물약을 덜어 상처를 봉합하고 이겨 낼 정도의 체력 정도만 회복시켰다.

"날이 저물면 다시 오겠습니다."

그리고 물러났다.

"이, 이보시오! 이봐!"

"간다니!"

"멈춰요! 어…… 어아아악!"

목책을 벗어나는 등 뒤, 통나무 위의 남녀들이 고성을 지르다 종국에는 떨어져 굶주린 늑대에게 뜯어 먹히는 소리가 들렸다.

모두가 침묵하는 그때 배고픈 늑대만이 만찬을 즐겼다.

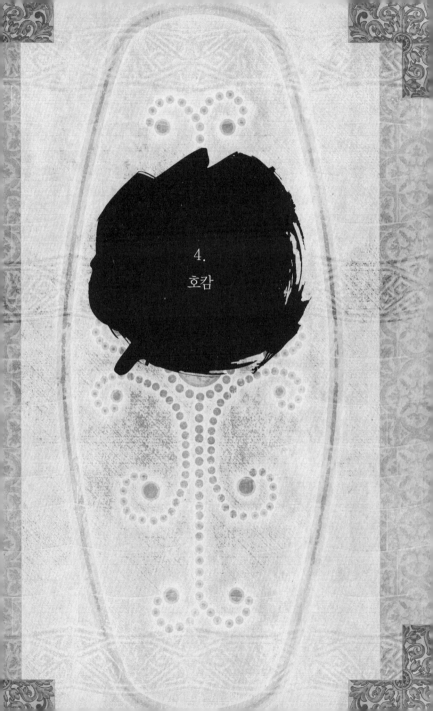

4.
호캄

마을이 내려다보이는 비탈진 언덕에 앉아 모닥불에 장작을 더 넣었다. 소리를 내며 거세지는 불은 따뜻했다.

저들이 나를 발견할 수 있도록 불까지 피우며. 혹, 보더라도 긴장을 풀기를. 조금이나마 친숙함을 느끼기를 바라는 마음으로 피운 불이었다.

평화의 불씨는 쓰지 않았다. 스킬의 힘이면 저들의 적의를 단 숨에 녹일 것이나 그렇게 다가가는 것은 마을 사람들의 삶에 대한 모욕이리라.

'삶이라……'

해방의 자유를 우선은 느끼는 것이 좋으리라. 그것이 비록 아 픔일지라도 그리해야만 후일 우뚝 설 수 있다.

나는 그렇게 날이 저물기를 기다리며 자세한 검색을 해 보았다.

검색어는 통나무의 죄인이 언급했던 '호캄' 이다.

[백(白)마력 : 호캄]

1. 대륙 북부에 흐르는 이상 마력을 칭하는 말로서 '마법을 거부한다.'는 뜻의 고어(古語)다.

2. 신의 이름으로서 북부인은 '예언과 선택의 호캄'으로, 이외 지역에서는 '저주와 무기력의 호캄'으로 칭하기도 한다.

3. 선택받은 천인(天人)을 부르는 말이기도 하다. [선택받은 자 : 호캄]은 〈결빙의 류〉와 〈설풍의 쥬〉로 나뉘는데 류는 대전사, 쥬는 대주술사와 비견되는 강함을 가진다.

이어지는 설명은 북부의 신화와 문화의 배경 지식이었다.

차분히 이를 읽었다.

점점 시간이 흘러 어느덧 저물어 가는 낮이 되었다. 그러나 바로 움직이지 않았다. 마을 주민에게 심신을 다스릴 여유를 주기 위함이다.

검색을 이어서 했다. 이번에는 원론적인 '호캄'이 아닌 선택받은 자로서의 호캄을 찾았다.

[선택받은 자-호캄]

1. 백색의 마귀, 화이트 데빌리언, 설인 등으로 불리는 변이종으로 흰 머리칼과 동공까지 새하얀 눈. 눈처럼 하얀 피부가 특징이다. 마갑보다 우월한 방어력의 극세사 체모로 덮여 있다.

2. 굴신(屈伸)과 심체(心締), 무강(武鋼)의 삼대 특성이 있어 최대치의 물리 마법과 정신 마법의 저항력을 자랑한다.

3. 주문과 술식이 필요 없는 본능적인 이능은 코마의 영령술과 계통을 같이하나 극대화된 속성력이 차별성을 부여한다.

4. 육체의 변이 과정 중 과도한 마력 소모와 막대한 고통을 겪으며 정신질환이 생긴다. 식인(食人)하며 잔인하고 흉포하다. 스스로 힘에 취하고 타인을 인정치 않는 독선적 면모를 가진다. 은혜는 잊고 원한은 뼈에 새긴다.

정신질환이 생긴다?

'알고 보니 보물단지였어.'

손의 룬을 장시간 보았다.

처음에는 지독한 불운인 줄 알았다. 그런데 겪으면 겪을수록 고정된 지혜 덕에 몇 번을 살았는가. 펠마돈의 비서를 얻는 것부터 최근에는 메그론의 공격에 이르기까지, 굵직한 위기를 극복하는 원동력이 바로 여기에 있었다.

이거, 대성자의 빛을 얻어도 검룬을 뽑지 말아야 할 것 같다.

연민의 마음으로 기다리는 동안, 차분히 알아본 북부의 제반 지식들. 이 중 눈에 띄는 대목이 있었다.

국가가 없다.

땅은 물론 바다에서 하늘에 이르기까지 어디건 주인이 있는 현실과는 전혀 다른 부분이다.

new century의 북부는 전혀 다른 세상이라 해도 좋았다.

흔히 날카로운 이빨과 발톱, 날개도 없으며 느리기까지 한 인간이 만물의 영장이 된 것은 지혜가 있기 때문이라고 한다. 생각할 줄 알기에 도구를 쓰고 기술을 축적하여 문명을 열었다. 집단 통제를 위한 체제를 발전시켜 가족이 부족으로, 부족이 국가가 되었으며 규모의 확대로 집단 지성이 서로의 무지를 보완한 결과 인류는 만물의 영장이라 자처할 수 있게 되었다.

그러나 new century 북극의 인류는 백마력, 호캄 탓으로 먹이사슬 최하의 위치로 격하된 상태였다.

인간이 인간답다 하는 요소를 볼 수 없는 곳.

'이곳이야말로 약육강식.'

북부의 신분제와 사회는 실로 단순했다.

포식자와 노예, 그리고 가축.

이것이 전부다.

뛰어난 자질과 카리스마가 있는 소수. 사회의 변화를 이끌고 앞서 나가는 그들을 리더라 부른다. 그 선구자의 위업이 대를 이으며 역량이 쌓일 때 비로소 인류는 진일보할 수 있게 된다.

그런데 만약, 무리의 우두머리와 지혜로운 이들이 꾸준히 미친 놈이라면 어떻게 될까? 적당히 똑똑하다가 지혜라는 것을 쓸 수 있는 수준에 오르는 순간 확 정신병자가 돼 버린다면?

'힘도 세지고 말이지.'

능력 있고 힘 있는 미친 소수 탓에 발전할 수 없는 곳. 바로 그곳이 백마력이 흐르는 북부였다.

호캄은 자질이 뛰어난 자만이 될 수 있다. 북극의 마력을 받아들일 수 있어야 하고 모진 고통에서 미칠지언정 죽지 않을 정도의 정신력도 필요했다. 즉, 어떤 사회에서건 견인차 구실을 할 수 있는 중요 인재들이 백마력의 저주를 받는다.

뛰어난 이의 이른 죽음은 서글픈 일이다. 그러나 생존하면 더 큰 문제가 탄생한다. 바로 이기적이며 식인을 일삼는 괴물이 내부에서 불쑥 나타나는 것이니까.

사회는 그렇게 붕괴한다.

"그들은 더 불쌍하고."

호캄의 밑에는 백성이 없다. 오직 노예와 가축일지니 노예는 캘튼과 누아로서 각각 남자 노예와 여자 노예를 뜻한다. 가축은 마을에서 본 보통의 주민을 총칭했다.

[캘튼, 누아 = 창부]

관련 내용을 읽으며 가슴이 답답했다.

캘튼과 누아는 이름이 아니다. 바로 성적 노리개이자 창부라는 뜻을 가진 단어인 것. 이름처럼 서슴없이 불렀던 주민의 행동으로 보건대 어원까지는 알지 못했으리라 짐작되지만, 그들의 상처 가득한 몸. 서슴없이 복종하며 발을 핥으려던 모습이 어떤 생활을 하고 고초를 겪었을지 조금이나마 이해하게 도왔다.

단, 백 가지 나쁜 점 외에 한 가지 좋은 점이 있기는 했다.

강해진다는 것.

캘튼과 누아는 호캄과의 관계를 통해 육체가 변이된다. 그들의 체액으로 일부 능력이 각성하는데, 이는 현실의 초능력자와 비교하면 딱 맞는다.

그런 힘 따위, 원치 않았겠지만 말이다.

잠시 묵념의 시간을 가진 나는 펜던트의 설명들을 갈무리했다.

캄캄한 밤을 밝히는 것은 오직 피워 둔 모닥불만이 전부인 시간.

'가자.'

이제 그들의 사정을 충분히 알았다. 이만하면 됐다.

툭툭…….

자리에서 일어나 옷을 털었다. 손바람으로 활활 타는 불을 꺼뜨린 후 죽은 듯이 조용한 마을. 점점이 새어 나오는 불빛만이 을씨년스러운 데날을 보았다.

무슨 방법으로 시넬이 호캄들을 무력화시켰는지, 그들의 행방은 어찌 되는지를 직접 들을 시간이었다.

그러나 배려의 마음으로 들어선 마을은, 텅 비어 있었다.

※   ※   ※

끼이익-!

목책의 큰 문을 열었다.

비어 있는 울타리와 썩지 않은 시체 다섯이 눈에 들어온다. 굶주린 늑대와 네 명의 죄인들이다.

그러나 그 외에는 딱히 눈에 보이는 것이 없었다. 사람이 없는 풍경만 정물화처럼 비칠 따름.

'설마.'

불이 켜진 집 안으로 들어갔다.

화로만 남아 꺼져 가는 온기를 전할 뿐, 인적은 찾을 수 없었다. 다음의 집도, 다른 집도 마찬가지였다.

"도망쳤구나."

웃음과 함께 한숨이 새어 나왔다. 그들의 선택이 이해는 되지만 썩 달갑지는 않다.

누우떼가 강을 건너는 법과 다를 바가 없었던 탓이다. 악어의 먹이로 몇몇이 먹히는 사이 무리가 건너 생존을 꿰는 것처럼, 이들은 도망을 선택했다.

나는 절제하고 있던 환혼력과 감각을 활짝 열었다.

마르셀과 시넬의 행선지를 말해 주고 무리를 위해 남은 제물. 도망치는 것을 선택한 노예들이 무리의 안전을 위해 남긴 희생양의 위치를 찾았다.

'뻔하지만.'

보지 않았음에도 누가 남았는지 눈에 선하게 그려졌다. 나이들고 나약하며 호캄에게 의견을 피력할 수 있는 이는 촌장으로 짐작되는 노인뿐이었으니까.

그런데.

"오시기를 기다렸어요."

내 예상이 빗나갔다.

마을에서 가장 높고 큰 석조 건물. 넓은 홀을 밝히고 데우는 것은 두 개의 큰 화로가 전부인 그곳에 털옷을 입고 가죽으로 몸을 둘둘 만 소년이 있었던 것.

"넌 누구냐?"

"야크니스라고 합니다. 본래 데날의 주인이었던 호캄이죠."

하얀 머리칼에 하얀 피부를 가진, 눈동자만 까만 13세쯤 되어 보이는 소년이 답했다.

"왜 네가 남아 있는 거지?"

"두 사람의 행방을 제가 알고 있어요."

소년은 내가 성큼 다가가자 다급히 말을 이었다.

"가족을 죽인 놈들이라 냄새를 쫓을 수 있어요. 만약 그 둘이 다른 곳으로 간다 할지라도 언제든지 제가 찾을 수 있습니다. 분명히 도움이 될 거예요."

"원하는 건?"

"네?"

"내게 원하는 게 뭐지?"

반문하자 소년, 야크니스가 떠는 손으로 둘둘 말고 있던 가죽을 열었다.

소년의 몸은 기이하도록 끔찍했다. 마치 인체 해부도를 보는 양, 가죽이 벗겨지고 벌건 피부와 혈관이 보였는데 안에서 움직이는 내장기관이 기묘하게 꿈틀거리기까지 했던 것이다. 그리고 피와 먼지에 절어 2차, 3차 감염이 우려되는 상태였다.

잘린 팔과 다리의 힘줄, 곳곳의 흉터들. 살가죽이 누더기처럼 너덜너덜했다.

'살점을 뜯어 먹혔군.'

고치기도 버거운, 실로 총체적으로 난국이었다.

먹다 만 푸딩처럼 푹푹 파인 몸을 보노라니 내심 고개가 저어졌다.

마르셀과 시넬을 겸사겸사 쫓으며 new century를 여행하려던 내가 어찌 이런 고어영화 한복판에 떨어졌단 말인가. 만나는 이들이 죄다 이 모양이니 정상적인 사람이라면 진즉 정신이상 증세를 보였을 것이다.

"저를 살려 주세요. 치료해 주세요."

"그게 전부냐?"

"……힘도 필요해요."

공감할 수 있었다. 저 상황이라면 누구라도 몸을 지킬 힘을 갈망했을 테니까.

나는 자리에 앉았다.

"네 이야기를 해 봐라."

"본래 데날은 도망친 이들이 모여 만든 마을입니다. 이곳에서 태어난 저는 무척 어릴 적에, 6살 때 호캄이 되었어요. 저로선 무척 아팠다가 눈을 뜬 거였는데 가족들은 물론이고 모두가 두려워하고 저를 떠받들었죠. 말하는 건 전부 들어주고 다들 고개 숙이고요."

더 얘기하라고 고갯짓했다.

"하지만 시간이 지나며 알았습니다. 제아무리 호캄이라고 해도 제가 너무 어리다는 것을. 힘이 세기는 하지만 고작 어른 몇을 상대할 정도에 불과하다는 것을요. 이를 안 사람들이 저를 재우고 죽이려 들었습니다. 그때, 누가 말했다고 해요. 살아 있는 호캄을 먹으면 우리도 강해질 수 있다고."

소년은 마을 입구를 가리켰다.

"처형당한 그들은 제 가족이에요. 가장 가까이서 먼저 피를 먹고 제일 빨리 팔을 물어뜯었던 이들이죠. 그들은 강해졌어요. 하지만 다른 사람들은 피를 마셔도, 살을 먹어도 고통만 느꼈죠. 그렇게 그들이 데날의 주인이 되고 오늘까지 된 거예요."

나는 잠시 마을 입구의 시체들을 떠올렸다.

"그들은 호캄이 아니었다."

건장하기는 했지만, 지금의 내 몸이나 야크니스의 몸처럼 하얀 백발에 피부를 갖고 있지 않았었다.

"이유는 모르겠어요. 단지 육 일까지만 힘이 유지되고 그 이후에는 본래의 몸이 되었죠. 그래서 그들은 저를 살리고 가둔 채 키웠어요. 그리고……."

"주기적으로 먹었다?"

끄덕.

"그 눈은 어떻게 된 거지?"

"2년 전에 누나가 지하실에 내려오는 게 귀찮다고 했어요. 그래서 아빠가 뽑고 엄마가 잘라서 형이랑 네 명이 함께 먹었죠. 하지만 효과는 똑같았고, 남은 눈을 뽑아 이번엔 누나가 혼자 먹었어요. 결과는 같았지만."

야크니스가 눈을 감고 몸을 한 차례 떨었다.

"너무 아파서 우니까 형이 사람들 거 넣어준 거예요."

북부의 특수성과 소년의 몸 상태는 물론 연민을 가질 정도였다. 그러나 전쟁은 더욱 끔찍한 것. 살아 있는 지옥과 죽음 이후까지 경험한 에일락 반테스가 있기에 소년의 사연은 내게 인과관계 이상도 이하도 아니었다.

그 결과 아직 부족한 부분과 모순점들을 찾아낼 수 있었다.

하지만 어려 보이는 외관. 당장 죽어도 이상하지 않은 몸. 정상적이지 못한 정신 상태 등을 고려할 때 자기도 모르게 실수했을 수도 있다. 효용성 없는 거짓말 탐지기처럼 긴장해서 보인 오류일 가능성도 무시하지 못하는 바.

나는 확실하게 가기로 했다.

대화를 이으며 진실 공방을 하는 것 따위, 전후 사정을 파악하며 속내를 읽는 것 따위는 멈췄다.

"확인해 보자."

"확인이요?"

펜던트를 끌러 오른 손등에 묶었다.

가죽을 힘겹게 쥔 소년의 손을 잡았다.

"세 가지를 물으마. 예, 아니오만 답하면 된다. 솔직하게만 답해 주면 네 바람을 모두 들어주겠다."

이에 잠시 고민하던 소년이 신중히 고개를 끄덕였다.

나는 쥔 손을 펼치고 야크니스의 손바닥에 펜던트를 접촉했다. 마치 달군 쇠를 가져가듯 시계 문양이 소년의 손을 파고들었다. 그리고 퀘스트창이 떠올랐다.

기본 조건은 오직 '정직'.

추가 조건은 소년의 치료와 그에 따른 마르셀, 시넬의 추적.

상호 동의를 한 이후기에 퀘스트 생성은 무난히 이루어졌다. 이제 텅 빈 여백의 종이에 글귀를 채워 나갈 차례.

[만약 네 말이 진실이라면 나 역시 진심으로 대하겠다.]

언약의 륜, 페이엔탈의 힘을 이끌어내자 나의 목소리가 넓은 홀에 남아 메아리쳤다. 말은 곧 활자가 되어 허공에 새겨졌다.

[만약 네 말이 진심이라면 나 역시 진정으로 대하겠다.]

어두운 실내가 더욱 캄캄해졌다. 바닥에서 천정까지 울리매 넓은 홀이 감추어지고 둘만이 존재하는 듯 공간이 이지러졌다. 두리번거리는 야크니스의 얼굴에는 놀라움이 가득했다.

그렇게 신진권이 내게 제안할 때의 모습으로 나는 소년에게 물었다.

[지금까지의 이야기가 모두 사실인가?]

[예.]

침을 꿀꺽 삼킨 소년의 대답이 함께 적혔다.

[몸을 치료하고 내게서 힘을 얻는 것이 목적이 맞는가?]

[예.]

담담하고 차분한 글자가 새겨졌다.

[네 이름이 야크니스가 맞는가?]

"예."

조용히 목소리가 울림과 동시.

〈퀘스트 생성〉······ 실패!

퍽!

창이 꺼졌다.

푸른빛을 뿜으며 새겨지던 글자들이 가을의 나뭇잎처럼 우수수
떨어졌다.

"어리석은 놈."

껄껄 웃고는 놀라는 소년을 일 장에 때려죽였다.

◈　　　　◈　　　　◈

변명의 여지조차 없이 풀풀 날아가는 몸이 바닥을 뒹굴며 가죽
과 함께 널브러졌다. 다가가 벗기니 피부가 얇은 옷처럼 쭉 딸려
나왔다. 머리 가죽이 홀렁 벗겨지며 머리칼도 흩날렸다.

전부 누군가의 것.

나는 당장 건물 어딘가에 있을 지하 공간을 찾았다.

본래 옷과 음식이라는 것이 그렇다. 살기 위해서는 끊임없이 소비해야만 한다. 입고 먹기 위해서는 누군가 벗고 죽어야만 한다. 그것이 말 못 할 짐승의 것이건 식물의 알곡이건.

그렇기에 죽음에는 편애가 없어야 했다. 그저 살고자 하는 이기심을 인정하고 죽음에 대한 경건함을 잊지 않는 것만이 있을 뿐. 이것이 죽음으로부터 돌아온 에일락 반테스, 그의 삶을 통해 얻은 가치관이었다.

쉽사리 찾아낸 문을 단박에 때려 부쉈다. 이윽고 비릿한 혈향이 진득한 지하 공간 깊숙한 곳에서 한 혈인을 찾아냈다. 간신히 몸만 떨고 있는 작은 몸.

아직 살아 있었다.

기복을 살핀다. 체온과 생기를 읽었다.

살리려면 살릴 수 있는 정도였다. 여분의 물약을 모두 써야 할 정도기는 하지만.

'어찌할까.'

이성적이고 합리적인 선택은 외면하거나 숨을 끊어 주는 것이다. 당사자를 위해서도 그편이 나으리라. 고통뿐인 삶이라면 차라리 죽음을 선택하는 것도 훌륭한 대안이니까. 아울러 살린다 한들 내게 야크니스는 별반 도움도 되지 않을뿐더러 외려 물약의 손해만 막심하다.

그러나 그의 기구한 사연과 참혹한 처지가 이성 아래의 내 감성을 건드렸다.

차마 말로 형용할 수 없는 극도의 고통 속에서, 이 소년은 살기를 택할까 죽기를 택할까?

만약 생(生)을 택한다면 어떤 삶을 살까?

"야크니스."

무턱대고 살리지는 않는다. 선택은 스스로 하는 것이니까.

"살고 싶나, 죽고 싶나?"

최소한의 물약을 뿌리며 묻노니 야크니스가 눈을 부릅떴다.

나는 새하얀 눈을 직시하다 가짜 야크니스에게 한 제안과 같은 것을 페이엔탈로 요구했다. 그리고 포션을 부었다.

이제 데날에 더는 볼일이 없었다. 다시 시넬과 마르셀을 추적할 차례다.

나는 감옥을 나서며 기절한 야크니스를 어깨에 메고 홀에 들어섰다.

그때 메시지 창이 반짝였다.

[망자의 시선에 환혼령주가 반응합니다.]

[원귀-등급 : 最下 종족 : 人 성향 : 怒]

[환혼령주 〈1/108〉를 인간(종족)의 희로애락 중 怒 특성 구현에 사용하시겠습니까?]

돌아보니 야크니스를 연기했던 소년의 시체에서 희뿌연 눈동자 하나가 떠올랐다.

원수를 노려보는 망자의 텅 빈 눈.

시선이 따끔따끔했다.

[예/아니오]

승낙을 누르자 환혼령주 한 개에서 냉기를 뿜어 대는 손이 뻗어 나왔다. 그 손은 마치 카멜레온이 먹이를 사냥하는 것처럼 원귀를 단숨에 낚아채 삼켜 버렸다.

차륵…… 차륵…….

손으로 굴려 방금 원귀를 삼킨 환혼령주를 올렸다. 실금 하나가 난 것인 양 작은 원귀가 이리저리 부딪치고 있었다. 구슬의 표면에는 '성낸 얼굴'이 새겨졌다.

원귀를 채우면 레벨이 오르고 형태가 완성되면 스킬을 얻는 방식.

진행 정도로 보건대 구슬 하나를 완성하려면 최소 천 개 이상의 원귀가 필요할 것으로 보였다. 원귀의 힘에 따라 수가 줄어들고 늘어날 것은 당연한 바.

"사냥감을 잘 골라야겠어."

소울 이터는 살육하고 원귀를 먹는 직업.

살벌한 점은 인간도 사냥감에 속한다는 것이고 흥미로운 점은 스킬을 만드는 '특성 구현'이 네 가지로 세분된다는 사실이었다. 이는 한 종족으로부터 최대 4가지의 스킬을 얻을 수 있음을 뜻했다.

물론 실제로 그 스킬을 모두 얻기는 불가능에 가까울 것이다. 죽은 원혼에게 노여움의 시선을 받을지언정 기쁨과 슬픔, 즐거운 시선을 받기가 어디 쉽겠는가. 그렇게 상념을 그리 갈무리하고 홀을 벗어날 때쯤.

지잉-!

이번에는 펜던트가 빛을 발했다.

[희귀 재료를 포기하시겠습니까?]

질문형 메시지.

돌아보자 원귀가 사라진 소년의 시체가 다르게 반짝이고 있었다. 나는 살짝 피어오른 의구심에 의도적으로 밖으로 나가는 동작을 해 보였다. 그러자 펜던트가 진동하며 다시금 메시지를 전달해 왔다.

[획득을 권합니다. 재료 아이템을 포기하시겠습니까?]

'뭐지?'

펜던트가 자기 의사를 표현하는 것이 분명했다.

나는 당장 강유나를 호출했다.

[네~! 상현 씨.]

"펜던트가 스스로 활동하는군요. 유나 씨가 컨트롤할 수 있는 겁니까?"

현재의 나는 신진권과 강유나. 계약의 륜인 페이엔탈보다도 격이 높아진 상태였다. 그 때문에 이양받은 권한들이 모두 내게 예속되어 저들은 그 행사를 조금도 하지 못했다. 이는 현실에서 분명히 확인한 부분.

그런데 지금의 이 상황은 뭐란 말인가?

[그럴 리가요!]

전면 부인하는 그녀에게 따져 물으니 강유나가 조심히 되물어 왔다.

[어떤 걸 되묻던가요?]

"아이템을 두고 가려 했더니 두 차례나 권하더군요."

[지금 new century의 극지나 비경을 여행 중이신가 보네요?]

설마.

"지켜보고 있는 겁니까?"

그녀가 크게 웃었다.

[확인하지 못한 아이템이나 정보는 그곳에 있는 것들이거든요. 아까 물어보셨던 건요~ 펠마돈의 비서도 비어 있는 관리자 영역이지만 펜던트 역시 제 사념이라 어쩔 수 없어요. 새 지식에 목매다는 게 저잖아요? 상현 씨가 지식을 부어 주면 펜던트의 저도 반짝반짝 자랄 거예요. 그러면 교환해요, 우리.]

"무얼 말입니까?"

[환혼령주를 통한 스킬과 펜던트에 채워진 정보요. 그거면 신규 스킬이랑 종족이랑 맵도 업데이트할 수 있거든요. 플레이어들의 선택지가 늘어나는 거죠. 상현 씨는 시조(始祖)가 되고요.]

강유나는 들뜬 목소리로 말했다. 후예가 늘어날수록 여행자는 0.01%의 경험치와 돈을 얻는다는 것.

전수한 스킬의 강화 역시 이루어지며 업적에 이르면 종교적인 신성까지도 노릴 수 있다는 이야기였다. 확보된 지식만큼 강유나의 권한이 급증하는 것도 당연했다.

"기회가 되면 그리하겠습니다."

대충 웃어넘기며 대화를 마쳤다.

펜던트와 룬을 쓰는 것에 망설임이 없어진 나는 시체로 다가가 부산물을 집었다.

시체 곁에 있는 피부와 모발. 이는 [호캄의 가죽]과 [호캄의 머리칼]로서 희귀 등급의 재료 아이템이었다. 가공하기에 따라 저항력이 뛰어난 옷감과 우수한 방어력의 가죽 갑옷으로 제작할 수 있다. 성능과 희소성에서도 가치가 높은 부산물.

이번에는 펜던트를 직접 가져갔다.

[정보를 갱신합니다.]

이어 [호캄의 가죽 → 어린 호캄(야크니스)의 피부 : 등급(희귀) 품질(中) 상태(下)……] 등의 상세 정보가 빼곡하게 기록되기 시작했다. 저항력 등급에서 낮게 나온 이유가 모발의 영양 상태가 좋지 않은 데 있다는 분석까지 나왔을 정도다.

[예상 판매가(최초 가격) : 30만 펠룬]

"쏠쏠한데?"

품질이 이 모양인데도 저 값이다. 가공하면 더 좋으리라.

나는 등에 메고 있는 야크니스를 힐끔 보았다.

'돈 되는 놈이군.'

사람이나 사슴이나 다를 게 무어랴.

사슴뿔 잘라 피 받아 마시듯 잘 먹이고 잘 키워서 중간마다 머리칼 자르고 껍질을 벗기는 거다. 품질 좋고 채산성 탁월하면 교배시켜서 관리도 한다. 헌혈하듯 피 뽑아서 희석하면 이것도 괜찮은 연금 재료일 터.

'아서라, 아서.'

회귀 전까지 워낙 '돈, 돈' 하다 보니 드는 생각이 그쪽이다. 돈을 더 벌 필요가 없는 지금인데도 돈 되는 생각은 한 번씩 꼭 한다. 아마 마력 응집 스킬로 '정신이 맑게 유지' 되지 않았다면 졸부처럼 돈 쓰다가 돈에 먹혀 망했을 것 같다.

부르르…….

의식 잃은 녀석이 몸을 떨었다.

"안 잡는다."

한 번 토닥인 뒤 걸음을 재촉했다. 야크니스가 깨어나지는 않았지만 길을 헤맬 일은 없었다.

화살표를 따라 다음 마을을 향했다. 그리고 그런 우리를 향해 몬스터들이 다가왔다.

⊠   ⊠   ⊠

캬아아ー!

홀로였을 때는 한가롭기만 했던 산에 몬스터가 들끓었다.

검치호의 울부짖음. 늑대의 추격. 나무 위로는 흰털 원숭이인 메킨까지. 실로 몬스터가 풍년이다.

전부 어린 호캄 때문. 피 냄새 물씬 풍기는 어린 호캄이 몬스터들에게 이토록 인기 있는 식품일 줄은 정말 몰랐다.

"꽉 잡아라."

수련을 위함이니 환혼력은 쓰지 않았다.

업고 있는 야크니스가 힘을 주고 버팀과 동시에 혈력과 기력을 활성. 기력으로 신체를 활성화하고 도둑의 시야로 넓게 보며 도둑의 본능으로 감각을 벼렸다.

눈 덮인 언덕, 그 나무 뒤편의 비릿함.

'살기(殺氣).'

우측으로 몸을 날렸다.

캬아앙!

거대한 동체가 빈자리를 할퀴고 능활하게 움직였다. 눈밭을 질주하는 그것은 검치호!

거구에도 미끄러짐 없이 방향을 튼 놈의 이빨이 창처럼 내리꽂혔다.

흡-!

우뚝 서서 혈력을 집중했다. 강화된 신체를 기반, 전사의 본능으로 빈틈을 찾았다.

'오른쪽 눈!'

좌 일보.

무게중심을 옮겼다. 자세를 낮추며 오른팔 상박으로 이빨을 쳐냈다.

전사의 육체로 강화한 몸뚱이.

카각!

변이된 체모가 금속성을 내는 사이, 반동을 살려 그대로 왼손을 올려쳤다. 고조된 정신이 완벽한 한 수를 이끌지니 스킬의 숙련이 종합적으로 이루어진 것이다.

퍽!

검치호의 눈꺼풀이 흔들렸다.

하지만 그뿐.

놈의 앞발이 움찔함과 동시에 묵직한 고통이 왼편에서 나를 휩쓸었다.

"윽!"

시야가 빙글빙글 돌았다.

'분명히 막았는데……'

입에 와락 들어온 눈을 토하니 어느덧 바닥에 엎드린 상태. 막은 양팔이 저릿저릿했다.

능력치가 부족한 탓이다.

— 아니다!

정교한 수정이 더 나은 방향을 제시했다. 이를 본 내가 이해했다.

— 검치호의 가죽을 뚫을 정도의 경지에 오르지 못한 탓이다.

다시 공격하면, 다시 막으면 이번에는 제대로 해낼 수 있을 것 같다.

그때 등 뒤에서 누군가의 살점이 뜯겨 나갔다.

"으악!"

함께 뒹굴었음에도 신음만 내던 야크니스의 비명. 빈틈을 노린 메킨이 야크니스를 떼어 가려 한 것이다. 원숭이의 갈고리 손톱에 등이 푹 파이매 비명을 내지르는 소년.

손날로 꼬리를 쳐 내고 메킨을 걷어찼다.

상황은 급박했다. 먹잇감을 빼앗길 뻔한 검치호가 메킨을 위협했다. 늑대들은 중간마다 틈을 보며 목덜미를 물어뜯고자 했다. 그 난리 통에서 나는 스스로 물었다.

'위험한가?'

환혼력과 풍류를 비롯한 비전을 써야 하는가?

고개가 저어진다.

'아직은 괜찮다.'

물고 물리는 관계를 분석하는 나의 이성과 정신은 그 자체로 스킬의 숙련으로 이어졌다.

언제까지 고정된 환혼력과 기존의 기술에만 의존할 수는 없다. 마음만 먹으면 언제고 살아남을 수 있으니 지금은 단련에 매진함이 옳으리라.

"숨을 낮고 길게 쉬어라. 네 존재감을 지울수록 네가 안전해진다."

야크니스에게 조언하며 잠시 몸을 추슬렀다.

놀라운 회복력으로 소년의 상처는 치료되고 있었다. 나 역시 뻐근하던 몸이 금세 안정을 찾은 바, 변이된 몸은 아직 충분한 여력을 보였다. 아울러 환혼령주가 빨아들이는 원귀들이 미세하게나마 육신에 힘을 불어넣었다.

외관상 버거워 보이기는 하겠으나 실상은 해볼 만했다.

"그들이 어디에 있다 했지?"

"저쪽이에요."

지도가 있음에도 물어본 나는 야크니스가 가리키는 방향을 보았다. 이윽고 빈틈을 노리며 악전고투를 이어 나갔다.

방향은 북쪽이었다.

※   ※   ※

반나절, 그리고 한나절이 더 흘렀음에도 사냥은 끝날 줄 몰랐다.

사냥감이 만만치 않다는 것을 알고 물러간 몬스터도 있지만, 피 냄새를 따라 유입되는 놈들도 적잖았던 탓.

하지만 오랜 사냥은 힘든 만큼의 보상을 안겨 주었다. 기회는 곧 극복할 수 있는 모든 위기를 말하는 바.

이제 알 것 같다.

각각의 스킬이 어떤 극의에 도달할지가. 이용택 관장의 대수인이 무엇이었는지를.

'보인다.'

불끈거리며 팽창했던 근육이 수축했다. 타격의 순간 응집시키던 혈력으로 평형상태의 막을 생성했다. 빈틈없이 이은 혈력의 막이 단단히 피부를 타고 흘렀다.

패시브 스킬인 전사의 육체의 완성.

물러섬과 동시에 텁텁한 노린내가 코앞을 스쳤다. 엄한 눈밭을 뭉갠 검치호가 앞발을 휘두르자 예리한 발톱이 공기를 가르며 날아들었다.

전진(前進).

자세를 낮추었다. 크게 내딛으며 혈력을 한껏 끌어 올리고 검치호의 발을 어깨로 들이받았다. 몇 배나 큰 짐승의 발을 인간의 몸뚱이로 견디는 것.

불과 반나절 전에는 작은 나 따위야 훌훌 날려 버렸던 힘이었다. 그 힘이 체모를 통해 분산되며 혈력의 막을 따라 단숨에 땅으로 전가되었다.

쩍!

접촉한 두 발이 땅거죽에 낙인을 남기고 두 발을 기점으로 땅이 갈라졌다. 균열과 함께 수북하게 쌓였던 눈이 사방으로 밀렸다. 이것이 극의 [대지의 뿌리].

– 두 발을 땅에 딛고 있는 한 어떤 물리적 충격도 나를 해할 수 없다.

주춤하는 검치호를 왼손으로 후려쳤다. 실린 역도에 가죽이 밀리고 뼈가 뭉개지며 눈알이 터졌다. 이어 몸을 돌리며 좌장을 함께 휘두르자 무형의 손이 몸과 함께 돌며 파리채 날리듯 메킨들을 펄펄 날려 버렸다. 일점 집중의 비전을 받아 내던 이용택 관장의 대수인이었다.

'이토록 쉬운 것을.'

알고 나니 어처구니없으리만큼 참으로 간단했다. 힘을 모아서 휘두르면 대수인이요, 한 점으로 뻗으면 권이 되는 것일 뿐이지 않는가. 이용택 관장이 단숨에 일점 집중의 권을 선보인 것은 실로 당연했다.

쐐액!

감상에 빠진 나의 시야로 틈을 보던 원숭이들이 달려드는 모습이 보였다. 두 마리는 거목처럼 쓰러지는 검치호의 주검으로 향하고 한 마리는 나무뿌리를 휘둘러 내 머리를 부수려 했으며 다른 하나는 큼직한 돌덩이를 던졌다.

나는 왼손을 들어 내려치는 나무뿌리를, 오른손을 뻗어 돌덩이를 막았다. 턱! 턱! 부딪치기 무섭게 황색의 피부를 보인 땅거죽이 풀썩거렸다.

획 나무뿌리를 당기고는 쥐고 있는 돌덩이로 딸려 온 원숭이의 옆구리를 후려쳤다.

갈비뼈가 몽땅 부러지며 기형적으로 몸이 꺾이는 메킨. 피 토하는 몸뚱이를 환혼령주가 음산하게 어루만졌다. 원혼이 빨려드니 꼬르륵 소리 나도록 굶주렸던 허기가 가셨다.

"내가 괴물이구나."

영혼을 먹어 배를 채운다니. 누가 누구를 몬스터라 하랴.

염주를 손으로 굴렸다. 휘날리는 흰 눈썹과 머리칼의 몸뚱이는 완력으로 뼈와 살을 분리하는 괴력을 발휘했다. 전쟁의 광기 속에서 우뚝 선 에일락 반테스의 경험이 없다손 쳐도 이미 평범과는 다른 길을 걷는 나다.

키긱?!

나의 웃음을 본 메킨이 놀란 소리를 냈다. 약삭빠르게 공격해 오던 놈은 풀쩍 뛰어 나무에 올랐다. 이어 무리를 향해 마구 손짓하자 녀석들의 살의가 싹 사라져 버렸다. 내가 단순한 먹잇감에서 하나의 포식자로 격상됐다는 뜻.

놓칠쏘냐.

아직 완성할 스킬이 많은 상태다. 환혼령주들이 이제 각성했을 뿐 아직 어떤 스킬도 새로이 얻지 못한 상태이지 않던가.

나는 놈들을 쫓으려 했다.

그런데 웬걸, 발이 움직이지 않았다. 두 발이 땅에 뿌리내린 것인 양 동화된 것이다. 그 증상은 혈력의 흐름을 일상의 상태로 바꾼 뒤에야 해소되었다.

대지의 뿌리 탓이었다.

'익숙해질 필요가 있겠어.'

박혀 있던 발을 쑥 뽑았다.

그사이 검치호의 주검은 원숭이들에게 저만치 질질 끌려갔다. 그 뒤를 늑대 무리가 호시탐탐 노렸다. 먹고 먹히는 생태계의 모습이었다.

"으으......."

등에서 초주검 상태의 야크니스가 신음했다. 나는 소년을 업은 채 착실하게 전리품들을 거둬들인 뒤에야 북쪽의 마을, 즈운으로 움직였다.

수확이 좋다.

질 좋은 가죽과 싱싱한 고기들로 보관함을 그득하게 채웠다. 이외에도 완벽한 대수인과 극의 한 개. 활성화된 4개의 환혼령주까지 얻었으니 이번 사냥은 참으로 만족스러웠다.

❈   ❈   ❈

가도 가도 끝이 나오지 않는 눈밭의 연속이었다.

일대에 자라는 식물 하나 없는 북극의 황량한 벌판이 이어졌다. 내리는 눈조차 지표에 녹아내려 벌건 살갗을 드러내는 그 중심에 있는 것이 바로 북쪽의 마을, 〈즈운〉.

껑충 나무 위에 오른 내가 밝아진 시야로 마을을 구경했다.

'펜타그램?'

즈운은 땅 위에 오망성의 형태로 만들어진 마을이었다. 희박한 마력을 모으는 피라미드 형태의 건축물이 중심에 자리했는데 평탄하게 다져진 땅의 꼭짓점. 오각형의 각 부분에는 깊은 균열이 있었다. 거주민들이 물을 긷는 것으로 보아 우물로 보였다.

퍼 올린 물은 뜨거운 증기를 펄펄 뿜는 모습.

나는 마을의 정보를 찾았다. 그러나 펜던트는 오히려 [정보가 부족합니다.]라며 내게 요구할 뿐 별다른 설명은 하지 못했다. 마을의 위치는 강유나가 문헌을 통해 확보했지만 상세한 사정까지는 알지 못하는 탓이었다.

"즈운을 아느냐?"

"잘은 몰라요. 호캄 라탄트라의 마을로, 누구라도 침입하면 전부 먹는 그가 외지인이었다는 정도죠."

"외지인?"

뛰어난 재생력으로 자체 회복한 야크니스는 오는 내내 족히 20인분의 식사를 해치우며 빠르게 성장하고 있었다. 오랜 감금 생활로 가날팠던 몸에 근육이 붙고 살이 통통하게 찌기 시작한 것. 덕분에 사냥했던 고기들이 뭉텅뭉텅 사라졌지만 먹는 대로 쑥쑥 자라니 제법 키우는 맛이 있었다.

"네. 라탄트라가 온 이후 저렇게 바뀌었다고 해요."

"언제부터지?"

"40년? 대략 그쯤이죠."

"어떻게 알 수 있는 게냐?"

폐쇄적으로 살 수밖에 없었던 그의 식견을 물으니 야크니스가 이를 갈며 답했다.

"그 새끼가 잘난 척 떠들었었어요. 제일 어린 동생 새끼가."

나는 피부를 싹 벗겨서 뒤집어썼던 소년을 기억 저편에 밀어두며 검색했다.

검색어는 라탄트라. 북쪽으로 떠난 마법사. 펜타그램과 피라미드를 아는 자.

이 3가지로 찾으며 교차점을 절충하자 미지의 세계인 북방으로 떠나간 용감한 탐험가들의 목록이 주르륵 떠올랐다. 그리고 가장 확실시되는 인물을 찾아낼 수 있었다.

벡제스보 가스벨 : 라탄트라(추정)

출생 국가 : 루체프(亡國)

중요도 : ☆☆☆

이름난 고고학자이자 정치 가문으로 유명한 가스벨 가문의 5대 가주로서 높은 경지에 오른 식자이기도 했다. 현왕으로 기록된 옴베루트의 지시로 불로불사를 연구하기 시작했으며 말년에 유난히 마학(魔學)에 심취하였다. 실제로 불로의 비약을 완성하여 왕에게 진상했으며 이는 후대의 연금술사들이 갈망하는 신비의 갈래이기도 하다. (혹자는 요정의 피를 이은 그이기에 이면의 종족들과 교류했을 것이라 주장키도 한다. 불로의 영역은 연금술로 불가능하다는 자조이기도 하다.)

불로불사 중 남은 절반의 숙원 불사의 비의가 순정한 힘에 있다고 본 그는 세계의 문을 여는 공간의 마학을 심도 있게 연구했고(그 맥은 현재 마법 왕국 테살도르로 이어졌다.) 시원(時元)을 찾아 세계의 끝으로 떠났노라 전해진다.

여행 시에 사용한 가명으로 첸투, 베스보, 체스폴 등이 있는데 특히 라탄트라라는 이름에 강한 애착을 보였다, 기록되었다.

저서 : 진동학. 육체의 역설. 근원 파동설. 세계의 뿌리……

설명대로라면 최소 500년 이상 된 괴물 호캄이 고대의 마학으로 무장한 채 있다는 뜻이 된다. 물론 그가 사라진 시점과는 매우 큰 편차가 있으며 혹, 불로불사를 이루었다손 쳐도 고작 40년 전부터 변하기 시작한 즈믄 마을로 보건대 벡제스보 가스벨 본인일 확률은 매우 희박했다.

"그들이 저곳에 있느냐?"

"네."

살기를 뿜으며 답하는 소년.

야크니스의 말에 마을로 향하려던 나는 문득 드는 생각에 걸음을 멈추었다. 사실 처음부터 확인했어야 했는데 몬스터를 사냥하고 이후는 대지의 뿌리를 수련하느라 잠시 잊고 있던 부분이다.

"갇혀 있던 너의 원수들을 대신 처단해 준 이들이다. 나는 그들을 잡으려고 하지."

나야 목적이 있어 시넬과 마르셀을 쫓는다지만 이 소년은 왜 그들을 적대하는 걸까.

"죽일 수도 있다. 그래도 괜찮겠느냐?"

"어떤 게 말입니까?"

"네 은인을 내가 잡아가는 것이 말이다."

야크니스가 답했다.

"그들은 나를 구하지 않았습니다. 옥에서 꺼내 주지 않았어요."

"자유를 주었는데도?"

"회복될 때까지 책임졌어야 해요. 만약 그랬다면 제 껍질이 벗겨지지는 않았을 겁니다."

빠득!

"그 둘을 반드시 저의 캘튼과 누아로 만들 생각입니다."

'은혜는 잊고 원한은 새긴다더니.'

이를 갈며 답하는 소년을 보며 나는 새삼 호감에 대한 부분을 떠올렸다. 상황이 바뀌면 나한테도 복수할 게 뻔했다.

'죽일까?'

소년의 머리에 손을 얹었다. 야크니스가 움찔했다.

"은인이신 제임스 님께는 물론 양보하지만요."

'웃기는 놈.'

앙칼진 늑대 새끼 같았다. 소울 이터가 돼서인지 야크니스의 광기가 애송이의 발버둥으로 느껴졌다. 얼마든지 죽일 수 있는 장난감 말이다.

"도망친 가축이야 먼저 잡는 이가 임자지, 미리부터 네 것 내 것이 어디 있겠느냐."

나는 그대로 머리를 쓰다듬었다.

"……그런가요?"

"그런 거다."

답을 들은 야크니스가 내게 호감이 가득 담긴 웃음을 보였다.

벌판을 걸으며 몸 상태를 점검했다. 걸음걸음마다 수련해 온 대지의 뿌리는 이미 완숙해진 상태. 언제 어느 때고 상대의 공격을 반감시킬 수 있게 되었다. 그뿐만 아니라 100% 방어를 쓸지라도 단 1초의 시간이면 움직일 수 있다.

극의와 비전도 마음먹는 순간 풀어낼 수 있는 상태이니 이는 정교한 수정이 안내한 최고 수준의 숙련치를 달성했음이라.

'여차하면 환혼령주를 써도 되고.'

염주에 담긴 환혼력은 충전식이다. 소모한 환혼력을 다시 채우는 데 얼마큼의 시간이 걸릴지는 아직 알지 못했지만 전투 시에 내 목숨을 살릴 구명줄이 되어 줄 것이다.

"어? 히히히?"

그때 웃으며 폴짝폴짝 야크니스가 뛰었다.

설원이 펼쳐진 북극이기에 풀풀 날리는 흙먼지가 이채로웠으리라, 생각했는데 혀에 닿는 느낌이 미묘했다. 입맛이 다져지는 것이 아닌가. 흩날리는 먼지가 짰던 것이다.

바닥의 흙을 만져 보았다. 일부를 씹어 삼키니 제법 짭짤하다.

'염전이었나?'

다시 돌아본 일대의 황무지가 보드라운 흙과 잘 버무려진 소금밭 같았다. 재미난 것은 자금자금 씹히는 흙소금이 극미량의 마력까지 회복시켜 준다는 사실. 북극의 백마력이 아닌 일반적인 마력이 매우 조금이나마 함유된 것이었다.

한편, 발을 동동 구르면서도 내 모습을 따라 흙을 삼켰던 야크니스가 토악질을 해 댔다. 단순히 짠맛이 싫어서 뱉어 내는 수준이 아니라 속에서 게워 내는 모습이다.

"쯧."

옷깃을 잡아 올리고는 등을 때려 주었다. 마력의 흐름을 살펴 발바닥과 내부 장기에 붙어 있던 소금의 마력을 밀어내니 벌겋게 달아올랐던 피부와 헛구역질이 순식간에 잠잠해졌다.

"이, 이게 대체 뭐죠?"

"알아봐야지."

원숭이가 나무줄기에 매달리듯 내 팔을 꽉 붙든 야크니스를 등 쪽에 옮겼다. 행여 발끝이라도 바닥에 닿을까 봐 바싹 웅크린 녀석이 등에 꼭 붙었다.

"왜 제임스 님은 괜찮으신 거죠?"

"너보다 강하니까."

흙먼지 나지 않게 걸음을 옮겼다. 휘적휘적 질주하니 야크니스가 다시 물었다.

"어떻게 하면 저도 제임스 님처럼 강해질 수 있나요?"

"나를 따라 하면 된다."

"가르쳐 주실 수 있나요?"

나는 내심 고개를 저었다.

'그때 메그론이 이런 기분이었구나.'

빤히 곁에서 지켜보는 상황이거늘 이 얼마나 멍청한 물음이랴. 이용택 관장과는 척, 하면 통했고 한나는 곧잘 따라 했었다. 반면 야크니스는 어리고 어리석었다.

실행하다가 막히면 하는 것이 질문인데 이건 내가 뭘 궁금해야 하는지, 내가 뭘 해야 하는지부터 묻는 짝이니 참으로 한심했다.

"내가 숨을 언제 마시고 내뱉는지를 잘 느껴 봐라. 몸의 변화는 호흡에서부터 시작되니 나와 같이 숨을 쉬는 것부터 시작하면 된다."

"다음에는요?"

"변화가 어디부터 시작되는지를 정확히 알아야 하지. 몸을 쓰지 말고 숨만으로 몸을 긴장시키고 이완시키는 거다. 그 규칙을 알았을 때 숨을 다스린다고 하며 육체의 단련은 다스린 숨에 맞춰서 시작한다."

"그다음에는……!"

대답해 주다가는 끝이 없을 판.

'이 말만 많은 녀석이.'

녀석을 쳐다보자 내 눈을 본 야크니스가 재빨리 답했다.

"그때 물을게요."

그나마 눈치는 있었다.

즈운은 바깥에서 보기보다 흥미로운 마을이었다. 마을과 가까워질수록 흙은 점점 고운 모래가 되었는데 손에서는 흘렀으나 무게가 실리면 찰흙처럼 발을 당기는 기이한 모습을 보였다. 덕분에 마을의 건물들은 모래 위에 지어졌음에도 단단한 땅에 지은 것처럼 굳건하게 있을 수 있었다.

우물로 갈수록 짠맛은 더해져 나중에는 소태처럼 쓸 정도가 됐다.

마을 사람들은 펄펄 끓는 우물물을 퍼올려 마을 중심의 피라미드 건물로 꾸준히 날랐다. 웃옷을 벗고 땀을 뻘뻘 흘리며 일하는 그들. 고된 노동으로 다져진 근육과 속옷 차림의 남녀들이 즐거이 일했다. 마을 곳곳에는 어린아이들이 많아 활기 가득했다.

'이런 풍경을 본 적이 있지.'

아바타로 즐비했던 신진권의 별장. 모두가 계약에 묶여 노예로 부려지는 그곳. 누가 와도 친절히 대하고 무관심하다가 웃으며 사람을 잡아 해체하는 연구소.

[정보가 갱신됩니다.]

부글부글 끓어오르는 우물을 펜던트에 일부 부었다. 질척한 흙을 묻혔다가 멀쩡히 물을 길어 가는 남자의 몸에도 가져갔다.

[염정鹽井-火]

땅 밑 바닷물과 직결된 소금 우물로서 순화된 불을 품은 소금과 심해의 마력을 일부 얻을 수 있다. 우물 속에 속박당한 카임의 불과 층층이 쌓인 공간의 미학이 빚어낸 이 소금은 섭취할수록 불에 대한 내성과 적응력, 뛰어난 근력을 얻을 수 있다.

단, 수명이 줄어들며 장복할 시 육체가 발화된다.

각각의 우물에는 오행의 속성을 가진 다섯의 고대 정령이 빠져 있었고, 지식, 민첩 등의 능력치를 상승시켜 주는 효과가 있었다. 물론 불타서 죽고 물처럼 흘러내리거나 흙이 되는 등으로 죽는 것도 매한가지였다.

[역변의 흙(중급)]

변화는 용인하되 변혁을 막는 벡제스보의 연금 재료로서 많은 연금술사가 복원코자 하는 꿈의 재료다. 최초 제작에 사용하면 이후 수직적 특성은 유지하되 수평적 특징은 허락하는 효능을 보이며 용법에 따라 완성품으로부터 순수한 재료를 환원시키는 데도 탁월한 효과가 있다.

● 고급 품질의 흙을 확보하면 정확한 제작 방법을 알 수 있습니다.

무조건 효과가 더해지는 기막힌 재료다. 만일 이 재료로 무기를 만들면 날카로움과 단단함이 무조건 더해지고 약 역시도 효과가 배가되기만 한다. 복원력을 가진 엑탈렘과 혼용하면 내구도 무한의 무기를 얻을 수 있다. 불로의 비약 역시 이와 같은 방법으로 만들었을 것이다.

나는 근처의 물독 하나를 비우고 그 안에 흙을 잔뜩 채워 보관함에 넣었다.

[인간-속성 : 火]
세뇌된 인간으로서 강력한 통제를 받는 상태다. 맹목적인 충성심과 뛰어난 힘을 자랑한다. 예상 나이 22세(마을 평균 수명 29세).

꼭 소금을 먹지 않더라도 들끓는 우물의 증기를 흡입하니 그 영향을 받지 않을 수 있으랴. 그 탓에 이들의 수명은 참으로 짧았다. 늙은이들이 없는 채 활기로 가득한 즈운은 일하고 먹고 아이를 낳는 것이 전부인 노예로 가득한 곳이었다.

여기나 저기나 모두가 지옥이다. 데날에 비하면 천국이겠지만 말이다.

'천국도 없고 지옥도 없지.'

쓸데없는 상념을 지웠다.

이제 벡제스보가 어떤 인물인지, 그리고 즈운에서 무엇을 바라는지 충분히 알았다. 나는 그를 대면키 위해 중심의 피라미드로 향했다.

⬧   ⬧   ⬧

피라미드로 향하는 길은 각각의 우물로부터 일직선으로 났다. 이는 각각의 속성 마력이 뻗어 나가는 통로이며 우물물을 길어 중심부로 가져가는 노예들의 길이었다. 걷기는 편하지만, 마력의 영향을 받아 체질이 바뀌는 길이기에 나는 그 흐름을 피했다. 그러다 보니 둥글게 원을 그리며 나선형으로 피라미드를 향하게 되었다.

한 마을의 모습이 우물길을 경계로 확확 뒤바뀌었다. 불의 우물길이 밝았다면 흙의 우물길에는 돌무더기가 많았고, 나무의 우물길에는 무릎 아래의 작은 식물들에 열매가 주렁주렁 달려 있던 것이다.

"왜 이렇게 다른 건가요?"

연신 고민하던 야크니스의 물음.

"즈운의 노예들은 사람이 곧 재료라서 그렇다."

마침 적당한 이가 보였다. 나는 체구가 가장 크고 100레벨 이상의 전사만큼의 기도를 뿌리는 자를 따라갔다. 남들보다 배는 큰 물독을 들고 처벅처벅 걸음을 옮기던 그는 갑자기 뛰기 시작하더니만 우뚝 멈췄다.

"불멸의 라탄트라여! 영원하여라!"

"영원하여라!"

"영원하여라!"

일대의 모든 이들이 물독을 내린 채 신께 경배하듯 조아리며 소리쳤다. 통일된 문구에 모래밭이 풀썩일 정도.

그리고 가장 높은 음성으로 소리치던 사내의 몸이 딱딱하게 굳어서는 와르르 흙처럼 무너졌다. 피부는 물론 피마저 곱게 날아 귓가를 스쳤다. 남은 것은 입고 있던 속옷일 뿐.

고개 숙이고 있던 이들 너머로 한 여자가 달려와 그 옷을 갈무리했다. 이윽고 사내가 남긴 검은 흙을 너머의 밭으로 가 흩뿌린다. 이에 열매 맺지 못했던 식물에 생기가 돌더니만 삽시간에 진보라색의 달콤한 열매가 주렁주렁 달렸다.

"……이게 뭔가요?"

"거름."

단일 속성을 갖게 된 인간 재료들. 즈운을 구성하고 있는 모든 사물은 바로 저들의 죽음을 통해 이루어진 것이었다. 아무런 다툼도 없이 살아오던 그들의 존재 이유가 바로 이러했다.

때맞춰 [역변의 흙의 제작 정보가 갱신됩니다.]라는 메시지를 펜던트가 알려왔다.

'역시, 호캄에게 인간은 먹이 그 이상도 이하도 아니야.'

야크니스는 무어라 묻고 싶은 표정으로 나를 빤히 보더니만 이내 지나는 이의 어깨를 두드렸다. 왜 저런 죽음을 맞이한 건지. 갑자기 왜 똑같이 외친 것인지, 저 여자는 누구인지 등을 차근차근 물은 결과 '신께 귀의했다.', '신을 찬양했다.', '그의 가족이다.'는 말을 들을 수 있었다.

"무슨 말이야, 도대체……."

더 알 수 없는 표정의 야크니스. 하지만 끝끝내 묻지는 못했다. 마을 외곽에서의 일 때문인지 비슷한 질문을 3번 하지는 않는 조심성을 보이는 거다.

"두 노예는 여기에서 어떻게 버티는 걸까요? 저조차도 내려서지 못하는데요."

"너보다 약해서 그렇지."

"강한 게 아니고요?"

"넌 어중간하다. 그들이 왜 즈운에 머무르는지는 모르지만 있으면 있을수록 이 가축처럼 될 터. 종국에는 좋은 거름으로 변할 거다."

"그럼 어떻게 해야 그들을 쫓을 수 있나요?"

나는 걸음을 멈추었다. 야크니스가 지금 말하는 대상은 시넬과 마르셀 백작 영애였다.

"마을을 벗어난 거냐?"

"네. 아까 갑자기 노예가 죽는 걸 보고는 멀어졌어요."

'……눈치가 비상하군.'

잠시 마르셀과 라탄트라를 저울질한 나는 야크니스를 옆 담장 위에 앉혔다.

"나는 이곳의 호칼을 만나고 가야겠다. 그러니 먼저 쫓거라."

"저 혼자요?"

고개를 끄덕이고는 보관함에서 가죽을 꺼내 야크니스의 발과 손에 둘둘 말았다. 그리고 걸고 있던 환혼령주의 힘을 일부 사용해 소년의 가죽을 꽝꽝 얼려 버렸다.

"얼음이 녹기 전에 마을을 벗어나라."

얼음 장갑과 얼음 신발을 몇 번 맞부딪치며 땅에 내려선 야크니스가 입을 떡 벌리고는 나를 보았다.

"너무 시려요."

"그러니 빨리 움직여야지."

손발이 시려 어찌할 바를 모르는 녀석.

내심 한숨을 쉬고는 녀석의 등에 손을 얹었다. 이어 숨을 한껏 마시게 한 뒤 혈력으로 신체를 활성화시켜 주었다.

"힘을 쓸 때는 숨을 멈추는 거다. 말하면 힘이 빠지니 신속하게 달려라."

잠시간 넘치는 힘에 놀라 말하려던 야크니스가 당장 껑충껑충 뛰어갔다.

중간에 높이 도약하고는 신나서 소리치는 모습에 확실히 아이는 아이구나 싶었다.

'이만하면 그들은 됐고.'

내가 쫓는 것보다 더 집요하게 마르셀을 쫓을 터. 이 정도면 메그론에게 보답했다, 여겨도 좋을 것이다. 지키지 않아도 될 약속이기는 하지만 그에게 받은 도움만큼은 내 쪽에서도 답을 해 주어야 할 테니 벌인 일이다. 개인적으로 야크니스의 성장과 변화를 보고 싶기도 했지만, 그 정도는 라탄트라에 비하면 생각해 볼 가치도 없을 정도에 불과했다.

현재 new century를 여행하는 1차 목적은 어디까지나 격을 높이고 비밀을 파헤치는 것이니까.

벡제스보 가스벨!

멈추었던 걸음을 이었다. 즈운의 모습과 각각의 속성 마력의 조화를 차분히 펜던트에 기록하며 정교한 수정으로 스킬을 수련했다.

그리고 마침내 도착한 피라미드에서 다섯의 정령을 발아래 거느린 백미백염의 호캄을 만나게 되었다. 형형색색의 소금 결정이 보석처럼 빛나는 그곳에서 가장 빛나는 젊은 사내 라탄트라.

"말이 통하는 호캄을 만나게 되어 매우 기쁘군."

노예들의 말없는 안내의 끝에서 보게 된 그는 다섯 속성의 정령을 옷처럼 두르고 짓밟은 채로 하늘빛 의자에 앉아 있었다. 숨 대신 불길을 내쉬며 그의 좌우로는 최하 2m 이상의 호캄들이 당장에라도 달려들 듯한 모습으로 늘어섰다.

"어서 오시오, 제임스. 오래 기다렸소이다."

이름을 아는 것은 야크니스가 거듭 나를 부른 까닭이다. 즈운은 그의 눈과 귀가 닿는 그의 영토였으니까. 통제된 노예들이 이를 증명한다.

나는 돌과 나무, 검은 흙과 황금, 그리고 꽝꽝 얼어 버린 호캄들을 돌아본 뒤 자리에 털썩 앉았다.

"어느 이름으로 불러야 하외까. 벡제스보 가스벨이요, 라탄트라요?"

물론 답은 나와 있다. 단지 내가 너를 알고 있다는 지식의 표현일 뿐.

"라탄트라. 나는 그 이름에 불멸의 가치를 세우는 중이오. 이 즈운 역시 말로서 축조하고 있는 나의 세계이고."

일찍이 비슈타인은 모든 생명체에게 그 유일의 가치와 진리가 존재한다고 했다. 그러나 이는 안배된 가치 그 이상을 추구하는 자에게는 강한 속박이 된다. 그렇기에 벡제스보 가스벨은 정해진 자신 그 너머를 위해 스스로 지우고 북극에서 호캄이 되어 새로운 자신을 쌓는 중이었다.

"벡제스보는 완벽히 죽었군. 알겠소, 라탄트라."

신이 되고자 하는 사내와의 대화는 그렇게 시작되었다.

※　　　※　　　※

순정한 결정과 청정의 마력으로 가득한 피라미드는 그 자체로 힘을 갈급하게 하는 악마적인 매력을 발산했다. 이곳에서의 한 호흡이 바깥에서의 백 일에 육박할 것이며 영롱한 소금 결정 하나하나가 극도로 응축된 속성 마력 자체인 까닭이다.

이를 위해 참으로 많은 희생이 있었음은 자명한 사실.

"루체프의 멸망 이후 오대 속성의 상위 정령은 그 맥이 끊겼다 하던데, 이제 보니 그대가 독점하고 있었구려."

일찍이 카임의 황금 정수를 이블린 일행에게 사용하며 나온 설명이 '화염의 고대 정령'이라는 것이었다. 예나 지금이나 정령이 존재함에도 고대와 현재로 나뉘는 이유는 옛적 정령을 현재는 소환할 수 없기 때문.

바로 라탄트라가 심해의 마력으로 정령계의 상위층 전체를 독점적 계약해 버린 탓이었다. 그렇지 않고서야 이 좁은 피라미드에 이토록 수많은 마력의 결정들이 존재할 수 없다.

"곤바로스의 지혜에 환혼의 진력. 종의 기원까지 탐하는 영혼 포식자만 하겠소. 한데 예까지는 무슨 일로 온 게요? 그대와 나의 길이 다르니 나의 불멸은 하등의 가치가 없을 터인데."

그의 호기심은 당연하다. 허나, 엉겁결에 튕겨서 왔노라 말할
수는 없는 노릇.

"진리를 찾는 것이 여행자의 참모습이지 않소이까."

대꾸하며 반문했다.

"방문자가 더 있었소?"

"영생을 찾는 정통의 연금술사들은 전부 왔지. 그들은 내가 독
점한 궁극적 가치를 좇았고 이곳에서 잠들었소이다."

가리키는 곳은 경사진 피라미드의 한쪽 벽. 그곳에는 찬란한
크리스털 잔에 담긴 액체가 있었다. 최상 등급의 포션이다. 모든
상태 이상을 회복하고 고통과 질병에서 치유하는 최초의 생명 비
약으로서 엘릭서라 알려진 물건.

나는 펜던트를 통해 포션의 등장 시점을 찾아보았다. 과연 벡
제스보의 삶을 기점으로 난립하던 온갖 비약들이 포션으로 통합
됐고, 그 효과가 현재와 같이 증대되었음을 알 수 있었다. 이는
곧 키메라와 같은 합성 생명체와 마계의 마수들, 그리고 흑마법
의 영향력이 대폭 하락하는 사태를 일으켰다.

'시작의 문을 열었다.'

라탄트라야말로 가히 치료와 생명 연장의 시조(始祖)인 셈. 비
록 연금술에 한정됐기는 하지만 그 위업과 지독한 가치 추구로
말미암아 그는 신성을 획득하고 있는 것이다.

그러나 한계가 분명하지 않는가.

"속성 간의 조화만으로는 한계가 있을 텐데 이는 어찌 극복하
려는 거요?"

"스스로 초래한 부조화는 개인의 업. 능히 감당할 파국으로 남겨야 할 일이라는 것이 나와 그들의 공통된 뜻이라오."

"세상만 긍휼히 여기는구려."

"당장은 세상이면 족하지 않소이까."

제각각의 모습으로 정령들이 긍정했다.

'편협하다.'

하지만 좋은 정보를 얻었다.

상생상극은 있을지언정 절대신은 없다는 사실.

"나의 격이 초월하여 신성을 획득한다면 영원불멸을 추구할 거외다."

지식을 갈무리하는 내게 라탄트라가 물었다.

"과거가 그대를 증명하리라. 사연이 삶이 되리라. 업적이 모두를 완성하리라. 그 시작과 끝이 곧 준비된 약속이라."

약속은 곧 이름, 유일의 진명을 뜻한다. 다시 처음으로 돌아온 비슈타인의 펠마돈 이야기인 바. 이는 곧 내 이름이 추구하는 마침표가 무엇이냐는 물음이다.

이에 솔직히 답했다.

"내 뜻은 삶의 자유와 삶의 행복이오."

감히 그의 편협함을 깎아내릴 수 없는 폭 좁은 나의 바람이다.

생존과 속박으로부터의 자유. 그리고 나와 나를 둘러싼 이들만의 행복이 내가 추구하는 전부다. 이름이나 지혜와 가치 같은 고고한 것은 생각할 여유도, 내 삶을 관통하는 철학도 아니다. 내게 있어 이름은 그저 나를 부르는 단순한 소리였고 지금껏 그렇게 살아왔다.

나의 삶은 나를 둘러싼 이들이 있기에 가치가 있다. 그렇기에 그들을 사랑한다. 여기에 그들의 향상을 바라는 욕망이 근래에 조금 생겼을 뿐.

전생과 현생의 차이는 같은 무게의 짐에 쓰러졌다는 것과 우뚝 섰다는 것에 불과하니, 그것이 지금의 나고 앞으로의 나일 것이다.

"정처 없군."

"그러니 지금 여기 있는 것 아니겠소."

"사용해 온 이름은 무엇이오?"

제임스와 이상현을 답하자 라탄트라가 크게 웃었다.

"하나는 가치 없고 하나는 쓰임을 다했구려. 만약 그대가 초월한다면 우연과 인연의 신이라 불릴 것이오. 누구나 부르겠고 무엇도 하지 않지만, 어디에나 있으며 뜻대로 움직일 테니까. 인연 맺은 자에게는 행운의 신이 되겠군."

그가 손을 내밀었다. 진열된 크리스털 잔이 내게로 오고 다섯의 결정이 퐁당 빠지니 그 색이 청정한 하늘빛이 되었다. 맑으며 따뜻한 생명력으로 충만한 잔의 수면으로 새하얀 내 모습이 비쳤다.

"우리의 인연이 영원하기를."

나는 잔을 받아 들었다. 펜던트가 강렬한 빛을 발산하며 한 방울이라도 달라고 애원했다.

"그대의 행복이 함께하기를."

그리고 단숨에 마셔 버렸다.

동맹 체결이다.

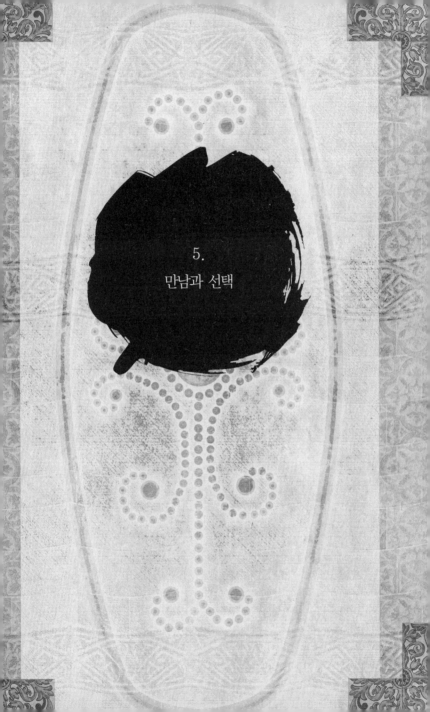

5.

만남과 선택

new century의 변화는 고스란히 현실에 반영됐다. 호감으로 완전히 바뀐 내 모습. 흰 체모에 체구와 동공까지 달라진 것이다.

"사람 몸이 이렇게 막 변할 수 있는 건가요?"

"보통은 불가능하지요."

당황해하는 강유나를 안심시킨 뒤 나는 짤막한 경과보고를 들었다.

"분신은 어쩌고 있습니까?"

"잘 살고 있어요. 상현 씨의 기억대로 행동하면서요."

나를 대신하는 가짜 이상현이 현실에 완벽하게 녹아든 모습이었다. 나는 그를 통해 태진이와 현화를 비롯한 고등학교의 인연을 확인했다. 직접 내 눈으로 마주하지는 못했지만 이 정도로도 태진이가 어떤 상태인지는 충분히 알았다.

"이거 꼭 쓰고 다니세요."

별장을 나서는 내게 강유나가 짙은 선글라스를 씌워 주었다.

그녀에게 짧게 감사를 표한 뒤 이용택 관장을 방문했다.

한적한 자연공원 한쪽에서 수련 삼매경인 두 중년인이 있었다. 지켜보는 이는 이용택 관장이고 그의 지시에 따라 비지땀을 흘리는 이는 강하성 소장.

나를 본 그가 기마 자세를 풀며 손을 흔들었다.

"여어, 상현이, 찐하게 탈색했다? 그런데 대낮부터 웬 선글라스를…… 으헉!"

보급소를 접고 이용택 관장에게서 제대로 무술을 수련 중이던 강하성 소장이 엉덩방아를 찧었다.

"너, 너…… 눈 어디 갔냐?"

그가 벗기려던 선글라스를 고쳐 썼다. 말없는 웃음으로 대답을 대신했다.

"묘한 걸 달고 왔구나."

이용택 관장은 머리끝에서 발끝까지 나를 차근차근 보더니만 잠시 new century의 고대 정령을 고동색의 나무로 툭툭 쳤다.

"벽조목은 역시 효과가 없는 거였군."

나무를 뚝 부러뜨렸다. 벼락 맞은 대추나무가 음기를 쫓아낼지는 모르나, 다른 세계의 정령까지 몰아내지는 못했다.

그사이 숨을 몰아쉬며 강하성 소장이 다가왔다.

"대체 어디까지 변신하려고 그러냐?"

"여행하다 보니 그렇게 됐어요. 그런데 요즘은 제대로 수련하시는군요?"

"아, 그게 너희 둘이 막 날아다니는 거 보니까 엄청나게 땡기지 뭐냐. 그래서 나도 좀 제대로 해 보려고 그런다."

잠시 그의 몸을 본 나는 가감 없이 응원해 주었다.

"방해되면 안 되겠네요. 마치실 때까지 저쪽 벤치에서 기다리고 있겠습니다."

"아니, 우리 상현이가 왔는데 내가 땀이나 빼서 쓰냐. 요쯤에서 안 그래도 그만두려고……."

말하던 강하성 소장이 슬쩍 이용택 관장의 눈치를 보았다. 딱 한 번 가로로 젓는 모습. 마치 훈련병 잡아먹는 교관과도 같은 모습에 강하성 소장이 어깨를 늘어뜨리고는 목에 걸고 있던 수건으로 땀을 닦았다.

"……했었는데 사나이 의지가 있지. 좀만 기다려라."

다시금 기본자세를 잡았다. '쓰불. 이건 해도 해도 쉽지가 않아!' 하며 하는 수련은 별반 특별하지 않은 기마식, 좌반식 등 하체를 단련하고 무게중심을 옮겨 가는 기초 훈련들. 너무 흔하고 단련의 목적 역시 명확해서 이용택 관장이 두 눈 부릅뜨고 지켜보지 않는다면 금세 그만둬 버릴 정도의 것들이었다.

"필요 없지 않나요?"

이미 숨법을 주입하며 다져 준 육체이기에 저 수준의 기본기는 필요가 없는 상태였다. 저처럼 몸을 혹사하기보다는 혈력, 그의 표현대로면 숨길을 트게 하여 육체에 적응시키는 단계를 함이 옳다.

"아까워야지."

"아깝다니요?"

"하성이가 지 아들놈한테 직접 가르치려는 생각으로 열심히 수련하니, 아깝게 만들어 줄 생각이다."

쉽게 들어온 것이 쉽게 나가듯 피땀 흘려 얻은 것은 쉽사리 놓지 못하는 법. 이는 많고 적음의 문제가 아니라 그만큼 반드시 써야 할 때를 심사숙고하는 까닭이다. 이용택 관장이 강하성 소장에게 알려 주려는 것은 그가 선물 받은 숨법이 굉장한 보물이라는 사실이다.

"하긴, 보물은 보물답게 써야 보물이지요."

개량된 숨법이나 초기 수준의 숨법이나 비전임에는 매한가지다. 그러나 강하성 소장은 나와 이용택 관장의 현재를 보고는 그 비전을 상대적으로 가볍게 보게 되었다. 이를 힘든 수련을 통해 일깨워 주려는 것이 그의 의도였다.

배우는 동안 욕심이 가라앉을 것이다. 터득한 것을 가르치며 스스로 돌아보게 될 터다.

"그 몸은 어떻게 된 거냐?"

"new century의 극지에는 특이 마력이 흐르고 있습니다. 이번에 북극을 여행하게 되었는데 그 마력을 얻으니 강해지는 대신 몸이 하얘지고 말더군요. 덕분에 동공까지 이 모양이 된지라 거부감을 줄까 싶어 선글라스를 쓰게 되었습니다."

"눈을 가리려고 쓴 거라고?"

"네."

답하며 그곳에서 만난 라탄트라의 일까지 쭉 말하려는 내게 이용택 관장이 손을 내밀었다.

"편견이 있구나."

분질렀던 벽조목이 손에 딱 잡히고 그는 그 토막으로 작은 원을 그렸다.

월향을 통해 보았던 유적. 태극이 현현했다.

"귀(鬼)를 몸에 심었듯이 신(神)을 눈에 가두면 된다."

곧 라탄트라처럼 몸에 둘렀던 정령의 힘이 둥글게 빚어져 벽조목에 쭉 빨려들었다. 그러자 부러진 토막의 끝으로 한쪽은 칙칙하게 검고 반대쪽은 뇌전을 머금은 듯 빛이 찬연한 모습을 드러내는 것이 아닌가.

"귀가 모이면 신이 되고 신이 모이면 귀가 되지."

절로 손뼉을 치게 된다.

"그렇다면 저는 귀신(鬼神)이군요."

벽조목이 가루가 되어 흩날리고 그가 건조한 웃음을 보였다.

나는 보고 익힌 대로 엘릭서와 함께 삼켰던 정령의 결정들, 두르고 있던 그들을 거둬 환혼령주에 넣듯이 모아 두 눈으로 옮겨보았다. 마력의 흐름을 보며 정교한 수정으로 태극을 그리니 다섯의 속성력이 완벽하게 맞물리며 구를 이루었다. 그리고 이는 칙칙하게 응어리져 나의 두 눈에 맺히게 되었다.

외관상 생긴 눈동자. 그러나 변화는 더 있었다. 콘택트렌즈를 낀 것처럼 시야도 달라진 것.

지난날 천지를 도도하게 흐르는 마력을 보았다면 이제는 더욱 구체화된 형상들이 읽혔다. 사람은 물론 형체를 가진 것이라면 어디가 어떻게 막혔는지, 어떻게 소통시키면 될지가 선하게 보이는 것이었다.

그 놀라운 세계에서 한 남자가 땀 냄새 풀풀 풍기며 다가왔다. 근육을 푸들푸들 떨며 온 강하성 소장이 내게 손짓했다.

"상현아, 에어컨 시원하게 틀어라."

환혼력을 약하게 뿜으니 그는 흙먼지 묻건 말건 털썩 앉아서는 살 것 같다는 얼굴이 되었다. 손부채질을 하며 나를 올려 보던 강하성 소장이 '헐!' 하며 재차 깜짝 놀랐다.

"잠깐 사이에 눈이 생겨 버렸네? 하여간 이 짜식은 요지경 그 자체라니까. 이번엔 또 어쩌다 그리된 거냐?"

"추운 북극에서 수련했더니 몸이 이렇게 변하고 말았습니다."

"……적응력 쩐다. 그러고 보니 네 모습이 설인 비스꼬롬한 거 같다?"

도중에 '금방 추워! 에어컨 스톱!' 말하는 강하성 소장에게 나는 간단히 북극의 특이 마력과 그 위험성에 대해 경고했다. 그리고 여행 이야기와 더불어 호캄과 라탄트라에 대한 대략의 소식을 전하자 무릎을 쳤다.

"행운의 신이라니, 그 자식이 우리 상현이를 호구로 봤구나."

"행운의 신이면 좋은 거 아닌가요?"

"좋지. 난 착한 놈 좋아한다. 내 말 잘 들어주고 나한테 도움되고 나보다 일찍 출근해서는 나보다 늦게 퇴근하는 착한 놈 사랑하고말고. 나나 남들한테 뻑큐 날리지 않고 땡큐만 해 주는 애들 무지무지 좋아해."

그가 씨익 웃는다.

"근데 난 되기 싫어. 모두한테 전부한테 행운이 되고 싶지는 않아. 아니, 제 놈이 느끼기에 달린 그 좋은 호구를 내가 왜 하냐?"

"게다가 가치 없는 이름은 무엇이고 쓸모를 다한 이름은 또 뭐겠나."

이용택 관장의 추임새.

"개소리지."

참으로 옳다.

"확실히, 감동은 받는 것이지 주는 게 아니라고 하죠."

정상에 오르는 다른 길을 발견했다.

이름으로서 격을 높인다. 그러나 이름이 없어도 나는 나다. 둘의 공통점과 차이점을 나는 마음 깊이 새겼다.

✠   ✠   ✠

만나야 할 이들이 있었다. 내가 부르고 지금까지 방치했던 이들.

스칼렛과 빈센트, 화랑이다.

본래대로였다면 최상위에서 이름을 날렸을 텐데 지금은 나 때문에 이탈했다. 한국에 오기까지 했고 말이다.

어떻게 보상할까?

이를 알기 위해서는 내가 얼마만큼 잘못했는지를 먼저 알아야 했다.

'인생 자체를 비틀었구나.'

잘못이 생각보다 컸다.

그들을 왜 불러들였나.

처음에는 그들을 모아 삼파전, 사파전의 양상을 이루고자 했었다. 그러나 갑자기 일어난 짧은 회귀 현상, 압도적으로 뭉개 버린 Z&F, 복종하게 된 신진권과 강유나의 협력 덕분에 그런 자잘한 수가 깔끔하게 해결되었다. 장기판에서 단숨에 왕을 잡아 게임이 끝난 셈이었다.

물론 현 상황에 대해 불만은 조금도 없었다. 계획이 어긋났지만 아주 좋게 어긋났으니까. 그러나 나 때문에 인생이 삐뚤어진 그들만큼은 내가 책임지는 것이 올바른 도리다.

'만나서 사정을 얘기하고 비상식적인 힘은 절대 쓰지 않도록 말해야겠어.'

사과할 일은 확실히 사과하자. 보상해 주자.

하지만 약속을 어기면 처단한다.

다소 잔인하기는 하지만 그들도 수긍할 것이다. 과학적으로, 상식적으로 설명 불가능한 힘만 쓰지 않으면 모두 보상하고 지원해 주겠다는 거니까.

나는 그렇게 결단을 내리고 강유나에게 그들의 소재지를 파악해 달라 메시지를 보냈다. 그런데 스칼렛 일행의 거주지가 이상했다.

펜던트를 어루만졌다.

"이게 확실한 겁니까?"

어루만진 펜던트에서 손가락만 한 강유나가 요정처럼 고개를 내밀었다.

- 네.

고작 이런 일로 속일 리 없다는 것을 잘 알았다. 그럼에도 묻는 것은 저들의 거주지가 황당했기 때문이다.

– 상현 씨가 전에 살던 집이 맞아요.

펜던트에서 나온 강유나는 우체국 배달원의 차림으로 가방에서 편지를 꺼냈다. 3명의 위치와 상세 정보를 담은 지도 회귀 직후 처음으로 눈을 떴던 아파트의 우리 집이었다.

게다가 스칼렛 일행의 활동 사항을 보니 이 역시 반전이다. 스칼렛은 연예 기획사에서 모델 겸 배우 계약을 했고, 양혁수는 종합격투기 선수로, 빈센트는 천재 작곡가로 현화의 앨범 작업을 돕고 있었다.

직업이야 그렇다손 치자. 그런데 그 녀석은 왜 연관이 되었을까.

"대체 왜 이들이 김태진과 엮인 겁니까?"

"확실하지는 않지만 상현 씨의 무관심과 아바타 놀이의 여파로 보여요."

무슨 말일까? 스칼렛 일행이 녀석과 얽히게 된 이유가 내게 있다니.

짐작 가는 바가 없었기에 더 이야기할 것을 종용했다. 강유나는 스리슬쩍 내 어깨에 살포시 앉았다.

"귀속시켜 놓고는 접속하지 않으셨으니까요. 그리고 김태진에게 모인 이유는 양혁수 탓이고요."

"그와 김태진과는 연결고리가 없는 것으로 압니다."

우체국 직원이라는 콘셉트에 맞게 우편엽서를 꺼낸 그녀는 귀여운 엽서로 마술처럼 영상을 뽑아내 재생했다.

"73번 실험체의 의도랄까요. 상현 씨 아바타를 상대하면서 양혁수가 보였던 에너지의 패턴을 분석했는데 마력 실드와 99% 일치했어요."

눈앞에 공항 박물관에서의 싸움이 감각적으로 펼쳐졌다.

"이를 토대로 73번의 본래 능력과 매치시키면 은폐를 통해 비교적 감시가 덜한 양혁수에게 접근. 예지 능력으로 본 상현 씨와의 장래 인연을 위하여 김태진에게 인도했으며 설득하기 위한 도구로 'new century의 스킬을 담은 물건을 건넸다.' 로 추측할 수 있지요."

'빨리도 했군.'

신속한 실천력이다.

"단순히 겁륜의 계약자라서 노렸을 확률도 5%는 되지만, 그런 수를 쓸 멍청이는 아니에요."

"알지 못했던 3번째 초능력의 발현일 가능성은 배제한 겁니까?"

"아메바가 바로 테스트해 봤는데 절대로 불가능했어요. 다른 표본을 통한 임상시험도 거쳤으니 확실하죠."

"살아야 할 사람을 건드리지는 않았겠지요?"

실험자로 멀쩡히 지나던 이를 죽이지는 않았는지 물어보니 그녀가 키득키득 웃었다.

"그렇지 않아도 아메바들이 이 명단 좀 잘 봐 달라고 부탁했어요. 모두 도덕과 윤리를 기초로 해서 꼭 죽어야 할 이들로 엄선했고 지시하신 일도 착착 진행한다며 말이죠. 요즘 외팔이 녀석한테도 굽실, 저한테도 굽실굽실. 아메바 꼴이 아주 말도 아니랍니다."

두툼한 보고서 가장 위쪽에는 이런 글귀가 적혀 있었다.

[변화에 묻혀 가는 변하지 않는 것을 길이 보전하겠습니다.]

쉽고 단순한 말도 꼬아서 하는 모양새가 영락없이 외팔이, 허영의 신진권이 쓴 글이었다.

피식.

'결재판에 사인이라도 해 줘야 하나.'

신진권 뒤에 숨은 아메바, 강유나 뒤에 숨은 신진권의 관계가 꼭 상사 불호령을 피하려는 말단 직원의 모습 같았다. 잠시 옛 직장 생활을 떠올렸던 나는 내용을 훑어보고는 그녀에게 돌려주었다.

"73번이 양혁수에게 어떤 전언을 남겼는지는 모르는 거군요."

"상현 씨가 허락만 해 주면 당장에라도 알아낼 수 있죠."

고문. 세뇌.

"사양하겠습니다."

신진권과 강유나가 함부로 손대지 않는 것은 오직 내 눈치를 보는 탓이었다. 만일 '나'라는 제동장치가 없었다면 그들은 일찍이 없던 사실까지 만들어 보고했을 것이다.

그렇기에 저들의 긴장과 불안감을 풀어 줄 생각은 추호도 없었다. 꽉 붙들어 매야 세상이 두루두루 평안하다.

"그런데 저 직업들은 왜 택하게 된 겁니까?"

연예계라니!

"김태진이 '나와 함께 있고 싶으면 선택해.'라고 했다네요. 양혁수는 싸우자! 했다가 완패했고, 이블린은 조건으로 상현 씨가 살던 아파트를 요구했어요. 클라우드는 김태진의 가족을 잘 공략해서 거의 가족처럼 지내고 있고요."

'조금만 더 컸으면 현화랑 갈 데까지 갔을 수도 있을 듯?' 말하는 강유나였다. 나는 그녀에게 받아서 쓰고 있는 선글라스를 벗으며 물었다.

"양혁수와 김태진이 겨뤘던 영상이 있습니까?"

"물론이죠."

결재판 같았던 보고서에 둘의 모습이 비쳤다. 야밤의 운동장. 가소롭다는 듯이 웃고 있는 태진이가 강화된 육체를 가진 양혁수를 단번에 제압하는 영상이다. 맹공을 유유자적 한 끗 차이로 피하고 손을 뻗을 때는 정확한 빈틈을 제대로 공략할 때뿐이니 실로 고수의 풍모다. 나중에는 뒷짐까지 지고 상대하는 모양새가 영락없는 영화 속 한 장면 같았다.

의아한 건 둘의 실력이 고만고만해 보이는데, 제아무리 높게 봐야 6:4인데 전적은 완벽한 승리라는 것이었다. 과연 김태진. 회귀의 주인공답게 내가 모르는 한 수가 있는 것 같았다.

"생각보다 강해졌네요."

그사이 콧잔등에라도 앉으려는 걸까, 눈동자 앞에 바싹 붙어 있는 강유나가 보였다.

"왜 그러지요?"

"눈이 정말 예뻐요."

취한 듯 말하는 그녀를 한 손에 잡아서는 어깨로 옮겼다. 이어 펜던트를 들어 지금까지의 정보들을 회수했다.

집으로 향했다. 그간 멀리 돌아다녀 이제는 참으로 생소해진 도로를 맨발로 걸었다. 그리움조차 희석된 학교를 돌아보고 학원가와 노래방 등의 장소, 어렸을 적 놀던 놀이터까지 가만히 곱씹었다.

그들 3명의 위치는 알았다. 이블린은 촬영장에 있고, 클라우드는 현화가 소속된 기획사, 양혁수는 격투 도장에서 샌드백을 뭉개고 있었으니까. 만나고자 하면 당장 만날 수 있다. 하지만 가끔은 느릿느릿한 것도 좋으리라는 생각에 상가 유리와 주차된 차창에 비친 나를 보며 느리게 걸었다.

실로 오랜만에 집으로 가는 길이다. 그런데 기억과 똑같이 서 있으니 작고 좁게만 보였다. 마치 어른이 되어 찾아간 초등학교처럼, 높다랗던 마지막 철봉이 손만 뻗으면 닿아지듯이. 넓어 숨이 턱까지 차던 큰 운동장이 한눈에 담아지듯이.

'집은 여전할까?'

멀어진 추억과의 괴리감을 느끼며 나는 살았던 집으로 들어갔다. 아파트 단지를 가로질러 엘리베이터에 올라 층수를 누른다. 마침내 도착. 잠긴 현관문의 비밀번호를 펜던트로 해결하고 안으로 들어갔다.

집은 조용했다. 당연하게도.

입구에서 신발을 벗을 시간에 눈을 감고 옛 기억을 떠올렸다. 신발장 너머 벽지의 색깔, 풍겨 오는 집의 냄새, 아버지께서 피우고 옷에까지 깊숙이 배어 든 약한 담배 냄새와 섬유유연제를 듬

뿍 뿌려 이를 중화시켰던 어머니의 빨래.

그리고 눈을 뜬다. 보이는 음식 냄새와 어렸을 적의 사진이 걸린…… 걸렸었던 벽의 추억은 어디에도 없었다. 당연하게도.

오래전 떠나기 전에 혼자서 어지럽혔던 방의 흔적도 없었다. 누군가의 안방이고 누군가의 거실인 안락한 그 집에서 나는 소파에 앉아 펜던트의 부모님 사진을 꺼냈다.

나도 있고 장소도 그대로인데 사람은 없었다.

그 사실이 왠지 먹먹했다.

나는 충동적으로 펜던트를 들어 메시지를 보냈다.

[점심 같이 먹어요. 여러분의 집에서 기다리겠습니다. -제임스.]

벌떡.

부엌으로 향했다. 주황색의 네모난 치즈만 보던 내게는 참으로 낯설기 그지없는 각종 치즈와 음식 재료들이 있었다. 떠오르는 기억이라곤 빵에 발라먹는 것이 전부인 나.

그럼에도 재미난 것은 기억과는 달리 재료를 보면 만들 수 있는 요리들이 익숙하게 착착 연상된다는 사실이었다.

'이참에 요리 스킬도 마스터해 둘까?'

기왕 대접하는 거 나도 배부르게 먹을 만큼 준비하기로 했다. 메시지를 보냈기에 시간이 촉박하다 생각한 나는 껑충 날아올라 시장에서 음식 재료를 한가득 사고, 오는 김에 공항의 아바타가 입었던 정장도 구매했다. 그리고 정장을 입은 채 스킬의 도움으로 요리를 만들었다.

외국인인 것을 참작하여 그들의 입맛에 맞도록 메뉴를 선택,

떠오르는 레시피대로 물을 끓였다. 싱싱한 오징어의 껍질을 벗기고 잘라 데친 뒤 곱게 채 썰었다. 당면 역시 찬물에 담가 부드럽게 불리고는 익숙하게 끓는 물에 삶으며 피망과 새송이버섯, 당근을 손질했다.

'이게 맞나? 처음 하는 건데?'

의심이 중간마다 손을 멈추게 했지만, 곧 착착 진행되는 요리가 나를 다독였다. 팬을 달구고 식용유를 두른 뒤 채 썬 채소와 오징어를 볶으며 당면도 추가. 깐 마늘을 엄지와 검지로 쥐어 만든 다진 마늘에 설탕, 소금, 간장, 후춧가루를 넣으니 적당히……?

'얼마큼이 적당히라는 거지?'

다시 멈칫하니 손이 멋대로 움직였다. 톡톡. 주르륵. 볶은 깨는 솔솔. 그렇게 정석대로 만든 오징어 잡채는 남이 한 요리처럼 참 맛있었다.

"쉽구나."

낮은 천장 탓에 조금 불편하긴 했지만, 기분이 좋아졌다.

무턱대고 사 온 온갖 재료들의 레시피가 좌르르 펼쳐졌다. 나는 소소한 성취감을 만끽하며 요리에 빠져들었다.

'더 빨리. 더 많이. 더 맛있게.'를 목표로 나는 가진 재주를 아낌없이 사용했다. 여기에 라탄트라가 준 정령들이 제 몫을 톡톡히 해냈다. 그들은 최고의 가사도우미였다. 내 의사를 그대로 반영하는 물이 채소를 씻고 예리한 바람의 칼날들이 삽시간에 다듬었으며 부엌의 부족한 화력을 대신하여 불꽃이 아주 알맞게 재료들을 볶고 익힌 것이다.

구석구석 배어드는 열기가 손끝 촉각으로 실감나게 느껴졌다. 간장양념에 무쳐 재어 놓은 돼지고기 안심을 양파, 대파와 함께 담아서 입으로 혹 불었다. 토해 낸 불길이 팬 안에서 사방팔방 날뛰며 고기를 볶는 사이 작은 바람이 두부에 밀가루를 고루 묻히고 황색 투명한 기름을 두른 물의 정령이 두부의 면면을 노르스름하게 지져 냈다. 돼지불고기와 두부 쌈이 금방 완성이다. 이색적으로 만들 겸 땅의 정령에게 살짝 오리를 감싸게 하고 양손에 불을 두른 뒤 주물럭주물럭 주무르면 오리 진흙 구이가 완성.

한창 더위가 기승을 부리는 여름이지만 활짝 열린 현관과 창문으로 바람이 두루두루 통하니 찜통더위는 남의 일.

오로지 차가운 환혼력과는 달리 영리한 바람의 정령은 쾌적한 온도를 유지해 주었다.

'굳이 부엌에서 요리할 필요가 없구나.'

싱크대가 필요 없었다. 나는 좁은 부엌에서 나와 거실에서 요리했다. 소파를 밀고 화분, 컴퓨터, 책상 등의 것을 전부 운동기구가 있는 양혁수의 방에 쓸어 넣었다. 그리고 텅 빈 거실에 부엌의 큰 냄비들을 늘어놓고 만들었다.

4개의 정령이 수발을 들며 요리하는 모습은 마치 강유나가 팝콘으로 영상을 뽑아내고 연구실을 이집트 피라미드로 만드는 것과도 같은 광경을 연출했다. 그렇게 요리하며 알 수 있었다. 요리도 연금술과 마찬가지라는 사실을.

맛있기를 목표로 만들던 음식들이 익숙해질수록 각각의 속성력이 양념처럼 스며들었다. 각 재료가 가진 특성들을 섭취하기 쉽게, 맛과 건강을 조화롭게 추구한다는 것을 안 덕분이다. 요리의 완성 역시 또 다른 형태의 포션인 것이다.

그렇게 완성한 50인분의 식사.

'어디에 담지?'

요리만큼 담는 그릇의 아름다움도 중요한 법. 그런데 준비한 그릇이 없었다. 양도 터무니없이 많았다.

맵시 나게 냄비에 담는 방법을 고민하던 나는 그냥 거실 바닥에 땅의 정령을 깔기로 했다. 널찍하게 펼치고는 상대적으로 낮고 둥글게 홈을 만들어서는 그 자리에 완성된 오징어 잡채, 스파게티, 오리구이, 스테이크, 샌드위치, 찜닭, 애플파이 등을 쌓았다.

'뭔가 목적 없는 출장 뷔페 요리들의 향연 같은데.'

아무렴 어쩌랴. 남는 건 내가 다 먹으면 된다. 마음먹고 먹으면 이 정도는 한 끼에 끝이니까.

비로소 마무리된 탁자와 요리들을 보니 문득 연상되는 것이 있었다. 포석정. 고랑을 파고 흐르는 물에 잔을 띄우던 신라 시대 정원시설물이었다.

내친김에 포석정의 느낌을 더 살리기로 했다. 정령을 속성별로 뽑아 땅은 더 두툼하게, 그리고 분재와도 같은 장식물까지 흙으로 만들고 작은 폭포수와 냇물을 만들었다.

더우니 불의 정령은 쓸데가 없다. 대신 사이사이로 바람을 뽑아내 솔솔 불게 하는데…… 이거 영 답답하다. 35평 아파트가 감당할 실내장식이 아닌 까닭이다.

이를 어찌할까 고민하다 그냥 웃었다.

"거참."

내가 언제 이런 것을 신경 썼다고 열정적으로 음식을 돌보이게 하려고 이리 노력한단 말인가. 주는 옷 그대로 입고 먹을 만한 음식 가리지 않고 먹고 살았는데 말이다. 이거, 요리 스킬을 마스터하면 매우 가정적인 남자가 될 것 같다는 위기감이 엄습했다.

'다 취소하자.'

남의 집에 와서는 이 무슨 난장판인지, 혼자 웃으며 원상 복구하려 할 때였다.

허겁지겁 달려오는 소리가 들렸다.

"제임스 씨?"

해변에 있다가 온 걸까, 당장에라도 수영을 해도 될 법한 아찔한 모습의 이블린. 열린 현관문 너머로 검은 핫팬츠에 패션 비키니를 입은 그녀가 서 있었다.

살짝 가려진 복장이기에 외려 더 아찔한 미모였다.

"오랜만입니다, 스칼렛 양. 던전에서 뵙고 에일락 반테스로 헤어진 이후 오랜만이네요. 건강해 보여 다행입니다."

백옥이니 어쩌니 하는 미사여구가 필요 없는 피부에 흰 머리칼과 붉은 눈. 여기에 카임의 불로 얻게 된 건강이 더해지니 강유나와는 또 다른 매력이다.

"그 모습은 어떻게 된 건가요? 제가 만났던 제임스는 이상현이라는 사람인 줄 알았는데?"

"아바타를 보셨나 보군요."

포석정의 고랑 위치를 변경하여 나가는 길을 만들었다. 스물스물 움직이는 거실 바닥을 보고 그녀의 동공이 커지는 사이 현관문으로 가 손을 내밀었다.

"이런 일에 휘말리게 하여 사죄드립니다. 모든 질문에 대답할 준비를 마쳤으니 우선 안으로……."

"그 손 치워!"

그 순간 내민 나의 손을 걷어차는 이가 있었다. 온 힘을 다해 휘두른 야구배트같이 둔한 파공성을 동반한 발길질은 내 손목에 이어 명치를 찍고 날카롭게 회전하며 나의 턱을 그대로 후려쳤다.

새로 산 정장에 선명하게 남은 발자국이 뚜렷하게 존재감을 과시했다.

"너 뭐냐?"

땀에 흠뻑 젖은 운동복 차림의 양혁수였다. 그는 미동도 않는 나를 보고 디딤발에 힘을 실었다. 혈력과 마력의 움직임에 따라 내가 먹인 카임의 열기가 그의 몸을 강화시킨다. 무릎관절이 슬쩍 움직이매 앞서 와는 다른 무게감으로 그의 발이 재차 나의 얼굴을 후려쳤다.

뻑! 하는 소리.

고개가 돌아갔다. 쓰고 있던 선글라스가 와작 부서졌다.

"꽤 비싼 건데."

강유나가 선물한 것이니 매우 고가의 물건이리라.

"너 Z&F에서 나왔지?"

경계하는 양혁수였다. 입맛이 썼다.

맞기는 했지만, 자업자득이다. 더 맞아도 할 말이 없을 따름이다.

"위험하니 어서 내려가요."

양혁수는 이블린의 팔을 잡고는 자신의 몸 뒤로 숨겼다. 나는 양손을 들어 무저항을 표시하려 했다. 이를 본 그가 다시 긴장한 채 자세를 잡았다.

"우선 3대면 충분해요."

이블린이 그를 말리고 내게 손을 내밀었다.

"우선입니까?"

"네."

당연하다는 그녀의 대답에 수긍할 수밖에 없었다. 그때였다.

"헥! 도착했으면 엘리베이터는 내려 줘야죠! 걸어오게 하고 말이야. 이런 건 민폐라고요."

클라우드였다. 헤드셋에 보드를 메고 있는 장난꾸러기 소년이 나를 빤히 올려 보았다.

"형이 제임스?"

"직접 본 건 처음이지? 빈센트."

갸웃.

"희한하네요. 느낌은 맞는데 외모나 목소리가 다르다니. 일치율은 이상현이 제일 높고 연관성도 깊은데, 그럼 태진이한테 우리가 낚인 건가요?"

"제임스 씨가 방금 에일락 반테스도 자신이라고 했어."

"엑?"

이블린의 말에 팔짱을 낀 클라우드가 나를 째려 봤다.

"그런데 형은 어쩌다 모습이 그렇게 변했어요? 상현이가 가짜였나? 그런 거였으면 괜히 여기서 이러고 버틴 건데…… 에이. 오늘은 얘기해 주러 호출한 거 맞죠? 이번에도 잠수하면 진짜 안 돼요!"

그는 당장 나를 끌고 집에 들어가려 했다.

"어? 우리 집 아닌가?"

우뚝 멈췄다.

"여기 왜 이래요?"

"그릇 놓을 곳이 마땅치 않아서 조금 손을 댔어. 네 자리는 오른쪽이야. 스칼렛 양은……."

"이비예요."

"네, 이비 양은 이쪽으로. 그리고 남은 자리가 양혁수 씨 자리입니다."

먼저 들어간 둘과 달리 양혁수는 복잡 미묘한 표정이다.

"제가 수선집 앞에서 초보자용 의복을 선물했던 제임스가 맞습니다. 그간의 사정에 대해 차근차근 설명해 드리겠으니 우선 앉으……."

"압니다."

"네?"

"금방 잊힌 거 보니 당신 제임스인 거 나도 실감한다고요."

그는 욕설을 내뱉고는 성큼성큼 들어갔다.

잊히고 실감했다니. 이해가 될 법 되지 않는 알쏭달쏭한 말이었다.

'사람은 닮는다더니.'

이블린과 클라우드와 함께 있으며 그 역시도 정신 수준이 상당히 올라간 것 같다. 내심 고개를 저은 나는 들어가 현관문을 닫았다.

이야기는 일사천리로 진행되었다.

내가 그들에게 알린 정보의 범위는 강하성 소장이 아는 정도까지였다. 륜을 태워 그 힘을 사용한다는 것은 오직 이용택 관장만 알고 그 아래가 륜, 신진권, 강유나, Z&F의 존재 이유. 마지막으로 이상현이라는 인물의 삶에 해당한다.

물론 어쩔 수 없는 거짓은 있었다. 바로 회귀를 감추기 위해 피치 못하게 천재로 가공할 수밖에 없는 내 속사정. 신진권이 오해한 부모님의 사망과 함께 행보를 달리하기 시작한 천재 이상현이라는 이미지가 바로 그것이었다.

나는 예상했다. 강하성 소장이 그러했듯이 나를 놀라워하는 그들의 모습을, 이용택 관장처럼 맞수로 볼 수 있을 가능성을, 신진권처럼 나를 이용하는 시도를 말이다. 힘을 갖고도 조용히 살아달라고 부탁하는 내게 불만을 토로하는 일반적인 반응까지도.

그런데 음식을 즐기며 차분하게 이야기를 들은 이들의 반응은 모두 예상에서 어긋났다.

"이름을 부르고 싶은데 이상현이라고 하면 자꾸 그 클론이 연상되는군요."

"저도 누나랑 똑같아요. 제임스 형을 생각하면 이상현이라는 이름이 안 나오고, 이상현을 생각하면 제임스 형의 모습이 떠오르지 않고요. 딴사람 생각하면서 이름을 부르다니, 격이란 게 참 웃기는 거 같네요."

골똘히 생각하는 클라우드에 이어 이블린이 나를 똑똑히 응시했다.

"제임스 씨는 원래부터 그런 건가요, 부를 수 없게 되면서 그렇게 변한 건가요? 아니면 부모님의 사고 때부터?"

"어떤 모습이 말입니까?"

"제임스 씨는 처음 만날 때부터 지금까지 거리를 유지하고 있어요. 판을 뒤엎을 역량이 되면서도. 누구보다 빨리 뛸 수 있으면서도 벤치에 앉아 있는 후보 선수같이."

천만의 말씀이다.

"누나, 욕심이 없는 사람처럼 양보만 한단 말이죠?"

"그보다는 욕심이 없어진 사람 같아."

그녀는 포도 한 알을 입에 넣었다.

한편으로 양혁수가 '나도 없어진 사람이다. 쳇.' 하고 중얼거렸다.

몇 번 입을 벙긋벙긋하던 그는 외면받는 음식들을 홀로 주야장천 먹었다. 우적우적 씹어 대는 통에 가끔 시선이 모일라치면 '끝내주게 맛있습니다.' 하며 뿌드득 이를 갈았다.

물론 이를 신경 쓰는 이는 아무도 없었다.

"오햅니다. 이제 없던 욕심도 더 찾아가는 중이니까요."

"어떤 걸요?"

"모두가 바라는 바를 성취하는 모습이랄까요."

장난스레 대꾸하며 나는 신진권에게 지시했던 일, 불치병과 같이 노력으로 극복할 수 없는 질병을 없애겠노라 말한 것에 관해 이야기했다. 그러며 되물었다. 만약 나와 같은 처지라면 어떤 일을 하겠느냐고.

"당신에게 세상을 쥐락펴락할 능력이 뒷받침되면 어찌하겠습니까?"

"가능성을 본다는 건 아래에서부터의 변화를 계획하는 거네요. 그것도 지켜보는 즐거움을 기대해야 하니…… 제가 제임스 씨 같은 입장이라면 팩트 체커의 범주를 모든 언론으로 확대하겠어요."

"모든 정보를 다 공개하라는 거예요, 누나?"

불쑥 끼어든 클라우드의 말에 이블린은 마땅히 떠오르지 않는 표현이 있었는지 중간마다 모국어로 이야기했다. 다행히 공항에서와는 달리 스킬의 도움이 있는지라 나는 그녀의 말을 빠짐없이 이해할 수 있었다.

「아니. 지면으로 다뤄지고 공론화된 것에 한해서만이야. 음…… 오독하기 쉬운 사실들이 얼마만큼 편향된 진실인지. 그 수혜자와 피해자의 관계를 가장 직설적으로 보여 주는 거지. 주거와 소득 수준에 따라 이미지를 통해 이해를 돕고.」

「선동에 흔들리는 유권자가 아니라 제대로 된 권한을 행사하는 권력이 생기겠네요. 가장 공정한 진실에 따라 각자가 표방하는 이익이 절대 다수의 형태로 드러날 테니 분배 역시 확실해지겠고요.」

「사람은 누구나 나름대로 현명하잖아. 그 나름의 기준과 상식의 수준을 높이고 진실의 잣대를 댄다면 독과점은 무조건 풀리게 돼 있어.」

「그거 괜찮네요. 시간적으로나 물리적으로 가능할 리 없지만…… 아, 맞다. 형은 다 가졌다고 했지. 그럼 게임 끝났네요.」

클라우드가 어깨를 으쓱였다.

"만약 제가 형이라면 욕심 좀 부려 볼래요. 이블린 누나가 만든 매체를 통해 세상을 둘로 나누는 거죠. 히히. 영화에서 봤던 것처럼 세상을 지배하는 흑막이랄까? 일종의 치외법권도 만들고 세계에 암묵적으로 두루두루 통하게 하는 능력자들만의 리그 같은 거예요. 화폐도 다르게 하고 형이 싫어하는 비상식적인 일들도 이쪽에서만 통하게 하는 식으로. 아마 new century가 없었다면 이쪽도 재밌었을 거예요."

마치 손에 쥔 장난감을 놓기 싫어하는 모습 같았다.

하긴, 내뱉은 말에 관해 각자가 책임을 지는 사회가 된다면 지금보다는 한결 나아질 것은 분명했다. 그 감시자의 자격으로서 진실이라는 이름의 지식을 양껏 공급한다면 충분할 터다.

"방향만 일관성 있다면 가시밭길이건 오르막길이건 관계없긴 하지. 좋은 의견 잘 들었다."

"별말씀을요."

"그런데 알다시피 지금은 별로 생각이 없어. 사실 오늘 이렇게 온 것도 약속을 해 줬으면 하는 게 있어서거든."

툭 내뱉은 나는 조금 더 잡담을 나눈 뒤 본론으로 들어갔다. 분위기를 환기하자 열심히 먹던 양혁수가 나를 보고, 클라우드와 이블린은 올 것이 왔구나 하는 낯으로 긴장했다.

"지금까지의 이유로 필사적으로 움직인 끝에 저는 생각보다 좋은 상황에 도달했습니다. 사실상 모든 문제가 해결되었다고 보아도 과언이 아니게 되었지요. 하여, 단도직입적으로 말해 여러분의 생존이 보장된 만큼 더는 저와 얽힐 이유도, 목숨을 걸 까닭도 없어졌습니다."

시청자에서 참여자로 바뀐 양혁수가 음료와 함께 씹던 음식물을 꿀꺽 삼켰다.

"필요 없어졌다는 겁니까?"

"예."

고개를 끄덕였다.

"저는 3가지를 제안하고자 합니다. 하나는 지금까지의 일을 잊는 것. 가장 안전한 선택입니다. 기억을 조작하고 저와 만나기 전의 일상으로 돌아가는 거지요. 제가 강탈했던 캐릭터의 복구는 물론 복권이나 보너스의 형태로 10억 이상의 충분한 보상을 해 드릴 것을 약속합니다. 모두의 기억과 정보를 조작할 것이니 조금도 문제가 없을 겁니다. 후유증 역시 전혀 없지요."

소극적이며 다소 겁쟁이처럼 비칠 수 있지만 사실 가장 합리적인 선택이 된다. 일상으로 돌아가 자기 삶을 사는 건 축복이다. 이를 대뜸 말했다면 믿기 힘들었겠지만, 쭉 설명하며 간간이 내가 보인 능력이 있기에 설득력이 더해졌을 것이다.

"이 힘은 어떻게 하고요?"

"회수해야지."

"누나의 병은요?"

"물론 치료해 주고."

솔직한 나의 호의였다. 전혀 손해 볼 것 없는 제안이리라 자신했다.

"두 번째는 현재의 상태로 살아가는 겁니다. 비밀도 알고 현실에서도 사는…… 경계에 선 것이니 자유라 할 수 있겠군요. 혜택은 앞서와 마찬가지이며 현실에 관여하기도 하고 new century도 즐기며 능력을 드러내도 무방합니다. 단, 정도가 지나치지 않도록 특별히 유의해야 합니다. 규정을 정하되 이를 어기면……."

말을 맺지 않았지만, 충분히 알아들었을 것이다. 살의를 가득 품고 경고했으니까.

"형, 다른 리스크는 없어요?"

"조금은 있어. 바로 현실과 비밀의 경계에 서서 가끔 능력을 쓰고, 혹 나타날 능력자들이지."

클라우드에게 한 답변에 양혁수가 반문했다.

"능력자면 그, Z&F에서 놓아줬다는…… 공항에서 만났던 그들?"

"미끼가 되는 거군요."

과연 이블린의 통찰력이었다.

미끼. 그렇게 볼 수도 있다. 이블린 일행과 초능력자들이 건재하다면 반드시 73호가 접근할 테니까. 륜의 계약자가 new century를 통해 모조리 파악되고, 현실을 지배하다시피 하는 이들에게 저항할 수단은 없다시피 하기에 그녀는 살기 위해 접촉해야 했다.

물론 그전에 잡힐 확률이 매우 높은 판국이지만 말이다. 고작 양혁수에게 종잇조각 하나 준 것만으로 검거 일보 직전일 만큼 73호는 불리한 상황이었다. 그만큼 신진권과 강유나의 우위가 압도적이라는 의미이기도 하다.

"상황이 그렇게 돌아갈 뿐 여러분을 미끼로 쓰는 의도는 추호도 없습니다."

"알아요. 그런데 왜 그들은 신진권 사장에게 복수하기를 포기하지 않는 거죠? 승산 없는 싸움인데도?"

"그건 저도 모르겠습니다."

공권력을 송두리째 장악했다는 것은 문명사회에서 그만큼 절대적이다. 다시 생각해도 대관절 왜 악마가 태진이 녀석을 회귀자로 선택했는지 나로선 도통 이해가 되지 않을 따름.

권력에 재력에 무력. 여기에 복제 능력까지 갖춘 신진권 사장은 나만 없었다면 분명히 무적이다.

그런 그에게 도전하는 전직 연구원들은 무슨 묘책이 있기는 할까. 모르기는 하지만 만약 내기한다면 나는 무엇이 됐건 헛된 희망이라는 데 판돈을 걸 것이다.

"형, 그럼 첫 번째를 선택하면 그 사람들은 어떻게 돼요?"

"죽지. 무가치하니 용도 폐기되는 건 당연한 일이거든."

웃노라니 순간 클라우드의 두 눈동자가 약간 커졌다. 아직 어려서 살인에 대해 저항감이 있는 모양이다. 갈증이 나는지 그는 음료를 벌컥벌컥 마셨다.

"나나 그들이 다시 아바타 유희를 할 일은 없을 거야. 게다가 신진권 역시 놀 상황이 아니거든. 게다가 경험했잖아? 대표적으로는 이계원을."

마음대로 사람을 인형처럼 조종한 능력자. 그와 직접 부딪쳤던지라 이해가 쉬울 것이다. 힘 있는 자는 쓰고 싶기 나름인데 그들은 자신들을 특별하다고 생각하기까지 했다. 사회에 물의를 일으키지 않는 것은 기적과 같은 일일 정신 상태인 셈이다.

"세 번째는요?"

"완전히 내 쪽에 서는 거지. 이건 별로 권하고 싶지는 않아. 죽을 확률이 가장 높거든. 내 몸이 변한 것처럼 또 어떤 일이 생길지 나로서도 감당 못 할 일이기도 하고."

클라우드로부터 시선을 뗐다.

"마지막은 저와 함께 여행하는 겁니다. 대가는 진실과 격의 상승이라 하겠군요. 대신 고독해집니다."

"고독이요?"

"가족도, 친구도, 과거도 모두 잊습니다. 현실에 절대로 관여치 않습니다. 모든 혜택을 누릴 수 있으나 방관합니다. 오직 저와 함께 new century를 여행하며 격의 상승과 진실을 탐구하는 것만이 목적이지요."

"승낙하기만 하면 우리도 격을 높이고 동료가 된다는 건가요?"

"목숨을 걸어야 합니다. 방법은 제가 에일락 반테스를 경험했듯이 여러분도 몬스터 플레이를 하는 것이니까요."

클라우드가 슬그머니 물었다.

"……시작 관문에서 자아를 잃으면요?"

"그걸로 끝이지."

가볍게는 정신분열에서 흔하게 뇌사가 일어난다는 사실을 재차 언급했다. 그러나 사실은 말뿐인 경고였다. 만약 이들이 캐릭터를 구하면 나는 에일락 반테스로서 육체를 구해 놓을 생각이다. 혼주와 혈주로 완벽하게 살린 죽은 육신에 라탄트라 덕분에 알게 된 완전한 포션으로 생기를 불어넣고 이들의 혼을 담으면 완벽한 접속이 된다.

그럼에도 이런 식으로 말하는 데에는 여러 가지 이유가 혼합되어 있었다. 저들의 삶을 망가트린 책임감으로서의 솔직함. 최대한의 나를 보이며 오래도록 함께하고 싶다는 내 욕심. 만약 잘못된다면, 혹 실망한다 해도 나는 온 힘을 다했고 불가항력이었으니 용서해 달라고 미리 부탁하는 비겁함. 이 모두가 얽히고설켜 있었다.

"가슴 뛰며 신바람 나는 모험의 세계가 아닙니다."

"첫째는 안전, 둘째는 자유, 셋째는 모험이네요."

다시금 요약 정리하는 이블린. 그녀를 일별하고 나는 거듭 당부했다.

"깊이 생각하고 신중히 판단해 주시기 바랍니다. 그럼, 잠시 저는 문밖에 있겠습니다."

만찬은 끝났다.

그 말을 끝으로 나는 땅의 정령을 통해 모든 음식을 묻었다. 대신 맑은 물과 선선한 바람을 불게 하였다. 이는 최적의 상태로 미련이 남지 않는 선택을 하기를 바라는 마음으로 한 것.

현관문을 열고 나갔다. 의식적으로 귀를 닫아 정면에 집중했다. 바깥에서 대기하는 시간. 오후 3시의 여름 태양이 따사로웠다.

땀을 주룩주룩 흘리며 아이스크림을 먹어 대는 이들이 내게는 그저 이채롭기만 하다. 평상에 앉아 부채질하는 어르신의 곁에 끈 풀린 강아지조차 혀를 쭉 내밀고 있는 광경, 건너편 활짝 열린 창 너머로 속옷 차림의 주부가 선풍기 바람을 쐬며 TV를 보는 모습, 풀이 죽은 채로 기다리던 학원 차에 올라 쌩하니 가는 아이들 구경하기를 얼마나 했을까.

똑똑.

두드림과 함께 문이 열렸다.

"선택하셨나 보군요."

다소 의견 충돌이 있었는지 표정이 밝지만은 않았다. 더 지체해 무엇하랴.

"첫 번째를 선택한 분이 계십니까?"

양혁수가 손을 들었다. 태진이에게 들었던 그의 모습과 내가 경험한 것을 통해 가장 저돌적이고 모험심 강하리라 생각했던 그의 선택.

"의외군요. 이유를 물어도 되는지?"

"용의 꼬리보다는 뱀의 머리가 낫습디다. 당신 덕에 세상엔 안 되는 게 있고 못 이기는 새끼가 있다는 것도 알았고."

그리곤 입을 딱 다물었다. 복잡 미묘한 그 표정에 나는 더 묻지 못하고 다음으로 넘어갔다.

"두 번째는 저요!"

이 역시 뜻밖이었다.

"아까 말했잖아요. 저라면 경계에 서겠다고. 중간에서 이쪽저쪽 구경하면서 정보도 얻고 팔고 능력도 쓰면서 살래요. 가끔 형이나 누나한테 얘기 좀 듣고 혁수 형한텐 키다리 아저씨 노릇도 해 주고."

"그런 짓 하지 마. 징그러워!"

"에이~ 인생 탄탄대로로 팍팍 밀어줄 테니 걱정하지 마요! 예쁜 여자도 소개해 줄게요."

질겁을 하던 양혁수가 그 말에는 은근히 찬성했다.

자연히 남은 선택은 이블린의 것.

"위험할 텐데 왜 세 번째를 선택하셨습니까?"

"하고 싶어서요."

"……그렇군요."

대꾸할 말이 없다. 하고 싶다는 데 무슨 설명이 더 필요하랴.

과연 딱 부러지는 게 처음 보았던 스칼렛의 모습 그대로였다.

나는 양혁수를 돌려보내고 그와의 종속 관계를 끊었다. 클라우드 역시 마찬가지의 조처를 하고 장환과 손향을 비롯한 능력자들을 맡겼으며 이블린은 나와 함께 플레이하게 되었다.

화랑의 재등장과 양혁수의 과거 조작은 세뇌와 기억 조작으로 해결했다. 다만 유일하게 기억을 주무를 수 없는 이가 태진이다.

'나비효과를 또 이용해 볼까.'

충격요법을 써 보자. 카오스 상태로 만드는 거다.

나는 신진권에게 지시해 태진이를 방문토록 했다.

"까불지 말라고 하고 돈의 힘을 보여 줘라."

– 그리하겠습니다.

그는 명령에 충실히 따랐다.

'네가 검륜의 계약자냐?' 하고 불쑥 나타나는 충격 요법.

다음으로 현화가 소속된 연예 기획사를 통째로 인수하며 스칼렛 일행을 그로부터 완전히 격리시켰다. 양혁수나 클라우드가 엉뚱한 곳에서 나타나도 녀석은 또 '나비효과'로 이해할 것이다.

기억 조작은 참으로 무서운 힘이었다. 홀로 고립시키니 무슨 방도가 있으랴. 한 명을 제외한 모두가 책상을 의자라 하는 순간

책상은 의자로 불리게 되는 법이다.

사실 조금 지나칠 정도의 처사다. 원래 이 정도까지는 아니었지만.

'……이젠 궁금해져서 말이지.'

오늘 대화하며 궁금증이 배가되었다. 악마가 도대체 왜 저 녀석을 회귀자로 삼았는지. 그 진면목을 보고 싶어졌다. 계란으로 바위를 치는 무모함에 내가 알지 못하는 무언가가 있지는 않을까.

죽지 않을 정도로 몰아붙이면 기발한 수를 보여 주지 않겠는가. 나는 그 수를 잘 기록하라 강유나에게 지시하고는 에일락 반테스에 이어 투마 베제인으로 접속했다.

이블린을 위한 육체를 만들기 위함이었다.

⊠   ⊠   ⊠

마력과 기(氣)라는 확실한 재료와는 달리 강유나와 신진권의 힘은 정보와 영향력이라는 다소 모호한 무형의 재료를 통해 증대된다.

재미난 것은 서로 못 잡아먹어 안달인 둘의 관계가 상호 보완적이라는 사실. 영향력이 커지면 자연히 확장된 영역만큼의 정보가 더 들어온다. 정보력이 앞서게 되면 그 정보만큼의 이점으로 영향력이 배가된다. 이는 그들이 Z&F와 new century라는 같은 울타리에 있는 한 어쩔 수 없는 관계였다. 그럼에도 반목한 이유는 신진권의 소유욕 때문이었다. 그의 욕심이 없었다면 내가 들어올 틈조차 없었을 것이다.

'욕심이 없었다면 지금의 신진권조차 없었겠지만.'

지금은 내 탓에 교통정리가 된 마당이지만, 당시에 그들은 갖고자, 그리고 살고자 새로운 정보와 영향력을 기회만 있으면 취하고자 했었다. 현재의 대규모 이벤트는 바로 그 과정에서 나온 부스러기였다.

퓰라가 혼란에 빠진 틈을 타 그의 육체를 장악한 신진권이 잠시나마 통로를 연 것. 이로써 그의 모든 분신이 new century에 투입된 것. 이를 기반으로 대규모 이벤트를 공지한 것까지가 신진권의 영향력 증대였다면 강유나는 그가 일으킨 현상에 대한 정보들을 새로 얻어 자신의 능력을 확장했다.

「상현 씨는 직접 육체를 정형하시는 게 더 도움이 될 거예요.」

일반적으로 기획과 개발을 비롯한 반복 과정에 시간과 노력을 더하여 이벤트와 다양한 서비스를 한다. 그러나 new century의 주인은 신진권이 아니며 플레이어들이 누리고 있는 혜택들 역시 Z&F가 개발한 것이 아니었다.

모두가 융켈이라는 존재가 열어 놓은 통로를 저들이 편의에 따라 가공했을 뿐이기에 플레이어들은 일반적인 게임처럼 주축이 되어 세계를 구하거나 악에 맞서 싸우는 등의 비중 있는 일을 할 수가 없었다. 한낱 이방인이자 여행자가 되어 그저 조심조심 원주민들의 눈치를 살폈다. 대가는 그들이 쓰던 낡은 물건들이고.

즉 1,000억 이벤트, [투마 베제인의 도전] 역시 new century의 시각으로는 별 볼 일 없었다.

퓰라를 사냥했던 던전. 매몰된 그곳에 고이 잠들어 있던 에일락 반테스로부터 혼주와 혈주를 챙긴 나는 베제인으로 접속하고 적잖이 실망했다.

'모든 역량을 동원해서 만든 몬스터라더니만······.'

괴물 3개에 관짝 같은 사각형의 쇳덩이 1개.

마계를 통과할 일 없이 바로 도착한 한 점의 빛조차 없는 칠흑의 공간, 강유나의 무저갱에는 4개의 쇳덩이가 있었다.

1번의 이름은 [베제인의 그림자]로서 코뿔소 같은 뿔과 박쥐의 날개 같은 피막을 늘어뜨린 긴 뱀. 2번은 코끼리의 것처럼 기둥 같은 4개의 다리와 두 개의 팔, 일그러진 흉악한 얼굴에 날카로운 뿔, 꼬리, 칼날 날개를 가진 반인반마의 [베제인 마수형]. 3번은 날개와 꼬리만 있을 뿐 가장 인간적인 형태였다. 그러나 [베제인 영웅형] 역시 입을 열면 상어의 이빨처럼 치아가 빼곡했고 터져 나갈 것 같은 근육에 붉어진 굵은 핏줄은 지렁이처럼 따로 움직일 듯 실로 괴이했다. 얼굴 절반 크기까지 입을 벌릴 수 있다는 것도 살벌하고 말이다.

마지막 4번은 그냥 금속 덩어리였다. 2m의 직사각형 덩어리. 그것도 속이 빈 것.

「아메바가 나름으로 열심히 만든 거랍니다.」

영상이 서광처럼 비쳤다. 바람 빠진 타이어에 공기를 불어넣듯 노즐처럼 길게, 길게 흘러가는 희뿌연 영체들은 모두가 똑같이 생겨 먹은 신진권 사장들이다. 꾸역꾸역 주입된 그들이 비좁은 내부에서 마구 날뛰자 쇳덩이 곳곳이 불쑥불쑥 튀어나왔다. 밀폐된 공간에서 살기 위해 버둥거리는 가련한 영혼들.

안간힘을 쓰는 신진권의 얼굴과 주먹, 발, 팔 등으로 금속이 일그러졌다. 이윽고 풍선처럼 두서없이 팽창하다가 일부분이 펑 뚫리고야 만다. 썰물처럼 쓸려가는 영체들. 그러다 아무것도 감지할 수 없는 무저갱이기에 그대로 미쳐서 강유나의 어둠에 흡수되기 일쑤였다. 결국, 저마다 뭉쳐서 어떻게든 생존을 꾀하는 모습이 잔인하게 펼쳐졌다.

서로의 몸에 팔과 다리를 쑤셔 넣고 이빨로 꽉 물어 본능을 간신히 유지. 그렇게 각각의 베제인들이 만들어졌다. 만들어진 형상에 따라 강유나가 각종 스킬을 때려 박으면 완성되는 괴물들. 번호를 더해갈수록 모양이 그럴듯해진 것은 제작하는 신진권에게 경험이 쌓인 탓이었다.

"똑같은 자격 조건도 아니고 이름만 같은…… 종 자체가 다른 몬스터군요."

직접 정형하라는 강유나의 말은 나보고 이 관을 알아서 늘리라는 뜻. 온몸이 꽉 막히는 좁은 암실에 몸뚱이를 구겨 넣고 알아서 하라는 주문이었다.

뭐, 나야 어렵지 않지만 보통 사람에게 이런 일을 실험한답시고 요구했다가는 그야말로 죽지도 살지도 못한 채 미칠 것이다. 그러나 함부로 이런 짓을 하지 말라고 그녀에게 경고할 수는 없었다. 아무렇지 않게 권했듯 내게는 별것 아닌 일이었던 탓이다.

끼이이익-!

엿가락처럼 쭉쭉 늘어나는 금속.

쇳덩이에 갇힌 나는 대번에 신체를 구성했다. 이것도 3번째라고 매우 능숙하고 노련하게 완성했다. 뼈와 살을 만들고 체모들까지 완벽하게 구현하니 비닐 랩으로 동여맨 양 압박이 느껴졌다.

이에 힘을 더 주자 쇳덩이가 내 몸 크기 이상으로 삐걱삐걱 늘어나며 내가 구현한 옷과 육체를 철판에 고스란히 새겼다. 숨을 확토하고 정령들을 눈에서 보냈다가 회수하니 눈, 코, 입도 생겼다. 색만 검어졌을 뿐 바깥에서의 내 모습 그대로가 된 것이다.

완성된 육체의 정보를 강유나가 정밀하게 분석하기 시작했다. 가능한 동작과 근육의 밀도에 따른 힘의 세기, 내구성 등을 고스란히 기록한 뒤 그녀가 파악한 나의 기술들을 추가 구성했다.

"오리지널 스킬은 적당히 강유나 씨가 재현 가능한 new century의 스킬들로 대체하십시오. 기존의 것을 활용하는 것도 좋을 듯합니다."

108수의 환혼장력과 같은 내 기술은 쓰지 않겠다 하니 그녀가 물었다.

「굳이 쓰신다면 아메바 버전을 써도 되긴 하지만…… 좀 별로지 않나요?」

"공지로는 같은 이벤트 몬스터지만 컨트롤이 다르다는 식으로 나갔지 않습니까."

「그건 지금 살짝 끼워 넣으면 되죠. 영웅 등급의 베제인부터는 그림자 다음에 기본형. 잡으면 1차 변신. 또 잡으면 2차 변신처럼. 상현 씨는 최종형이니까 마지막에 등장시키면 되고요. 아직 영웅도 안 잡혔으니까 바꿨는지 원래부터였는지는 아무도 모른답니다.」

"그건 반칙이지요. 형태에 따라 응용은 자유롭지만, 스킬 자체는 틀을 유지하도록 합시다."

「아메바가 구시렁구시렁거릴 게 선하네요.」

그녀가 어깨를 으쓱했다.

「어디, 그 몸의 느낌은 어때요?」

"꽉 끼는 내복을 입은 것 같군요. 상대에 따라 달라지는 난이도는 어떻게 할 겁니까?"

플레이어의 레벨 +10이라는 설정을 어떻게 반영하느냐는 물음.

「더 꽉 끼게 할 거예요.」

각각의 베제인들 위로 겹겹이 갑주가 덧씌워졌다. 한 겹, 한 겹 늘어날 때마다 모래 포대를 걸친 기분에서 저 밑바닥의 중력이 2배, 3배로 가중되는 듯한 옥죄임이 전신을 짓눌렀다. 당연하게 방어력과 추가 체력이 표시되었다.

이것이 레벨에 따라 베제인의 능력치를 제한하는 방식이다. 레벨이 낮아지면 동작은 단순해지지만, 방어력이 어마어마하게 늘어나는 거다.

「상현 씨는 꼭 이 무기들을 이용해서만 공격해야 하고요.」

몸 위를 덧씌운 옷 바깥으로 오른손에는 용의 아가리 형태의 장갑이, 왼손에는 가시 박힌 용의 꼬리채찍이 둘둘 휘감겼다. 끝으로 가면처럼 끈적하게 얼굴을 가리고 머리칼과 등 뒤까지 이어지는 망토가 구물구물 움직이며 내 몸을 뱀처럼 기어 다녔다.

앞서 베제인이 가지고 있던 주력 무기들이다. 용의 아가리가 불을 토하고 꼬리채찍이 휘감거나 관통하며 망토는 날개와 같이 내 몸을 떠오르게 하고 스스로 방어하는 기능이 있었다.

"체력도 플레이어의 레벨에 따라 확 늘어납니까?"

「그렇지는 않아요. 대신 갑옷에 따로 내구성을 표시하되 플레이어의 스킬은 반드시 갑옷에만 먹히게 제한을 둘 거예요. 뚫리면 그때부턴 베제인도 빨라지고 이름은 '광폭화'가 되는 식이죠.」

그녀는 완성된 나의 몸과 기존의 베제인들을 이동시켰다. 도착한 곳은 불이 물줄기처럼 흐르고 해골과 부러진 창검이 즐비한 전장이었는데, 그 전체적인 모양새가 매우 익숙했다. 알고 보니 일찍이 멜도란의 군대를 전멸시킨 그 던전이었다. 개축을 잘 빠지게 했지만, 건너편으로 20m를 파헤치면 고이 묻힌 에일락 반테스와 언데드 군단이 있는 그곳이 맞았다.

"신규 맵이 생기는 줄 알았는데."

강유나는 예전에는 을씨년, 지금은 고풍스럽게 바뀐 옛 퓰라의 연구실에서 나오며 답했다.

「확보한 영지가 아직은 없어서요. 되도록 플레이어들이 마구마구 흔들어서 거주민들을 혼란케 만들어야 하는데, 아직은 너무 활약이 없네요. 그래도 대량으로 투입됐으니 곧 성과가 있을 거예요. 그리고 이거.」

검은색 반투명한 그녀가 가리키는 곳에는 50권의 희뿌연 스킬북이 있었다. 모두가 기본 형태의 것으로서 모든 직업을 총망라한 기초 스킬들이다. 내가 익힌 바 있는 혈력 집중, 전사의 본능, 기력 활성, 도둑의 시야와 같이 익숙한 것에서 낡은 노인의 지혜, 두툼한 감각, 재빠른 눈빛 등의 생소한 것들도 있었다.

파생 스킬과 상위 직업의 스킬은 없었지만, 조건만 허락하면 무직 상태에서도 익힐 수 있기에 희소성은 외려 더 높은 물건들이었다.

「이블린한테 주려는 건가요?」

"캐릭터도 만들어 주고 말이지요. 죽은 육신을 이제 만들 테니 이쪽으로 그녀를 잘 인도해 주시기 바랍니다."

「제 것도 하나 만들어 주시면 어때요?」

"가능하면 그리하겠습니다."

강유나가 새끼손가락을 들었다. 유치원 아이가 손가락 걸고 약속하듯 나 역시 손을 마주 걸었다.

「약속한 거예요.」

"알겠습니다."

그녀의 손가락이 내 손을 통과했다. 백 개까지 접속하여 활보하는 신진권과는 달리 강유나는 new century에 현존할 수 없는 상황. 유령처럼이나마 있을 수 있는 것도 영지 안에서나 가능한 데다가 물리력 역시 행사할 수 없는 상태였다.

권한이 나뉜 만큼 둘의 역할 역시 넘지 못하는 선이 있는 듯했다. 그녀가 바라는 펠마돈의 비서를 얻는다면 달라지리라 지금은 예상만 한다.

하루 동안 그녀의 도움을 받아 이블린의 육체를 만들었다. 혈주로 던전에 남아 있는 넘치는 생명력 탓에 아직 썩지도 않고 꿈틀대는 키메라의 살과 뼈를 이었고 혼주로 덕지덕지 붙이고 엮은 고깃덩이에 혈력, 마력, 기력을 나선형으로 꼬아 관통했다.

두 아이템은 매우 훌륭한 염료이자 접착제다. 없었다면 나는 이블린을 new century의 다른 거주민에게 보내고 각성시키는 어려움을 겪었어야 했으리라.

강유나가 도와준 것은 내가 모르는 여성의 특성과 아름다움에 대한 부분이었다. 내가 쌓으면 그녀가 다듬어야 할 부분을 알려 주고 나는 열심히 주무르며 투박함을 부드럽게 어루만졌다.

키메라가 모태인 까닭에 임신과 출산까지 가능한 완벽성은 불가능했다. 단지 강함을 기본으로 여자답게. 절정의 미모를 가진 스칼렛과 이블린의 느낌을 모두 살리는 데 치중했다.

그러며 처음으로 반나절 내내 질책과 한숨을 들었다. 몇 번이고 직접 만들어 주고 싶어서 손가락을 쥐었다 폈다를 반복하던 그녀가 잘근잘근 입술마저 깨물며 안달했다. 예쁜 것을 보는 눈과 만드는 손에는 쉽사리 좁힐 수 없는 어마어마한 거리가 있었다.

「상현 씨가 이 정도로 못할 줄이야…… 앞으로 저 없는 자리에선 이런 일 하지 마요. 이 실력으로는 두고두고 욕먹기에 십상이니까. 아참, 제 몸 만들 때도 꼭 부르시고요!」

"……."

인체 해부도부터 수많은 모델까지 투영시키며 일일이 지휘하던 그녀의 한숨이 가슴 깊숙이 파고들었다. 막바지에 꽥 소리 지르는데도 그저 고개만 끄덕였다. 그런 내게 강유나가 고개를 설레설레 흔들며 사라졌다.

그래도 성취감은 컸다. 그야말로 수제. 전부 직접 만든 작품이니까. 나는 완성된 그녀의 몸을 천천히 감상하며 흡족하다 옷을 입혔다. 그리고 바깥으로 나가 집에 머물고 있는 이블린을 불렀다.

공식적으로 양혁수와 이블린은 한국에 온 적이 없다. 이 집과 태진이와의 인연은 오직 클라우드만 유지하고 있다. 그럼에도 이블린이 이틀째 머무르는 이유는 클라우드와의 작별 겸 헤어짐의 시간을 갖는 데 있었다.

그런데 내 방문에, 그녀가 들어갈 육체를 만들었다는 내 말에 이블린은 의아한 눈으로 나를 보았다.

"벌써 만들었어요?"

"네. 접속 캡슐 역시 준비해 둔 상태입니다."

"왜죠?"

"예?"

기뻐할 줄 알았는데 반응이 이상했다.

"왜라니요? 당연히 하기로 약속했고 중요한 일이니 전력을 기울인 것인데."

기획사로 출근한 클라우드를 대신하여 TV를 튼 채 청소기를 돌리고 있던 그녀는 '역시 급해요, 제임스 씨는.'이라 중얼거리며 입가를 매만지다 나를 소파로 이끌었다. TV의 음량을 낮추고 부엌의 가스 불도 줄였다.

"그때 말했던 대로라면 캐릭터를 구성하는 일이 꽤 복잡하다고 했었죠? 쉬지 않고 혼주와 혈주에 마력을 공급하고 단 한 순간도 끊어지지 않은 채 작업을 마쳐야 했으니까요. 그렇다면 어제 꼬박 만드셨겠네요?"

정확하다.

"그렇습니다만, 혹시 오늘 무슨 약속이라도 있으셨습니까?"

"있을 리가요. 한국에 저를 아는 사람은 오직 제임스, 당신뿐인데."

담담한 그녀의 말에 나는 의문을 지우지 못했다. 그녀의 사정을 잘 알기에 나 역시 최대한 빠르게 해결한 것이지 않던가. 헌데 함께 여행하기로 한 그녀의 반응이 내 예상과는 너무도 달랐다. 들뜨거나 반겨 주기는커녕 이상하게 진지했다.

"제임스 씨, 그제 제가 했던 말 기억해요?"

"어떤 말 말입니까?"

"욕심이 없어진 사람 같다고 한 말. 없는 것이 아니라 없어진 것 같다고 한 것을요."

고개를 끄덕이니 이블린은 소파의 앞으로 앉아 내 얼굴에 더욱 가까이 다가왔다.

"당신의 상태는 이상해요. 지난 얘기를 들으며 클라우드랑 제가 가장 놀랐던 점이 뭔지 아세요? 그건 제임스 씨가 현재의 자리에 오르게 된 것이 채 한 달도 되지 않았다는 것과 사실상 정점에 오른 지금도 쉬지 않고 무언가를 대비하는 치열함이었어요. 이성적으로 행동하고 해결해야 할 일. 중요한 일을 최우선적으로 처리하는 거…… 나쁘지 않죠. 하지만 일분일초도 흐트러짐 없이 그렇게 산다는 건, 결코 정상적이지 않아요. 게다가 이미 당신은 그럴 필요도, 이유도 없게 됐어요, 모든 면에서."

그녀의 두 눈이 나를 비췄다.

"제임스 씨의 바람은 격의 상승과 가능성 있는 이들을 지켜보는 것, 곁에 두는 것이라 했어요. 맞나요?"

"그랬습니다."

"그런데 왜 기다리지 않나요? 항상 앞만 보고 있는 건가요?

주위의 변화를 지켜보려면 당신은 잠시 그늘이 되어 자리에 우뚝 서 있어야 하는데 왜 걷기만 하는지 모르겠어요. 마치 누군가에게 쫓기는 사람처럼, 걸리면 안 되는 것처럼. 본인이 말하고 인정했잖아요. 정점에 섰노라고. 주위를 품에 안고 싶다고. 그런데 왜 위만 쳐다보는 건가요?"

대답 없는 나를 그녀가 종용했다.

"지식을 갈구하는 모두는 진리의 노예라 해요."

"……제가 목적에 취해 있다는 겁니까?"

"여행의 목적은 밖을 보되 그 밖을 거울로 나를 투영하는 것에 있어요. 그럼으로써 나를 더욱 크게 비추죠. 제임스 씨는 분명히 이 사실을 잘 알고 있고요. 머리로는."

점점 다가오는 그녀의 눈에 나는 무감정하며 무표정한 나의 얼굴을 보았다. 움찔 놀란 내 모습은 그녀의 눈에 비치기로 그저 눈을 한 번 깜빡이는 모습으로 내게 인식되었다. 이블린의 입가에 미소가 그려졌다. 그녀는 내 손을 쥐고는 부드럽게 손등을 어루만지며 물었다.

"당신은 취미가 있긴 한가요? 남이 보기엔 정말 쓸모없는데 제임스 씨한테는 만족감을 주는 무엇이?"

"……."

대답 대신 나의 기억이 훑어졌다. 술과 담배로 스트레스를 해소하던 전생과 같은 실수를 범하지 않겠노라며 살아온 지금이. 이전이었다면 타인의 가치를 본다고 답했겠지만, 그녀의 물음은 '나'의 것을 묻는 것이었다.

삶을 반추하며 잠시 고민하는 그사이, 내 앞에는 이블린의 붉은 눈과 숨결이 피부로 전해질 정도로 다가왔다.

"세 번째를 왜 선택했느냐는 물음에 뭐라고 답했는지 기억나요?"

"하고 싶어서라고 했었지요."

"……역시 당신은 머리로만 알고 있었네요."

다가온 그녀의 입술이 내게 닿고 혀가 뜨겁게 얽히다 멀어졌다.

"당신이 잃은 것 역시 지금부터 찾으면 돼요. 그게 우리가 함께하는 여행이에요."

보드라움과 따스함의 향기가 깃털처럼 멀어지매 그녀의 짙은 미소는 더욱 깊숙이 파고들었다.

바짝 긴장하며 지낸 한 달의 경험 탓일까. 둘만의 공간에서 밀착한 숨결과 짐짓 여유 있어 보이나 두근거리는 심장박동이 피부로 전해지는 한 여인의 설렘은 나로 하여금 강한 충격과 혼란에 휩싸이게 하였다.

농도 짙은 유혹은 강유나로부터 진즉 경험했다. 그러나 목적을 위한 수단으로써의 애무이던 그녀와 달리 이블린의 초점은 오롯이 나만 담고 있었다.

처음보다 깊은 입맞춤.

그녀의 감은 눈이 살며시 떨리는 것을 본 나는 엉거주춤 허공에 멈춰있던 손으로 그녀의 등을 감싸 안았다. 일견 능숙해 보이나 용기를 냈을 뿐이라는 것을 이제야 안 것이다. 힘주어 안으니 그녀의 떨림이 잦아들었다.

"만남과 비교하면 조금 빠른 진도가 아닐까 싶은데요."

"한국말을 공부하고 일행과 대화하며 항상 당신을 생각했어요. 그러며 상상했죠. 지금 어떤 상황일까, 왜 그리했을까, 어떤 모습일까, 기적같이 만난 그는 어떤 사람일까."

말하며 입가에 미소가 번지는 그녀와 달리 나는 멋쩍음에 눈을 돌렸다. 이블린은 긴 머리칼을 쓸어 넘겼다.

"그리고 어제 확실히 알았어요. '이 사람, 외롭다.' 라는 걸."

이어 무릎에 올라 가슴으로 내 얼굴을 안았다.

"격에 대해 들으며 확인했어요. 당신이 반응할 뿐 감정을 표현하지도, 의사를 드러내지도 않는 것은 듣는 모두가 순종할 수밖에 없기 때문이라는 사실을 말이죠. 내뱉는 한 마디에 삶이 좌우되니 침묵을 선택했다는 것을."

포근한 체온 너머로 규칙적인 울림이 귓가에 전해졌다. 화초의 풀냄새 너머로 향긋한 살 내음이 뜨겁게 다독인다. 나는 그녀가 정의하는 나를 들으며 정리되는 자신을 체감했다.

"당신은 먼저 표현하지 않으면, 다가가지 않으면 언제고 곁에 있어만 주는 사람이에요. 한편으로 누구라도 다가와 주기를, 그 모두를 언제라도 사랑할 외로운 사람이라는 것도 같이 알았지요. 진도가 빠르고 갑작스럽지는 않으냐 물었나요? 사랑하는 만큼 사랑해 주는 확실한 사람을 만났는데 주저하면 바보예요."

자신은 그런 바보가 아니라며 웃었다. 나는 그 포근함에 매료되어 눈을 감았다.

이 행운. 놓치기 싫었다.

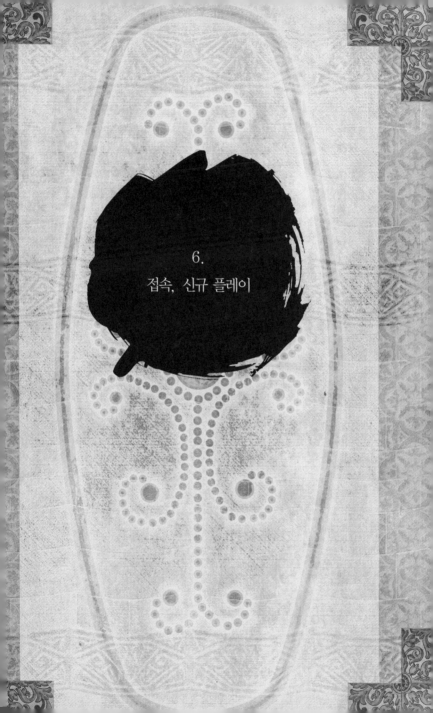

6.
접속, 신규 플레이

낮부터 시작된 사랑은 다음 날 동이 터 올 때까지 이어졌다. 낯선 서로의 몸이 처음 임하는 행위에 적응하며 통증이 기쁨으로, 울음이 환희로 완성되었다.

밤사이 속삭이며 나눈 그녀의 개인사와 약한 몸에 대한 환멸, 주위의 눈초리, 그리고 어릴 때부터 너무 뛰어나 부모조차 꺼리던 나날들을 들었다.

이윽고 나는 곤히 잠든 이블린을 바라보았다.

회귀 후 처음으로 느끼는 충족감이었다.

정말 멀리만 보이던 사랑이 기습적으로 모습을 드러냈다. 정말 예상치 못한 모습으로 갑자기. 그녀가 고이 쌓아 온 감정이라는 사실을 이해는 하지만, 솔직히 나로서는 갑작스럽다는 것이 맞는 표현이다. 그러나 그보다 더욱 큰 감정은 고마움이었다.

나를 이해하는 사람이 있다는 사실. 나를 오해와 편견 없이 바라봐 주는 이가 곁에 있다는 것이 감사하고 무량하리만큼 고마웠다.

'보답해 주고 싶다.'

갈급하던 내 마음에 여유를 안겨 준 그녀에게 선물하고 싶었다. 준 만큼 받는 거래가 아닌 내 기쁨의 표현으로서. 하지만 무엇을 주어야 기뻐하고 만족해할지를 잘 모르겠다.

고민하던 나는 이튿날 품에서 잠을 깬 그녀에게 직접 물었다. 바라는 것이 있으면 말해 달라고.

"해야 할 일은 있지만 바라는 건 없어요."

"해야 할 일?"

"네. 격을 높여서 당신의 이름을 부르는 거죠."

어쩐지 편히 말을 놓자고 해도 아직 준비되지 않았다며 미루더니만 그녀는 의존적이지 않고 대등하게 되기를 바라고 있는 것이었다.

"그런 일이라면 당장에라도 가능합니다."

준비해 둔 육체로 접속하여 스킬들을 익힌다면 나아질 것이 분명했다. 더 빠르게는 신진권이나 김태진처럼 륜을 얻는 방법도 있었다. 나는 내친김에 부서지고 복구되다가 어느덧 짙은 푸른빛조차 하늘색으로 연하게 바뀌어 버린 청동 팔찌를 꺼냈다.

"그게 겹륜이란 거군요."

"길들이려고 부쉈는데, 언제부턴지 색도 바래더니 불러도 대답이 없어졌습니다. 힘도 약해졌고 말이지요."

"너무 고문해서 죽은 거 아닌가요?"

"처음보단 미약하지만 그래도 상당량의 힘이 남았으니 이걸 차면 큰 도움이 될 겁다."

"……그런 거 함부로 주면 안 돼요."

지적해 주는 그녀에게 그 이상이라도 공유하고 싶은 심정이었다.

"이용택 관장님을 만날 수 있을까요? 가능하다면 강하성 소장님 내외도 포함해서 전부 말이에요. 참, 제임스 씨는 빼고."

"아마 괜찮을 겁니다만, 왜……?"

"인사드려야죠. 험담도 할 건데 주인공은 빠져야지 않겠어요?"

너털웃음이 절로 나왔다. 둘러대는 그녀의 모습이 이해되면서 고마웠던 탓이다. 격의 상승을 바란다며 이용택 관장을 소개해 달라는 까닭은 그에게 숨법을 배우기 위함이다. 몬스터 플레이를 하여 다른 존재의 혼과 경험을 삼키는 나의 방식과 륜과의 계약이라는 편법보다 정공법을 택한 것이다. 일견하기에도 그의 길이 정도이고 내 길은 사도였으니까.

'함께 가지 않는 것은 부담을 주기 싫어서겠지.'

명석한 그녀이니만큼 한나의 마음이나 이용택 관장이 내게 가진 호승심 정도는 간파했을 터. 직접 부딪치고 인정받겠노라는 모습으로 보였다. 하지만 걱정됐다. 비밀을 타자에게 밝힌 내 탓이 있으니 이용택 관장이 대번에 그녀의 숨을 끊는다 해도 할 말이 없는 까닭이다.

그와 나는 서로의 판단을 존중한다. 지금 입 속의 혀처럼 구는 신진권과 강유나를 내가 처리할 준비가 됐듯이 그 역시도 죽마고우인 강하성 소장을 언제고 물을 수 있었다. 아픔과 번민이 있을

지언정 손을 쓰면 뒤가 없다.

"관장님은 모든 면에서 저 이상이라 여기시면 됩니다. 쉬이 예단치 말고…… 이비, 꼭 솔직하고 정직해야 해요."

"염려 마요."

내 눈을 가린 그녀는 뺨에 입을 맞춘 뒤 욕실에 들어갔다. 그 뒷모습을 보며 나는 현재의 사정과 이블린에 대해 설명할 말들을 정리했다.

� � �

[와라.]

이용택 관장에게 전화하여 사정을 설명하고 이블린을 보낸 그날 밤 받은 문자. 긴장과 기대를 안고 한달음에 찾아간 나를 반긴 것은 포장된 이삿짐으로 듬성듬성 비어 있는 집과 이용택 관장과 강하성 소장, 두 남자였다.

"믿어 보마. 대신 조건이 있다."

그가 내건 조건은 세 가지였다. 하나는 한나의 등하교를 책임질 것, 둘은 매일 성심성의껏 한나와 대련할 것, 마지막은 한나와 주 3회 함께 new century를 플레이할 것이었다. 이야기의 마침표는 이러했다.

"판단은 5년 뒤에 내리자."

"예?"

"딸아이한테도 기회는 있어야지."

평소와 같은 표정의 이용택 관장과 달리 영 마뜩잖은 표정의 강하성 소장이었다.

"결혼은 5년 뒤에 하란 말이야. 에이, 참. 하여간 잘난 녀석은 그 값을 한다니까. 어디서 그런 맹랑한 미녀를 데려와서는…… 설마 말빨에 혜란 씨랑 한나가 홀딱 넘어갈 줄은 상상도 못 했다."

"옳은 것을 선택한 거야."

단호히 말하는 그의 옆에서 강하성 소장이 투덜댔다.

"아닌 말로 한나가 뭐가 부족하냐? 이 자식 품절남이라니까? 좋다고 미끈한 미녀가 붙었는데 왜 미련을 두고 그래? 그저 한나만 오로지 사랑해줄 수 있는 우리 동길이가 있잖아. 먼 데서 찾지 말라고."

"그럼 동길이도 이참에 같이 수련시키마. 함께 부딪치다 보면 네 말대로 정이 생기겠지."

"쟤랑 고놈을 같이 두는 건 반칙이지! 오히려 더 비교될 거 아니냐. 그러지 말고 이블린인지 걔랑 상현이랑 오붓하게 살라고 축복해 주고……."

"하성아."

흠칫!

"……알았어, 인마. 그, 그럼 같이 수련이라도 시키는 거다?"

고개를 끄덕이는 것을 본 강하성 소장은 소주 팩에 빨대를 꽂아서는 힘껏 들이켰다.

'고놈의 새끼가 수련을 잘 받을 리가 없는데…… 아, 그 새끼. 날 쏙 빼닮아서 아주 근성도 없어. 에이!' 투덜거리는 그에게 뭐라 할 말이 없었던 나는 화제를 전환해 물어보았다.

"그런데 집이 텅텅 비었네요? 사모님도 안 계시고 한나나 이 비도 없고요."

"물건들은 너님이 구한 좋은 별장으로 우선 옮겨 갔고, 여자분들은 다들 찜질방 갔어. 걔가 사교성이 쩔더라고. 마누라까지 좋게 보더라니까? 아니, 마누라로서는 좋게 볼 수밖에 없기도 하겠구나. 나도 응원해야지. 흐흐."

"……당찬 처자였지."

"아, 네."

하루가 되기도 전에 그 정도로 가까워진다니. 대관절 무슨 수를 썼는지 궁금해졌다. 이럴 줄 알았으면 몰래 지켜보기라도 할 걸 그랬나 보다.

여하간 졸지에 규칙적인 일과가 추가되었다. 그녀의 깔끔한 처사가 실로 놀랍기는 하지만 감히 한나의 순정까지 우롱할 수는 없는 노릇. 그저 미안함을 담아 최대한 도와주고 한편으로는 동길이를 응원해야 옳을 것이다. 라탄트라에게 가서 정령을 담은 예쁜 인형이라도 준비해 소녀에게 선물해야겠다.

✖   ✖   ✖

[새 캐릭터가 필요합니다.]

강유나에게 메시지를 보내니 잠시 후 그녀는 내게 빛바랜 대본을 보내왔다. 펀칭기로 뚫어 끈으로 질끈 맨 낡은 종이에는 마른 잉크 자국 역력한 필기체로 한가득 지문과 대사가 적혀 있었다.

펄럭.

"이게 뭡니까?"

나는 소파에 앉아 페이지를 넘겼다.

정장 차림에 두꺼운 검은색 뿔테 안경을 쓴 그녀는 또박또박 사무적으로 답했다.

"상현 씨 시나리오예요. 전설 등급 베제인의 배경이자 최종 퀘스트에 도달한 플레이어에게만 열리는 시크릿 영상이기도 하고요."

한나와 함께 플레이하기 위해서는 북극에 있는 육신 이외의 캐릭터가 필요했다. 한창 라탄트라와 대담을 나누며 속성력과 조화에 대해 궁리 중이라 함부로 몸을 움직일 수 없는 탓이다.

중부에서 플레이하기 위해서는 제3의 캐릭터가 있어야 했다. 그런데 사정을 설명한 내게 강유나가 조용히 건넨 것은 웬 설정집에 시나리오 대본이었다. 설정집은 분석 완료된 [전설]급 베제인의 능력치와 스킬 설명서다. 뜬금없던 대본은 1,000억 이벤트로 유명한 '베제인의 도전'의 전체 시나리오.

비처에서 연구 중인 퓰라가 마계의 문을 여는 1장부터 악마의 등장을 양을 치고 세계를 방황 중이던 '떠도는 사제들'이 직감하는 2장. 산적으로부터 '어린 사제'를 구하게 된 3장부터 플레이어가 서서히 난폭해지는 몬스터를 접하며 차츰차츰 베제인을 찾아가는 것으로 이어지는 줄거리다. 간단간단하게 대본 옆에는 움직이는 삽화도 있어 이해를 도왔다.

'동화책 보는 기분이군.'

약한 적부터 시작해 점점 강력한 적을 사냥하는 익숙한 방식으로서 1장에서 15장까지의 반복 퀘스트는 각각 클리어 횟수에 따라, 또 마계의 정수를 소유한 양에 따라 변동된다. 여기서 처음 길 안내만 했던 '어린 사제'가 파티에 합류하며 새로운 분기점을 일으킨다.

"새로운 루트로 이어지는군요."

영웅 등급의 베제인을 쓰러뜨리고 나면 〈전설로의 도전〉이 생기게 된다. 그리고 이를 선택하면 '어린 사제'는 죽은 베제인을 향해 슬피 울다 혼절한다.

그다음이 지금 내가 읽고 있는 부분. 바로 영웅 등급까지 지난 뒤, 나. 전설의 베제인이 등장하기 직전의 대본이었다. 묘한 것은 최종 보스 등장이니 시나리오가 끝이 나야 하는데 아직도 1/3은 더 페이지가 남았다는 사실.

앞의 이야기가 배경 설명이라면 지금부터는 내가 등장하는 씬이었다.

43. 황야

수도 중이던 대사제 마델렌. 거친 황야의 모래바람을 타고 들리는 융켈의 명을 받든다. '주(主)여, 주여. 당신의 말씀에 따르오리다. 진리를 숭앙하나이다.' 되뇌며 땅에 입을 맞춘다. 따르던 제자들 침묵으로 애도하며 기도와 안녕을 염원한다.

베제인 : 투쟁은커녕 삶의 욕망조차 없는 썩은 육신이군. 천한 것 같으니.

사아아악 모래바람, 음산한 핏줄기로 바뀌고 제자들 모가지 뎅겅 잘리며 어둠에서 칠흑색 마수가 음영진다. 배를 땅에 대며 납작 엎드린 '어린 사제'만 바들바들 떨며 오줌을 지린다. 베제인,

경멸하며 마넬렉에게 향한다.

베제인 : 신의 꼭두각시로구나. 그래, 선택한 노예야, 네 주인이 뭐라 하더냐?

마넬렉 : 본디 있어야 할 곳으로 돌아가라. 그렇지 않으면 영원히 이 땅에 속하게 될 것이니.

베제인 : (통렬하게 웃으며) 그거 고마운 말이군. 썩어 문드러져 물렁물렁하기만 한 시체보다야 펄떡 뛰는 육신이 더욱 절규하는 법이니.

날카로운 이빨. 흉포한 눈. 예리한 비늘로 휩싸인 마계의 괴물 베제인이 삽시간에 달려든다. 한껏 기세를 일으키던 마넬렉, 빙긋이 웃으며 한입에 삼켜진다. 이윽고 베제인의 뱃속에서부터 강렬한 빛이 폭발한다.

#44. 마차

흔들리는 마차에서 의식을 차린 마넬렉. 횡단 중이던 상단의 구함에 감사를 표하는 한편 치미는 분노와 강렬한 통증을 느끼고 의식을 잃는다. 씩 웃으며 머리통을 으스러뜨리고 목젖을 씹는다.

베제인 : 건방진 놈. 자기희생으로 나를 봉인하겠다? (비웃으며) 약해 빠진 영혼으로 감히 이 나를 감당하겠느냐. 서서히 타락시켜 주마. 너를 돕는 모두를 네 위장에 쑤셔 넣겠다.

마넬렉. 시체 더미 위에서 치미는 창자를 토해 내며 절규한다. 이어 칼로 심장을 쑤시다 뎅겅 목을 자르고……

듬성듬성 이어지는 나름 빼곡한 형식의 대본을 열심히 상상하던 나. 다음 페이지를 넘기다 떠오르는 의문이 있었다.

"그런데 왜 영상이 없는 겁니까?"

물방울이나 팝콘, TV 등을 통해 실제보다 더욱 휘황찬란하게 눈을 현혹시켰던 그 동영상들.

그런데 강유나는 침을 꿀꺽 삼키고는 단호히 고개를 저었다.

"상현 씨가 해 주셨으면 하는 초안이니까요."

"초안이요? 그렇다면 마델렉이라는 캐릭터가 아직 준비되지 않았다는 겁니까?"

"네. 이런 식으로 진행할 테니 마델렉을 직접 먹어 주세요. 에 일락 반테스에 비하면 아주 쉬운 상대니까 쉽게 삼킬 수 있을 거예요."

마치 '디자인을 이렇게 빼 놨으니 이 모양대로 기술팀에서 알아서 잘 만들어 주세요.' 하는 것 같았다. 바라보는 내 시선에 그녀는 작게 콧소리를 내며 고개를 돌렸다.

"대상 NPC예요."

딱! 그녀가 손가락을 튕기자 아지랑이 피어오르듯 측면이 일그러지며 거친 황야가 비치기 시작했다. 황갈색 작은 키의 풀과 도마뱀 따위가 끈질긴 생명력을 자랑하는 비탈진 암반에는 뱀 같은 눈에 뾰족한 턱, 깡마르고 강퍅한 낯의 중년인이 있었다.

땅을 쓸 듯이 움직인 그. 덥석 도마뱀을 잡더니 머리째 와드득 씹어 꿀꺽꿀꺽 삼켰다. 대본을 통해 보았던 경건함과는 정반대의 그가 바로 진짜 마델렉이었다.

그러니까.

"이 NPC의 육체를 강탈해서 대본대로 움직여 달라……?"

"퀘스트도 진행하고 이벤트도 참여하니 일거양득이잖아요. 한나와 오붓! 하게 진행하도록 일부러 힘껏! 애써서 만든 특별한 진행이랍니다. 흥미진진하지 않나요?"

"적당한 다른 NPC가 있을 법도 한데."

"상현 씨 건데 수준 낮은 몸을 준비할 수가 있나요. 스토리 관계상 최적의 육체랍니다."

피식.

실소가 절로 나왔다.

'악마를 봉인한 NPC와 함께 퀘스트를 진행하며 그의 힘을 약화시키고 제거한다. 실패하면 버프를 받은 [전설의 베제인]이 부활!' 이라는 시나리오.

'거참.'

첨단에 첨단을 달리던 입체 영상에서 아날로그식 대본에 2D 만화로 참고자료를 대처한 뽀로통함이라니. 그녀의 새침함은 이블린과 한나의 이야기를 들은 직후부터 시작했다.

잠시 그녀를 본 나는 #46. 비명의 계곡에서 대본을 덮었다. 이어 야성미 넘치는 곤바로스의 사도, 마델렉이 아닌 다른 이의 정신에 침입했다.

몬스터 플레이는 NPC에게 빙의하는 것이기에 위험을 감수하는 것이 옳다. 하지만 흑마법사 퓰라의 준동이라는 거대 이벤트를 만들어 냈던 경험 덕에 2번째 접속은 참으로 무탈하게 진행됐다.

탄탄대로.

왼쪽 다리가 후끈해지자 가로막았던 마기가 뭉클거리며 도망
쳤다. 학습 능력이라도 있었는지 거대한 공간은 마치 살아 있는
생물처럼 꾸무럭거리며 내게 길을 열어 준다. 덕분에 지난번과
는 달리 약간의 마기도 묻지 않은 채 나는 마계를 통과했다. 마
계의 잔재라곤 한 터럭도 묻지 않았으니 빛살의 공격 역시도 없
었다.

확 트인 시야로 수영장의 미끄럼틀처럼 쭉쭉 뻗어 마델렉에게
직행하는 라인이 들어왔다. 휘둘리듯 날려갔던 처음과는 다른 대
접이 높아진 현재의 위상을 대변하는 듯했다.

이제 놀이기구 같은 저 위에 앉기만 하면 유쾌하게 마델렉의
정신에 침투하게 될 것이다. 에일락 반테스의 사례처럼 운이 좋
다 장담할 수 없으니 한바탕 싸움이 일어날 터. 그렇기에 나는 슬
쩍 탈선했다.

두터운 세상의 경계를 지나 new century의 세계로 낙하한
것. 강유나의 장난을 받아 줄 조금의 이유도 없기에 선택한 행동
이었다. 그런데 그 이탈이 내게 놀라운 광경을 선사했다.

— 그러면 위험해요! 정해 놓은 대상을 벗어나면 망령이 되어
돌아오지도 못……!

체공하는 나의 눈앞에 펼쳐진 세상은 실로 영체 상태라 볼 수
있는 기경.

처음 알았다. 캡슐을 통해 접속하며 본 new century와 달
리 직접 내려다본 이 세계가 바둑판처럼 편편하다는 사실을.

저 멀리 뻗은 수평선의 끝에서 바다가 수직으로 떨어지고 있었
던 것이다. 그뿐만 아니라 창공으로 뻗어 있는 영혼의 빛은 순환

하는 생명의 천체 지도다. 누군가는 별에 맞닿았고 누군가는 조각구름에, 또 눈송이를 거치고 있었다.

타고난 운명이다. 자신의 상징물이라 보아도 좋으리라. 혹, 저 사실을 깨닫는다면 곧 륜이 되는 것은 아닐까?

장담할 수 없다. 하지만 하나는 확실했다. 경탄을 금치 못하리만큼 아름답다.

"강유나 씨, 저는 괜찮습니다."

피상적으로나마 이 광경을 꼭꼭 기억해 두었다.

그리스신화에 나오는 운명의 세 여신이 자아 놓은 실처럼, 저마다의 밝기로 촘촘하게 하늘을 수놓는 형형색색의 자락들. 나는 그중 강유나가 정한 마델렉의 실을 기초로 펠마곤 왕국에 속한 다른 인간의 실을 찾았다. 손가락을 투과하는 실 하나하나로부터 각각 삶이 필름 카메라처럼 눈앞을 스쳐 갔다.

강유나의 설정 탓에 가장 확실하게 마델렉의 삶이 굵직한 상흔을 남겼다.

[사르륵······.]

손가락이 스쳤다.

《나는 천재다.》

건조한 공기가 텁텁했다. 울분, 인내, 독기의 음울한 감정이 내게 홍수처럼 범람해 왔다. 이것이 마델렉의 정신세계가 가진 색채요, 감각.

그의 색은 낡은 쇠와 같았다.

뾰족뾰족 메마른 건조함과 함께 어눌한 독백이 뇌리로 전해졌다. 그의 과거가 면면히 나의 정신을 뒤덮기 시작했다. 삽시간에 55년의 인생사가 밀물처럼 밀려왔다.

마법 왕국 테살도르는 달리 세상 모든 지혜의 보고(寶庫)라 불리는 석학의 성지이다. 그 시작은 탐욕이었는데 바로 연금술사 가스벨의 역작, 불로의 비약의 존재와 행적이 묘연한 그를 연구하기 위해 모인 재력가들이 서로의 정보를 공유하며 클럽을 조직한 것이 모태인 까닭이다.

《오르샨 테쟈르. 그 운 좋은 놈의 다중 공간 교차론을 독파하여 대응 공식을 뽑아낸 나다.》

높은 지식은 발달된 문명을 탄생시킨다. 그리고 테살도르에게 힘을 부여했다.

고도의 수학과 철학, 마학의 연구로 탄생한 '굴절'의 정의와 공간의 마탑은 대륙의 마도 학계를 이끄는 선구적 지주였다. 특히 대양을 지배하고 유일하게 해양 몬스터를 사냥, 외해로 뻗어나갈 수 있는 살상병기 플루탄은 마도 공학의 총화로서 그들을 고고하게 만들기 충분했다.

마델렉은 그런 지식의 성지에서 태어난 불행한 천재였다.

쓰리고 독한 시선. 한평생 쌓인 고집으로 무장한 그가 보였다.

《장담컨대 당대에 나보다 뛰어난 이를 나는 지금껏 만나 본 적이 없다.》

화려하기 그지없는 황도에도 뒷골목이 있다. 풍년의 해에도 굶주려 죽는 이가 있다. 마찬가지로 현명한 식자들과 널리 이롭게 할 사상과 정치가 넘쳐나는 테살도르 역시도 배움의 기회를 거부한 이들이 있었다. 마델렉의 아버지가 바로 그러했다.

테살도르 서부의 산골. 은퇴 용병으로서 처녀를 납치하여 가정을 일군 그의 부친은 양떼를 아내에게 맡기고 항상 술을 마시고 폭력을 일삼았다. 마델렉 역시 어린 시절부터 채찍에 맞으며 다락방에 가둬지고 집안일에 이웃 짐꾼 노릇을 하며 성장했다. 나이 16세, 아버지를 쓰러뜨려 자유를 얻기 전까지.

큰 용기를 내 좁은 산골을 벗어난 그는 세상을 접하며 엄청난 충격을 받았다. 모든 면에서 너무나 큰 차이를 보인 탓이었다. 마델렉은 여관의 허드렛일을 묵묵히 하며 독하게 글을 익히고 사회를 배웠다.

'역시.'

연산과 분석 능력. 켜켜이 쌓이는 고도의 지식은 탐이 나리만큼 방대했다. 그야말로 확실하게 선도해 나가는 마도 지식의 첨단인 탓. 그러나 그가 가진 갈망과 욕망은 철벽의 학살자, 메그론을 연상케 할 정도였다.

—위험한 인물.

내 판단이 옳았다. 적의 홈그라운드에서 목숨 걸고 싸울 필요가 없다.

이번에는 정확하게 그와는 반대되는 인물을 찾았다. 실의 굵기와 밝기, 그리고 연결된 상징물까지 고려한다.

[사르릉…….]

다음의 실로 손가락이 스쳤다.

'이거다.'

꽉.

직감하는 순간 움켜쥐니 꺼질 것처럼 희미한 실에 영혼이 스며들었다. 레펠 강하를 하듯 몸이 방향성을 띠고 쭉쭉 미끄러지기 시작했다.

－ ……흥! 마음대로 하세요!

젖어드는 인생 위로 강유나의 새침한 목소리가 맴돌았다.

⚜　　　⚜　　　⚜

테살로드 왕국의 남서쪽, 암령족이라 불리는 우라곤들과 교류하는 펠마곤은 '진론'이라는 특산품을 가진 농경 국가다. 인간에게는 쓰고 텁텁하기 그지없는 이 열매는 이상하게도 요정의 피가 흐르는 이들에게는 다디달았기에 많은 이종족의 여행자들이 찾고 음미하며 그 종자를 얻어 가기 일쑤였다. 덕분에 다양한 문화를 접할 수 있는 여행지이기도 하다.

도르도. 올해로 나이 일흔둘인 그는 흔하디흔한 펠마곤의 농사꾼이었다.

《이제사 오셨구료.》

계곡물 졸졸 흐르는 산골의 풀내음. 징검다리 너머의 오두막에서 구부정하게 굽은 한 초로가 나를 맞아 주었다. 죽을 때가 되었으니 사신이 찾아오리라 생각한 탓.

나를 저승사자로 오해한 것이었다.

왕국의 작은 서쪽 마을, 리푼에서 평생을 산 그는 빠진 치아를 보이며 웃어 보였다. 나의 눈으로는 두 개의 장면이 겹쳐 보였다. 뒤편의 침대 위에 농사꾼이 양복을 입은 양 어색하게 말쑥한 차림으로 곤히 자는 도르도와 똑같은 배경으로 펼쳐진 심상 세계의 도르도였다.

덥수룩한 수염을 긁적이는 그.

《시간도 넉넉하게 주신 덕에 말끔히 정리할 수 있었어요. 지난 밤에 할멈이 꿈에 보이지 뭡디까. 찌뿌드드하던 몸뚱이도 오늘따라 개운코…… 아참, 인도자께서 낫을 두고 오셨으니 제가 갈 곳도 천국은 맞는 거겠지요? 허허. 할멈이 그만 뭉그적거리고 오라고 성화였으니 기왕이면 할멈 옆자리로 보내 주시면 안 될는지요.》

오래된 벗에게 대화하듯 제 발로 따라 나오며 두런두런 이야기를 쭉 늘어놓는 도르도였다. 기르던 염소를 이웃에게 맡긴 어제와 차분하게 집 안을 정리하는 모습.

나는 손을 내밀었다.

도르도는 어리둥절해하다 포개어 쥐었다. 이윽고 그의 육신이 호흡을 멈추었고 도르도의 삶이 통째로 내게 이식되었다.

—이야말로 평범한 삶의 전형.

정물화가 이러할까. 같은 자리에 두고 평생을 찍은 필름 카메라가 있다면 이와 같을 것이다. 도르도의 삶은 그만큼 정적이며 소박했다. 여행은커녕 평생을 인접한 마을만 오가며 오로지 농사 짓고 어울리며 살아왔다.

발가벗은 채 무더운 여름날 친구들과 계곡물에서 노는 모습.

아버지를 따라 밭을 오가며 리찌 나무의 통통한 새순을 벗겨 씹는 광경.

작은 돌멩이를 들어 가재를 잡거나 새총을 만들어 새를 잡고

땅벌 집을 건드렸다가 쏘인 친구의 복수를 위해 우르르 몰려가는 어린 시절.

함께 지내온 옆 마을 여자아이와 장성하여 결혼하고 아이를 낳았다가 부친상을 치르는 기억. 가장이 되어 직접 담근 술을 자식과 나누는 이 모든 것은 삶의 애환과 굴곡이었다.

출가한 아들을 만나고자 딱 한 번 마을을 벗어난 것이 고작인 도르도. 늘그막까지 일 년을 평생으로 살아온 농사꾼은 그렇게 잠들었다. 그의 상징물은 이름 모를 잡초였다.

'삼가 고인의 명복을 빕니다.'

인생의 페이지가 덮어졌다. '내 인생에 역경이 다가왔을 때 가슴이 뛴다.'고 니체가 말했다지만, 완류수와 같은 이 삶도 내게 감동을 주기에는 부족함이 없었다. 크고 작음으로 어찌 삶을 비교하랴. 그저 사랑이란 글자로 넉넉하듯 인생이라는 마라톤을 무사히 완주했다는 그것으로 충분하리라.

"후우-!"

멎었던 숨. 탁 막혔던 숨이 폐를 가득 채웠다. 삭신이 쑤신다는 표현대로 둔중한 통증이 관절마다 느껴졌다. 굳은살 박인 손은 목장갑이라도 낀 양 둔하고 거칠었다.

혀를 굴려 마른입에 침을 적셨다. 빠진 치아 사이사이로 혓바닥이 오가는 것이 새삼스럽고 익숙하다. 쓱-쓱- 숨을 몰아쉰 나는 도르도의 몸으로 말했다.

"상태창."

```
이름 : 도르도 Lv78
직업 : 은퇴한 농부    신분 : 평민
칭호 : 관록의 농사꾼
생명력 : 94 (상태 : 쇠약)
힘 : 42    민첩 : 25    지혜 : 62
끈기 : 120    인내 : 154
스킬 : 감응(Lv2)
```

　담백하기 그지없었다. 평생 땅을 일구고 농작물을 기르며 가구
도 제 손으로 만든 도르도다. 그럼에도 그의 스킬이 저리도 빈곤
한 것은 상거래도 하고 술도 담그거나 손주들과 놀아 주는 등의
평범한 삶은 모두 사는 데 부족함이 없을 정도였던 까닭이다. 스
킬화될 정도로 전문적인 수준에는 도달한 것이 없다는 뜻.

　이것이 보통의 인물이고 현실이었다. 오히려 삶 모두가 스킬화
된 에일락 반테스가 비범했을 뿐 장삼이사들은 하나나마 있다면
대단한 것이다. 처참해진 능력치는 늙어 기력이 떨어진 여파였다.

　"하긴, 오늘내일하던 몸뚱이였으니…… 쿨룩!"

　가만히 읊조리다가 턱 막히는 느낌에 연신 기침했다. 기침 한
번에 상체가 떨릴 정도로 구석구석 송곳처럼 찌르는 통증이 엄습
한다.

　'늙는다는 게 이런 거였나.'

　심상 세계에서 나를 만나고는 저승사자로 오해했던 도르도였으
니만큼 말 그대로 죽기 직전의 상태이다. 실의 밝기도 꺼지기 전
이었으니 오죽하랴. 그에게도 싱싱한 젊음이 있었을 것이지만 다

한때다.

한참 기침하니 정신마저 몽롱했다. 후들거리는 몸을 간신히 일으킨 나는 물주전자의 주둥이에 입을 대고는 갈증을 해결했다. 이어, 의자에 앉아서는 목 언저리에서 오가는 숨을 가다듬었다. 어지간하면 도르도의 상태 그대로 움직이려 했는데, 이건 도저히 활동할 수가 없는 상황이다. 아침 먹기 전에 내가 극락왕생해 버릴 정도다.

육체를 관조하며 마시는 숨으로 굳어 가는 육신을 자극하고 유적에서 얻은 비전을 더해 활기를 보듬었다. 그렇게 한 시간여를 보전한 뒤에야 나는 비로소 폐부 깊숙이 숨을 마시고 내뱉었다.

– 이제 어떻게 할 생각인가요? 그 몸으론 시나리오는커녕 거동조차 힘들 텐데?

"퀘스트 진행자들……이 있는 곳까지…… 방법 있으니……안전, 인물만……."

– 알았으니 말을 아껴요. 수정하고 틀은 유지한 채로 진행하는 것쯤이야 아무것도 아니니…… 그런데 정말 괜찮겠어요? 죽음에 직면하는 건 상현 씨한테도 심각한 상황을 초래할 수 있어요. 제가 괜히 죽지 않을 법한 인물로만 찾은 게 아니에요. 분리되는 데 익숙해지면 몸이 죽는다고요!

말에서 묻어나는 감정이 내 입가에 절로 미소를 짓게 하였다. 가볍게 웃으려다 숨이 흐트러져서는 죽을 것처럼 기침한 나는 마셨다가 내쉬는 숨에 의지하여 답했다.

"걱정 말고…… 나머진…… 나가서……."

– 고집하고는! 하여간 제멋대로라니까!

강유나는 실수인 양 들리게 말하며 연결을 끊었다. 그 미세한 어조를 타고 감정이 물씬 와 닿았다. 어떤 모습으로 어떤 표정을 짓고 있는지까지 구체적으로.

도르도의 스킬, 감응의 효용이었다.

'언제 깨달았더라……'

물 한 모금을 머금었다 뱉은 뒤 침대에 돌아가 다시 누웠다. 활력을 모으며 기억을 반추하노라니 63살의 하루가 문득 떠올랐다. 그날의 가을, 선홍색 단풍잎을 티지아는 유난히 좋아했더랬다. 늙어서도 주책맞게 어딜 그렇게 뻔질나게 돌아다니던지 아차 하면 사라져서는 다람쥐 따위를 어깨에 얹고 오곤 했다.

하도 엉뚱한 짓을 많이 해서 그런지 먼저 세상을 뜨고 나서는 빈자리가 더욱 크게 느껴졌었다. 그래서인지 괜스레 할멈이 다니던 곳을 따라 멍하니 보는 습관이 생겼다. '더 살아 뭐하나……' 하며 그냥 그렇게 살던 나날들.

그러던 하루, 여기나 저기나 똑같기만 한 경치인데 유난히 좋다고 지껄이던 언덕에 앉아 있는 날, 문득 떨어지는 낙엽들이 눈을 가득 채우는 그때 객쩍은 생각이 들었다.

[사는 것이나 저 나뭇잎이나 다를 게 없구나.]

하나하나의 줄기와 잎의 모양들이 계절마다 다르지만 비슷했다. 마찬가지로 마을에서 씨 뿌리고 파종하며 물 대고 수확하고 내년을 준비하는 삶이 닮은 것 같다는 생각을 했었다. 정체된 이 마을에서 반복되는 계절을 살아가는 자신에게 먹먹한 초라함을 느낀 것.

왠지 죽는 것도 참 별거 아니겠구나 하는 강한 느낌을 받았다.

그래, 그때였다.

"자연과…… 감응(感應)한 게로군……."

스스로 위대하다고 여기면 자신(自身)만 있을 뿐이다. 반대로 속해 있노라 여기면 이웃하고 있는 너머의 무언가가 소곤소곤 말을 걸기 시작한다. 함께 사는 자연의 소리다.

도르도는 그때의 깨달음이 무엇인지 자각하지 못했다. 단지 작물을 기르며 식물이 무엇을 원하는지, 나무가 건강한지, 바람이 불고 폭우가 쏟아져도 노랫소리처럼 들리게 되었을 뿐이다. 늙어서 정신이 오락가락하는 줄 알았지만, 이것이 바로 감응에 따른 변화였다.

이 스킬을 익히면 인간 아닌 것을 보고 들을 수 있게 될 것 같다. 그렇게 본 것들이 망상일지 착각일지는 경험해야 알겠지만 말이다.

호흡에 몰두한 상념의 시간이 지나 반나절 이후.

"됐다."

우두둑!

생각을 갈음하고 굳은 육신을 움직였다. 잦은 숨을 유지하니 제법 움직일 만해졌다. 나는 느릿느릿 관장님과 한나에게 그들의 위치를 확인하고는 오두막집을 벗어났다.

굽은 허리, 찡그린 눈꺼풀 너머로 햇살이 들어왔다. 그 따스함이 뻣뻣한 몸에 온기를 불어넣는 것 같았다.

'원시인들이 왜 태양을 숭상했는지 알겠구나.'

온기가 그립다. 그렇기에 늙은이에게 햇빛은 그 자체로 은총이었다.

중남부는 따뜻했다. 북극에서의 경험 탓에 더 극명하게 느끼는 온기일는지도 모르나, 뼈마디 후들거리는 노구(老軀)에 초가을은 아주 안성맞춤의 햇볕을 제공해 주었다.

구석구석 혈액순환이 원활치 않은 몸뚱이에 피부로 전해지는 따스함은 한층 기력을 보강하는 데 도움이 되고 있었다. 그렇게 십년지기이자 회초리고 등 긁기 등등 전천후 쓰임새를 가진 지팡이를 짚고 천천히 마을을 둘러보았다.

'떠난다 생각하니 풍경이 새롭구먼.'

혼재된 기억에서 칠십 년 넘게 보아 온 마을이 있었다. 갈아엎은 땅거죽으로 황갈색 열매가 고구마처럼 줄줄이 뽑혀 있다. 적갈색의 탐스러운 과실들도 한가득이었는데 둘 다 진론이다. 본디 나무에서만 열리던 손가락 크기의 것이 오리지널이었으나 이제는 여기저기서 품종 개량을 하여 마을마다 천차만별의 진론이 생산되는 실정이었다.

땀에 흠뻑 젖어 어울리며 일하는 모습을 뒤로한 채 나는 걸었다.

"어이쿠, 형님. 이게 웬일이오? 곧 간다고 정리 싹 하시더니만 아직 정정하시구랴."

"앉아 뒈져서 뭐하겠누."

성성한 백발을 노끈으로 대충 묶은 웰지의 물음에도,

"먼 길 가시려고요?"

"아예 갈란다. 잘 살그레이."

개울에서 발가벗고 장난치던 시절부터 꽃다운 젊음을 지나, 꾸부정한 허리에 나와 똑같은 지팡이를 짚은 엘라비에게도 간단히 대꾸했다.

"어? 할아범! 우리 꼰대가 보약 지어 놨어. 괜히 나다니다 다치지 말고 집에 있으라고."

"꼰대?!"

중년인이 지팡이를 휘두르자 젊은 녀석이 낄낄 웃으며 양손을 휘휘 저어 보였다. 영 마뜩잖은 투로 혀를 차다 비실비실 웃노라니 녀석도 새끼손가락으로 귀를 후비며 깐죽거린다. 심성은 착하면서도 말투가 영 거슬렸던 부츠홀과 부텔홀 부자에게도 모두 헤벌쭉 웃은 뒤 걸음을 옮겼다.

훌쩍, 뒤편에서 들리는 코를 훔치는 소리가 귀를 간질인다.

마력 응집의 스킬로 맑게 유지된 정신이 감응 스킬로 증폭된 감정을 정확히 분석했다. 등으로 느껴지는 무거운 시선에 절로 숙연해졌다. 인생에 마침표를 찍는 노년에 대한 예의가 멀어지는 고향의 상실감과 함께 진하게 가슴으로 전해진 탓.

사회적 동물이며 관계로 사는 것이 곧 인간이라 아리스토텔레스가 말하지 않았던가.

'끈끈한 정이라는 거지.'

빙의란 타인의 인생을 훔치는 행위다. 그렇기에 그의 삶을 존중하여 나 역시 욕되게 하지 말아야 한다. 이것이 빌려 쓰는 육체에 대한 예의라 생각기에 나는, 도르도를 아는 모두에게 리푼을 벗어나는 순간까지 그들이 아는 도르도의 모습을 보여 주었다.

자평하기에 현재의 내 모습. 그것은 죽은 도르도에게 부끄럽지 않은 괜찮은 마무리였다.

※　　　※　　　※

　수확의 계절이니만큼 도시는 사람으로 북적였다. 짧은 수확시기에 맞춰 거두어야 하니 부농은 인부를 대거 모으고, 마찬가지로 연신 마차가 오가며 팔방으로 운송하는 마부들이 넘쳤다. 여기에 산적과 도적으로부터 보호하기 위한 용병까지 종족 여하를 불문하고 몰려드니 가을의 펠마곤이야말로 아인종 모두를 한자리에서 볼 수 있는 인간시장이나 마찬가지다.

　나는 그중 낡은 마차를 눈여겨보았다. 낙과의 씨앗만 거둬들여 만든 차(茶)용 진론을 실은 것이었다. 바위의 요정과 혼혈이라는 암령족이 볶아서 재생산한다고 하는데 그 맛과 향은 대략 커피와 카카오, 계피를 혼합한 것과 같았다. 도르도 역시 맹맹한 맛과 냄새에 한번 맡고는 구토를 했던 기억이 있다.

　"이보게, 어디까지 가는가?"

　"구르탄까지 가오만?"

　중간 지점이니 경유지로 딱 좋다.

　"빈자리 있으면 태워 주겠나?"

　"다 싣는 대로 바로 갈 거요."

　고개를 끄덕이니 낡은 챙모자를 쓴 중년인이 손가락 세 개를 들었다. 은전 세 개, 품에서 3실론을 꺼내 주자 그는 포대를 마저 짐칸에 넣고는 마부석에 올랐다. 이제 가려는가 하여 한구석에 자리를 잡을 때 젊은 목소리가 들렸다.

　양허리에 두 자루의 도와 검을 차고 가죽 갑옷을 입은 사내다.

"나도 좀 탑시다."

"여행자요?"

"방랑 기사요."

용병은 아니지만, 검 좀 다루며 한자리 차지하려는 자를 말함이다. 중년인은 위아래로 몇 번을 훑어보던 그에게 손가락 한 개를 들었다. 엎혀 가는 나와는 달리 유사시에 전력이 되어 줄 수 있기에 값도 저렴한 것이다.

사내가 1실론을 튕겨 주니 중년인은 바로 말에 채찍질해 댔다. 바퀴가 구르고 살그락살그락거리는 포대가 규칙적으로 흔들렸다.

이용택 관장 부녀가 있는 붓사는 펠마곤의 동북쪽에 자리한 헌터들의 마을이다. 통곡의 계곡이라는 사냥터와 고대 유적 등이 인접한 곳에 있어 여러모로 주목받는 곳이지만, 속성력으로만 공격 가능한 유령 형태의 몬스터가 많아 매우 까다로운 사냥터이기도 했다. 후일 〈망자의 반란〉이라는 대규모 퀘스트와 더불어 유니크 아이템 '은빛 어둠의 날개', '푸른 새벽의 갑주'를 얻는 등의 기회가 잠들어 있는 곳이기도 하다.

작물을 잔뜩 싣고 떠나는 우마에 몸을 누인 나는, 호흡을 통해 건강을 되찾는 한편 현실의 강유나와 대화하며 접속 라인을 펜던트로 이식받았다. 동굴에 가둬 둔 에일락 반테스의 몸뚱이와는 달리 도르도의 캐릭터는 내가 접속을 끊더라도 활동해야 한다. 접속 종료는 이곳의 육체가 즉시 기절하고 심장마저 멈추는 것을 뜻하니까.

수백 개라도 관리할 수 있는 강유나나 분신체가 끝도 없는 신진권이야 얼마든지 캐릭터 운용도 하고 현실에서 활동도 하지만 나로서는 여러모로 난항이 있는 것이다.

'아무도 못 알아보는 게 이렇게 도움이 되는군.'

Z&F의 본사에서 이용택 관장의 집으로 향하는 내내 천천히 주의를 기울였다. 도르도의 몸으로는 건강을 위한 활력 위주의 숨을, 현실의 내 몸은 스킬 강화를 위한 강력한 마력 운용을 하는 채, 하나는 우마차에 앉아 있고 또 하나는 차가 쌩쌩 달리는 가로수 길을 걷고 있다. 생각보다 만만치 않으나 역시 뭐든지 하면 느는 법.

어색하나 점차 익숙해져 갔다. 아울러 정신력을 쓰는 탓일까. 성장이 더디던 마력 응집 스킬도 가파르게 상승했다.

"이보, 노인장. 노인장!"

"으…… 응?"

"거참. 대단합니다, 대단해. 끼니도 거른 채 온종일 어찌 그리도 깊이 잠을 자는 거요?"

"허허. 마차가 하도 아늑해서 그러네. 헌데, 무슨 일인가?"

중년의 마부가 하늘을 가리켰다. 해가 저물어 가는 것이 삽시간에 밤이 찾아올 시간이었다. 야영 준비마저 마치고 어느새 모닥불에는 맛없게 끓고 있는 수프와 딱딱한 빵까지 있었다.

"낮이야 그렇다지만 밤까지 그대로 둬야 쓰나. 요기나 하고 쉬시우. 그런데 망토나 모포도 없는 듯한데 빈 몸뚱이로 돌아다니면 객사하기 딱 좋수."

그는 여분의 침낭을 꺼냈다.

"고마우이."

"저렴하게 2실론만 받겠수다."

"……."

척, 드는 손가락 두 개. 돈을 내미니 냉큼 가져갔다. 익숙한 장삿속에 가벼운 한숨이 절로 나왔다.

몸을 일으켜 앉고는 하품을 쩍 했다. 목도 돌리고 어깨가 결리지는 않나 가볍게 풀었다. 사실 숨으로 활기를 유지하고 있었던 터라 음식을 먹는 것은 지나친 상황이다. 그러나 이곳의 나는 도르도이지 않던가.

사람과 어울리는 것 역시 여행의 묘미이고.

'불이 좋긴 좋구나.'

가을 산의 밤은 싸늘했다. 그러고 보니 준비가 소홀하긴 했다. 늙은 몸뚱이에 가진 건 54실론 돈주머니이니 저 마부가 행여 잘못 마음이라도 쓰면 여지없이 빼앗기고 해를 입었으리라. 촌로의 몸으로 와 너무 잘 적응한 탓이었다.

"어흐. 따땃하다……."

숙영지에는 비슷한 무리가 곳곳에 있었다. 다 같은 길을 매번 오가니 안전도 기할 겸 지리적 위치도 겹칠 겸 쉬는 곳이 정해진 것이다. 웃기는 것은 얼마만 더 가면 여관이 있는데도 나처럼 어리숙한 맹꽁이의 쌈짓돈도 치고 자신의 숙박비도 아끼려 노숙을 한다는 사실이었다.

무더운 여름이나 눈 내리는 겨울이면 불가능한 일. 또 정기적으로 왕국에서 관리하여 위험한 몬스터나 짐승이 없는 상용 도로 였기에 가능한 일이었다.

나는 마차에서 내려 딱딱하기 그지없는 돌 같은 빵 하나를 들었다. 나약한 이 치아로는 씹었다가 몽땅 부러지겠다. 이 빠진 그릇에 담긴 멀건 수프에 푹 넣었을 때였다.

"함 세타니스 르부틴. 르부틴이라 합니다."

옆을 보자 스스로 방랑 기사라 한 사내였다.

"함?"

"예. 아버지가 하프 우라곤이십니다."

펠마곤에서는 혼혈이면 이름자에 함이 붙는다. 혼혈은 보통 특이한 능력을 갖추는데, 이 사내는 이종족의 피가 아주 옅게 섞여 그냥 인간이라 해도 다를 바가 없어 보였다. 뼈가 튼실해 보이긴 하지만 그 정도 통뼈는 흔하디흔하니까. 대신 출생 탓에 꽤 차별을 받았으리라 짐작된다.

말을 매고 침입자가 있을 시 울리는 알람 등을 피워 둔 채 일찍이 잠든 마부와 달리 그는 가만히 불을 뒤적였다.

"어디 가시는 길입니까?"

"붓사에 가오."

"저는 눌반에 갑니다."

먼저 말을 시작한 그는 내가 대꾸를 하지 않음에도 이야기보따리를 쭉 풀었다. 자신이 살아온 나날부터 방랑 기사로서 노력한 시간들, 그리고 조그마한 명성이나마 쌓고 지금 움직이는 이유였다.

눌반은 통곡의 계곡에 새로이 발견된 동굴로서 지난해의 폭우와 산사태로 드러났다. 그 이후 인근의 주민이 실종되고 피를 빨리는 등의 사건 사고가 발생했는데, 그 안에 자리한 몬스터가 흡혈귀로 밝혀졌고 조치가 취해지고 있다는 사실 등이었다.

"포고령을 보고는 실력을 인정받고 정식으로 직위를 얻기 위해 가는 중이지요."

내가 요리를 할 줄 알아서 그럴까? 이건 영 맛이 없다. 그냥 배를 채우기 위한 유기물일 뿐.

"덕분에 식사 시간이 지루하지 않고 잘 들었소만. 왜 그런 얘기를 내게 하는 거요?"

"그 기술을 가르쳐 주실 수 있습니까?"

"기술?"

뭔 뜬금없는 소리냐며 대꾸했다가 마차에서의 숨법임을 이해하고 거절하려 할 때였다.

"풉!"

중년 마부의 어깨가 들썩였다. 살짝살짝 떨리는 모습이나 바람 빠지는 소리로 보나 비웃는 모습이 역력했다. 큭큭거리던 그는 이내 일어나 앉으며 머리를 긁적였다.

"미안하우. 살짝 잠들던 중이었는데 너무 황당한 얘기를 들어서 그만."

무성하게 난 수염으로 하얀 비듬이 떨어졌다.

"뭐가 그리 웃기다는 겁니까?"

그가 손사래를 치며 완강히 부인했다. 해 놓고도 아차 싶은 것이리라. 힐끗 보이는 피부의 흉터와 호리호리하나 탄탄한 그의 몸은 한낱 마부가 업신여길 수준이 아니었으니까.

"아니외다. 비웃은 게 아니라…… 그게 옛날 동화에서나 보던 이야기가 진짜 일어나서 그런 거지 다른 건 아니오. 정말이우."

그도 제법 힘깨나 쓸 장정이었지만 먹고 칼만 휘두른 이들과 전투력을 비교하는 일은 그야말로 난센스다.

"나도 옛날에 듣고 자랐수. 그게 다프만의 전설에서 나오는 운명의 시작 부분 아니오. 한 인간이 대스승을 만나서 검을 배우는 거. 그런데 이 노인을 보고 그런 걸 가르쳐 달라고 하니 나도 모르게 그만 웃고 말았수다. 저 노인장이 얼마나 당황했을까 싶기도 하고. 안 그렇수?"

슬쩍 나를 가리키매 쓰게 웃었다.

다프만은 어느 종족, 어느 왕국에나 있는 영웅 신화의 하나다.

오래전의 한 마귀가 왕국을 근심에 빠지게 했을 때, 선하기 그지없던 다프만은 노지에서 한 굶주리고 추레한 늙은이를 도왔다. 다들 무시하고 지났던 것과 달리 갖고 있던 식량과 물을 주고 업어 마을로 데려간 것. 그러며 한나절 동안 그의 이야기를 들으며 도착하니 노인은 어느샌가 사라지고 자신만 홀로 있었다 했다. 그날 이후 다프만은 놀라운 힘과 검술, 혼혈 우라곤을 능가하는 요정의 힘을 두루 다루게 되었고 그 힘으로 수많은 정의를 실현하며 살았다 전해진다.

펠마곤에서는 특히 옛 설화에서 그런 스승들이 자주 등장하는데 때론 동물의 모습으로, 때론 거지와 노인의 모습으로 등장하여 영웅에게 길을 알려 주고 위험에서 구해 주었다. 그렇기에 어디선 영물이라 하고 대스승, 그랜드 마스터, 신의 사자, 고대 요정의 화신 등 다양하게 불렸다.

"저 노인에 대해 아오?"

"잘 아는 건 아닌데 자주는 봤수다. 내가 짬짬이 마차 몬 세월이 무려 30년이거든. 그 사이 언뜻언뜻 봤지."

"사실입니까?"

실망하며 묻는 르부틴이었다.

"예서 땅 부치고 산 지 70년이 넘소."

"……실례했습니다."

그는 실망한 모습으로 자리에 앉았다.

슬쩍.

중년 마부가 다가왔다.

"듣자하니 이번 일이 만만치 않은 것 같은데, 그 뭐냐. 흡혈귀한테는 맵고 알싸한 게 좋다고 하더이다. 내가 아주 때깔 좋은 놈으로 구해 줄 수 있수. 어디 실한 놈으로 사 보는 건……."

스릉!

"시, 싫으면 관두슈."

칼을 조금 뽑아 들자 머쓱한 낯으로 그가 돌아앉았다. 모양새가 틈을 봐서 다시 팔 기회를 노리는 것 같았다. 이 모두가 사람 사는 평범한 모습이었다.

나는 침낭을 펴고 그 안에 몸을 눕혔다. 그리고 호흡에 유념하며 시간을 보냈다.

이윽고.

늙은 경험이 대략 자정이 지났다고 말하는 어둠의 시각.

꼬르르륵─!

배가 요동치는 것과 함께 눈이 떠졌다. 허기가 지는 것이다.

이는 멎어 가던 육신으로 생명의 순환이 찾아왔음을 의미했다.

'먹을 만한 게⋯⋯.'

신체 말단까지 흐르는 피로 침침했던 눈이 밝아지니 세상이 넓어진 기분이다. 그러나 건강한 육체는 그만한 에너지원이 필요한바. 말년에 입맛이 없다며 굶다시피 지낸 몸뚱이는 삐쩍 마르고 약하기 그지없었다.

균형이 깨진 이 몸에 이제야말로 음식이 필요했다. 그런데 먹거리가 없었다.

멀건 국물 수프와 돌 같던 빵도 싹 치운 상태. 마부는 깊게 잠들었고 르부틴 역시 검을 쥔 채로 자고 있었다. 괜히 야심한 시각에 깨워 무엇하랴. '젊은이, 내 배가 심히 고파.' 하면 진짜 노망났단 소리를 들어도 할 말이 없으리라.

침낭에서 조용히 나왔다. 숨을 전보다 크고 길게 마셨다. 반개한 눈으로 숨길을 열자 마력이 동반하여 두 눈을 어른거렸다. 이윽고 낮고 넓게 들어오는 시야로 불빛에 반사된 마력의 구조가 보였다.

빛 대신 실 같은 마력을 퍼뜨린 알람 등. 주변에 조악한 수준으로 뿌려진 실을 까치발로 건너 숲으로 들어갔다. 물소리에 집중하여 도착한 계곡에서 나는 물고기를 잡았다.

밤에는 물고기도 잠을 잔다. 물살에도 움직이지 않고 가만히 있는 이것들을 조용히 손으로 움켜쥐어 넓은 돌 위에 던지노라니 옛 기억이 떠올랐다.

'잔치를 벌이곤 했었지.'

도르도의 기억이 나의 추억처럼 선명했다.

밤에, 못 쓰는 기름을 적셔 만든 횃불로 비치며 조심조심 잡던 나날들. 철없던 나나 방정맞던 웰지, 촐싹거리는 엘라비 모두 부친에게 혼쭐검을 당하던 기억이 선했다.

냇가에서 물고기 잡는 재미난 기억은 모름지기 물줄기를 막는 게 제일 충격적이고 감격스러웠다. 섬처럼 생긴 탓에 물이 두 줄기로 나뉘어 흐르는 곳이 있었는데 가끔 모두 모여 돌 성을 쌓고 흙더미를 가지고 흐르는 곳을 막았다. 그리고 어른, 아이 할 것 없이 온갖 물건들로 물을 신나게 퍼내면 당황한 물고기들이 모습을 드러내는데 이야말로 물 반, 고기 반!

새우부터 가재는 물론 몽땅 퍼 가는 재미에 와자지껄 솥을 걸어 놓고 한쪽에서는 고기를 손질하며 한쪽에서는 채소를 따오는 등의 부산스러움이 참으로 생생하게 떠올랐다.

아들 손자를 데리고 약초 고르는 방법부터 먹을 것과 먹지 못하는 것 등, 사는 방법들을 알려 주던 기억에 흠뻑 젖어들었다. 그러노라니 도르도가 나인지, 내가 도르도인지 그 구분선이 점점 흐려졌다. 감응 스킬의 효과였다.

"동시 플레이가 쉬운 게 아니구나."

몰입할수록 이상현이라는 나보다 도르도에 가까워졌다. 두 개의 캐릭터를 운용하며 보이는 빈틈들을 도르도가 채우는 탓이다. 육체적인 것은 도르도로, 가치관과 정신적인 최종 결정은 이상현이 하는 식으로 말이다.

그야말로 빙의한 셈.

'가만. 그러고 보니 하나하나 전부 통제할 필요가 없는 거군. 마치 공항에서 했던 것처럼……'

짝!

나도 모르게 손뼉을 쳤다.

맞다. 내 의식이 머무른다는 것에 과몰입하지 않고 그냥 게임으로 생각하는 거다. 롤플레잉 게임에서 퀘스트에 따라 움직이는 캐릭터처럼 가치관과 목적만 내가 정하고 남은 모든 판단은 본래의 자의식에 맡기면 능히 여러 캐릭터를 내 통제에 두지 않겠는가. 고정된 지혜가 천재급으로 치솟는 것보다 이 방법이 현재에는 가장 효과적일 것이다.

나는 즉시 도르도의 기억에 강력한 목적의식을 심었다.

---

1. 비밀 엄수. 여기에는 '이상현'에 대한 것은 물론 세계관에 어긋나는 모든 지식도 포함된다. 현실의 과학문명은 물론이요, 이쪽 세계에서 new century라는 것에 대한 언급도 금물이다. 내가 익힌 비전 역시 마찬가지다.

2. 생존. 현재처럼 숨법으로 활력을 더하고 차분히 회복하기 위해 각종 스킬을 연마하는 것을 허용한다. 인형처럼 다뤄지기에 사뭇 이상하긴 하지만 엄연히 이 육체 역시 나의 것이다. 그는 나며 내가 곧 그다. 그러니 생존하여 거듭 정진해야 한다.

3. 붓사에 간다. 무슨 일이 있더라도 탈선치 않고 행보는 붓사로 향한다. 그리고 도착 후 방관자의 자세로 수련하며 대기한다.

이 명제로 도르도가 독자적으로 활동한다면? 필요할 때만 내가 접속해서 사용한다면!

나는 제임스 역시 동시에 움직일 여력이 확보된다. 계획대로 잘 된다면 현실의 나, 도르도, 제임스, 에일락 반테스까지 4개를 다룰 수도 있으리라.

'그간 이거 하느라 중요 캐릭터에 소홀했었지.'

제임스는 여전히 북해에 묶여 있지 않던가.

도르도라는 의식을 시야 한 모퉁이에 밀어 두었다. 잠시간 지켜보고 이 방법을 쓸 만하다면, 비로소 현실과 new century 모두 자유롭게 관찰하고 내 통제하에 둘 수 있을 것이다.

"시작해 볼까."

도르도의 감각과 사고(思考)가 텍스트화되어 무미건조하게 지나갔다. 그리고 도르도는 내 지시에 따르기 시작했다.

자기 나름대로 현명하게.

● 〈NPC : 도르도〉

– 아!

공허하던 마음이 채워졌다. 침잠했던 기억이 수면으로 부상하자 망망대해에서 표류하던 그에게 정확한 나침반이 생겼다. 그것은 극심한 가뭄에 내리는 빗줄기와도 같은 감격이었다.

풀뿌리 같던 삶에 이런 이적이 찾아올지 누가 알았으랴.

[이상현]이라는 이름의 신께서 명하셨다. 함부로 그 이름을 말하지 말며 건강을 회복하여 인도한 곳으로 향하라고. 그러니 지금은 건강을 회복하는 데 주력해야 하리라.

도르도는 즐겁게 일을 마무리 지었다.

"허허. 이만하면 충분하겠지."

첨벙첨벙.

먹을 만치 잡고 애써 소리를 죽이지 않고 물에서 나왔다. 어차피 구워 먹으려고 손질하면 다들 알 터다. 잡은 물고기들을 벗은 웃옷에 담고는 야영지로 돌아가다 짙은 향을 맡았다.

싹이 늘어진 나무를 타고 오른 것이 딱 라드다. 매끈하게 잘 빠진 놈을 생각하니 '더덕'이라는 어색한 글귀가 스치지만 애석하게도 물가에 있는 놈들은 뭉툭하게 뭉친 것들이었다. 못난이 라드와 까치 더덕이라는 낱말이 겹쳤다가 헤어졌다.

어쨌건 맛있는 것들이다.

'가만 보니 고얀 놈일세.'

마부 노릇 하던 놈을 생각하니 괘씸함에 입술이 나왔다. 늙으면 그저 먹는 낙으로 사는데 지천으로 널린 것들은 뭐에 두고 개먹이로도 쓰지 않을 것을 주다니! 2실론을 생각하니 속이 쓰리다.

보란 듯이 먹겠노라는 마음에 욕심껏 더 재료를 마련했다.

후욱— 후우!

가을이니만큼 씨알 좋은 놈들도 줍고 라드도 캐어 돌아와 꺼져가는 모닥불에 마른 가지를 얹은 뒤, 바람을 훅 불며 크기를 더하노라니 움찔 눈을 뜬 르부틴이 희미한 시선으로 나를 보았다.

"지금 뭐하시는 겁니까?"

"낮에 하도 자서 그런지 그만 잠이 안 오지 뭐요. 일어난 김에 요기나 하려 한다오."

"요기? 아니 어, 어느새 그런 것들을……."

당혹해하는 그보다 가까운 몸의 소리.

꼬르륵!

'그려, 그려, 얼른 채워 주마.'

뭐라 하건 말건 얼른 손질하고 요리에 들어갔다. 마땅한 도구가 없으니 힘을 손끝에 모아 껍질도 벗기고 내장도 손질하여 쭉 훑어 매끈히 다듬은 나뭇가지에 생선도 꽂았다. 향신료로 할멈이 곧잘 쓰던 풀잎도 손으로 비벼 가루를 뿌렸으니 한결 맛이 더할 것이다.

'이런 식이었나?'

익숙하면서도 새삼스러운 게 묘한 기분이었다. 아련히 불을 종처럼 다루고 환상적인 요리를 하는 온갖 방법이 떠오른 까닭. 덕분에 부지런히 따라 했는데 '될까? 될까?' 싶은 이것들이 정말 되지 뭔가. 마음대로 춤추고 변하던 요리와 불꽃의 조화에 비하면 자신이 하는 건 그저 막돼먹고 어설픈 솜씨에 불과했지만 말이다.

역시 신님의 기억은 범상치 않은 것이 맞다.

"들겠소?"

르부틴에게 권하는데 대답이 옆에서 냉큼 들렸다.

"물론이우."

모른 척 돈은 죄다 받아먹은 요놈이 퉁퉁 부은 얼굴로 코를 벌름벌름거리는 모양새에 도르도는 손가락 다섯을 보였다.

"왜, 왜 그러우?"

"5실론이네."

"하하. 동향인데 좀 봐주시구랴."

"일없네. 악착같이 받던 누구한테 배웠지 뭔가."

그가 섭섭하다는 투로 말했다.

"먹고 살려다 보니 그만 실수했지 뭡니까, 어르신."

"계속 노력하게나."

"……그럼 저자는 왜 그냥 주오?"

"자네보다 실팍하거든."

"쳇!"

그는 불퉁한 얼굴로 냉큼 누웠다.

나는 '들게.' 하고는 조심히 잡아 오물오물 씹어 먹었다.

'오……!'

조금만 씹어도 쪼개지던 치아가 튼실하니 제 역할을 했다. 몇 안 되는 숫자이기는 했지만 제대로 씹어 주기만 하면 못 먹을 게 무어랴. 살점을 씹어 먹는 그 기분에 절로 흐뭇했다.

이상현 전용의 붓사 고정 NPC. 도르도의 탄생이었다.

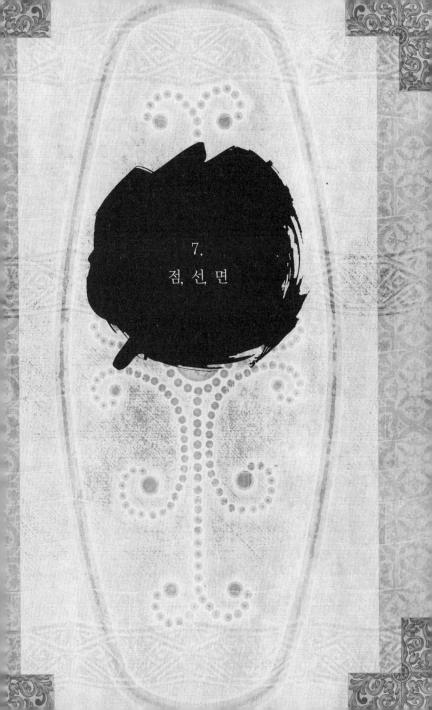

7.

점, 선, 면

딩동댕동~!

군대 기상나팔만큼이나 낡은 종소리가 울리자 의자를 끄는 소리, 왁자지껄, 재잘재잘거리는 이야기 소리가 풍만감을 높였다. 줄지어 나오는 학생들을 보노라니 옛 생각에 절로 흐뭇한 웃음이 나왔다.

"상현 오빠!"

하교 시간에 맞춰 우르르 빠져나오는 여학생들 사이에서 높이 손을 흔드는 소녀가 있었다. 풋풋하고 건강함이 넘치는 한나. 그녀를 반가이 보는 순간.

우르르르!

정체된 도로를 내달리는 응급 차량처럼 학생들이 쭉 비켜서서 길을 만들었다. 격의 차이로 작은 행동 하나하나까지 주위에 영향을 끼치는 탓이었다.

"우와. 이젠 보기만 해도 싹 비켜 주는 거예요?"

"자주 오다 보니 무의식중에 각인이라도 됐나 보다. 혹시 학교에서도 무슨 일이 있니?"

"비슷해요. 치근덕거리던 애들이 무지 조심하더라고요. 맨날 육상부에 들르던 선생님도 조용해지고…… 설마 오빠가 뭐라고 한 건가요?"

별말 않았다.

"그냥 잘 부탁한다고만 했지."

"어쩐지, 엄청 편해졌더라고요. 오빠, 오늘 무슨 일 있었게~요."

익숙하게 팔짱을 껴서는 이야기를 늘어놓는 한나의 들뜸이 오늘따라 경쾌하게 다가왔다. 사실 들어 주고 맞장구치기는 하지만 학교 친구와의 일이 재밌거나 하지는 않은 것이 솔직한 심정이다. 그러나 즐거워하는 한나의 모습이 나로 하여금 계속 호응하게 하였다.

삑삑!

버튼을 눌렀다. 소리와 함께 주차해 둔 오픈카가 위치를 알렸다. 혼자라면 바람처럼 달렸겠지만, 마중 나오니 필요해서 좋은 놈으로 몰고 왔다.

"바로 집으로 갈까?"

"오늘은 이비 언니도 오는 날이니까요."

차에 올라 과거 신진권의 별장이었고, 현재는 이용택 관장의 집이 되어 버린 집으로 향했다.

"소장님이랑 동길이도 오지."

"그렇죠. 아참, 그런데 왜 동길 오빠는 달라진 게 없어요?"

동길이는 여전히 무조건 한나를 좋아한다며 사위 노릇을 하고 있었다. 말 한마디로 학교 교칙마저 바꾸는 내가 왜 동길이는 그냥 두느냐는 물음인 것.

하지만 마땅히 대꾸할 것이 없었다.

강하성 소장이 응원하는 일편단심 동길이의 사랑에 비하면 나는 굴러 온 돌인 까닭이다. 게다가 격을 이용하는 것은 반칙이지 않는가. 말하는 대로 이루어진다는 것은 나의 의지가 상대의 의사를 좌지우지한다는 것을 뜻한다. 과연 내 욕심이 영향을 끼치지 않았노라 어찌 자신하랴.

가장 중요한 것은 한나가 아직 사춘기의 소녀라는 점이었다. 더 성장하고 가치관이 확고해진 뒤라면 모를까, 지금은 책임을 알기에는 아직 부족한 나이이다. 또래와의 비슷한 사랑을 하며 경험하고 깨달을 것이다. 어른이기에 나는 거리를 둔 채로 지켜보는 것이 최선이리라.

"동길이가 관장님 시험에 합격하면 그때 제대로 봐 주렴."

"헤~ 과연 합격할까요?"

"어지간하면 합격시켜 주시려고 자주 기회를 주시니까."

합격 점수를 최대한 낮춰서 열등반에게 기회를 주고 있지만 진전은 없다시피 했다. 그래도 노력은 배반하지 않는 법.

"언젠간 되지 않겠어?"

언제일지는 감히 장담할 수 없지만 말이다.

"매번 틀리는 걸 보면, 어휴! 답답하다니까요."

강하성 소장의 간곡한 부탁으로 동길이에게도 숨법을 각인받을 기회가 주어졌다. 그의 시험에 합격만 한다면 이용택 관장은 강하성 소장과 같은 수준의 숨법을 새겨 줄 것이다. 그러면 나를 인식할 것이니 한나의 감정에도 변화가 일 것이라 짐작했다.

"그런데."

"왜요, 오빠?"

"이비가 뭐라고 했길래 나를 좋아해 주는 건지 물어도 될까?"

한 여자에게 사랑받기도 어려운 것이 삶이다. 그럴진대 이블린과 깊은 관계임을 알면서도 한나라는 소녀는 내게 여전히 호감을 보였다. 이블린이 어떻게 말했기에 이런 일이 가능할까.

한나는 미묘한 웃음을 지으며 나를 보았다. 이거, 처음에는 수줍기만 한 소녀인 줄 알았는데 알수록 개구쟁이 기질이 다분하다.

"언니가 오빠랑 결혼할 생각은 없다고 했거든요."

'어쩐지, 숨법을 익히느라 온 힘을 다하더니만……'

이블린이 잠시 미뤄 둔 것은 그녀와 나의 격이 큰 차이를 보이는 까닭. 반면, 결혼할 생각이 없다는 그녀의 말을 한나는 오해하고 있었다.

사랑하여 관계를 맺으면 무조건 결혼하는 우리와는 다른 문화에서 컸기에 생긴 일이었다. 그러나 이를 풀어서 설득시키는 것도 우스운 일일 따름. 시간이 자연히 해결해 줄 것이다.

나는 카오디오를 틀었다. 흥겨운 샤인걸스의 음악이 나오자 한나가 따라 불렀다.

별장에 도착한 우리의 눈에는 현대와 맞지 않는 중세와 무림 문파의 풍경이 펼쳐졌다. 넓은 정원을 오가는 하인과 집사, 메이

드들부터 목인장에 봉술, 검술, 권법 등을 수련하는 사내들이 즐비했다.

동서양의 조화가 별장 한 곳에 두루 펼쳐진 셈.

"지금 시험 보는 거 맞죠?"

"기대되는 순간이지."

"내기할까요?"

긴장 반, 기대 반의 심정으로 이용택 관장을 찾았다.

내부 수련장에서 마침 훈련을 시키는 중인 그.

양팔에 목봉을 올린 채 기마 자세로 비 오듯 땀을 흘리는 동길이 앞에 이용택 관장과 강하성 소장이 서 있었다. 분수대 너머 펼쳐진 넓은 연무장 위에선 오직 동길이만이 죽을 둥 살 둥 애를 썼다.

마침 육체의 시험 이후, 숨법 전수를 위한 문제가 출제될 차례였다. 쪽지 시험처럼 자주 바뀌는 오늘의 물음!

"자자, 이쯤하면 이제 대답할 때가 됐잖아? 얼른 물어보라고."

강하성 소장의 재촉에 이용택 관장이 동길이에게 물었다.

"무술에서 선(線)은 뭐라 생각하느냐?"

순간, 강하성 소장을 본 동길이가 눈을 번쩍이며 기운차게 소리쳤다.

"점(點)이 이어진 것입니다."

"점은 무엇이고?"

"극단의 빠름입니다. 선은 빠른 공격이 모인 힘! 바로 강함이지요!"

"면(面)은?"

"점과 선이 교차하여 이룬 합치점이자 경지입니다!"

그러자 강하성 소장이 눈을 빛내고 이용택 관장이 고개를 끄덕였다. 한나는 덜컥 멈춰 서는 내 뒤에 숨어 옷을 움켜쥐었다.

이용택 관장의 시험은 바로 무술에서의 점과 선, 면에 대한 정의였던 것. 마침내 출제자가 응시자에게 성큼 내려갔다. 그리고 동길이의 목봉을 사뿐히 들어 가볍게 내려쳤다.

빡!

"으아악! 아이고, 내 머리!"

"또 틀린 거냐? 대체 정답이 뭐길래!"

아픔으로 미쳐 날뛰는 동길이 못잖게 강하성 소장도 분개했다.

"하성아."

"와?"

"베껴 봐야 헛수고다. 동길이를 직접 고민하게 해."

"이봐, 친구. 내가 소설 명작 60권에서 정수를 뽑아내서 과외했다고. 도대체 왜 자꾸 탈락인 거냐?"

"동길이의 답을 들으려는 거니까!"

일갈에 강하성 소장이 멋쩍게 웃었다. 들켰다는 어색함에 더불어 동길이가 울먹이며 아빠를 노려본 탓이다. 한편, '손이 오그라들고 있어!' 하며 창피해하던 한나는 소름이 돋은 팔을 손톱으로 긁고 있었다.

아직 동길이가 사위가 되기엔 갈 길이 멀었다.

❉   ❉   ❉

두 가정이 관리하기에 300평 넓이의 5층 저택은 지나치게 넓었다. 딸린 과수원 및 정원 등의 부지까지 합하면 몇 배는 되는 땅덩이이니 온종일 청소만 해도 끝이 나지 않을 정도다. 그렇기에 저택 곳곳은 아바타 하인과 하녀들이 꼼꼼하고 세심하게 관리했다.

가방을 받아 드는 하녀부터 하교 시간에 맞춰 시원한 차를 공손히 들고 있는 집사에 이르기까지. 영화로도 드문드문 보았던 그들의 서비스에 처음에는 어쩔 줄 모르던 한나도 이제는 자연스럽게 접대를 받게 된 상태였다.

"이따가 만나요~!"

"그래, 수련장에서 보자."

물론 공주처럼 됐다는 것은 아니었다. 예쁜 찻잔을 턱 잡아서는 선머슴처럼 벌컥벌컥 들이켜고 계단 난간을 잡아 2층으로 날아갔으니까.

"어휴. 엄마한테 인사도 않고…… 언제쯤이면 우리 딸도 여자다워질까. 때론 약한 척도 할 줄 알아야 하는데 말이에요. 그렇죠, 상현 군?"

로비에서 저택의 이모저모를 손보다 어깨를 으쓱하는 정혜란. 그녀의 웃음기 가득한 말에 나보다 앞서 위층에서 목청 좋은 대답이 들려왔다.

"학교 다녀왔습니다-!"

내게 눈짓을 한 그녀가 허리에 손을 얹고는 외쳤다.

"그래-! 씻고 내려오렴-!"

뒤이어 고운 한복 차림으로 언제 그랬냐는 듯 우아하게 미소

짓는 정혜란을 보니 절로 유쾌해졌다. 나뿐만 아니라 아바타 일꾼들도 킥킥 웃음을 참고 있었다.

"거봐요. 자주 보고 자주 웃으니 얼마나 좋아요. 상현 군은 그이 못잖게 너무 심각해서 문제라니까. 안 그래도 아저씨 같은데 그렇게 이마에 내 천(川)자 그리면 안 돼요. 알았죠?"

"예, 사모님."

"아참. 어때요? 어디 달라진 거 없어요?"

의아하게 보노라니 정혜란은 뒤쪽을 가리켜 보였다. 은촛대 실내장식물이 살짝 비틀어져 다른 각도에서 조명을 받고 있었다. '그게 왜?' 하는 표정으로 보니 그녀가 가볍게 한숨을 포옥 내쉬었다.

"모르겠어요?"

"조명이 은색이고 각도가 달라진 건 알겠습니다만."

"다음부턴 꼭 먼저 말해 주세요. 듬직한 오빠도 좋지만 작은 차이를 이해해 주는 남자는 더 매력 있거든요. 우리 그이한테 딱 하나 아쉬운 게 그거랍니다."

새침한 듯한 숙녀의 표정.

나는 그녀를 통해 감응 스킬에 대해 알 수 있었다. 보통 사람과는 달리 숨법을 익힌 이들에게는 그 효과가 제한적이라는 사실. 주위 하인들의 감정은 손에 잡힐 듯 느껴졌지만, 정혜란으로부터는 호감 이외의 것은 느낄 수 없었던 까닭이다.

"알겠습니다."

턱에 손을 대고 가만히 나를 보던 그녀는 빙긋 웃고는 이내 관심을 돌려 로비를 바꾸는 작업에 매진했다. 손짓에 기운 넘치는 하인들이 조각상의 각도를 바꾸고 그녀가 잠시 고민. 미술품을 벽에서 떼어 놓고는 또 고민했다.

'이게 좋을까, 저게 좋을까.' 하며 생각하다 수묵화를 그리기도 하며 저택 구석구석에 손길을 배어들게 하고 있었다.

맵시 있게 옷을 입은 모델 같은 아바타 하인들도 '주인마님, 제 생각에는…….' 하며 의견을 나누었다.

'역시 바람직한 일꾼들이야.'

신진권이 퇴폐적이고 비인간적으로 써서 그렇지 아름답고 믿음직하며 능력 출중한 최고의 일꾼이 바로 그들 아니던가. 사실 주인의 명령에 절대 복종한다는 것을 제외하면 그들은 실제 인간이나 다를 바 없는 이들이다.

먹고 마시며 생각할 줄 알고 고통을 느끼며 학습하고 임신도, 그리고 질병으로 죽는 것도 가능하다. 인공 자궁에서 태어나 유전자 조작을 통해 만들어진 것. 일반인을 뛰어넘는 능력을 갖췄다는 태생적 차이. 여기에 주인에로의 충성을 제외한 모든 자유를 허락한다면 과연 인간과 차이가 무엇이랴. 인간 역시 문화와 교육이라는 이름의 세뇌 아닌 사고의 한계를 수용하며 사는 것을.

'강하성 소장 내외에게는 미안하지만.'

저들의 제1 명령권자는 이용택 관장이다. 그다음이 나이고, 정혜란과 이한나까지가 아바타들이 절대적으로 충성해야 하는 대상이었다. 강하성 소장 내외 역시 일꾼들에게는 비중 있는 손님일 뿐이며 제작자인 신진권도 끼어 있지 않았다. 오히려 경계 대상일 뿐.

이는 높은 격과 능력으로 이용택 관장이 기존의 세뇌를 엎고 새로이 주인 인식을 한 영향이었다.

강하성 소장 내외에게 거리감을 두기로 한 것은 이용택 관장과나 모두 같은 이유였다. 그들 부부가 동길이에게 관심을 쏟으면 쏟을수록 우리는 그들 가정을 배제할 수밖에 없었다.

◈ ◈ ◈

수련장은 정원 부지 한쪽을 싹 밀어내고 석재로 매끈하게 덮어버린 사방 200m의 평지였다. 있는 것이라곤 외벽처럼 내가 손수 박은 나무기둥 70개와 목인장에 입혀 놓은 온갖 무기들이 전부.

의도적으로 싱싱하게 잘 자라던 나무를 베어 이렇게 볼품없게 만든 이유는 넘쳐나는 마력의 영향을 최소한으로 하기 위함이었다.

"거참."

생각하니 새삼 우습다.

'점, 선, 면이라.'

이용택 관장의 무(武)는 대자연을 호흡하며 조화롭게 하는 데 있지 않다. 무술의 정의 역시 형이상학적이며 막연한 도와 공을 논하지 않는다. 철저하게 '나'라는 개인에 국한하니 숨법 역시도 세상과 나를 구분하는 것이 요체.

나를 세운 뒤 방향을 결한다. 힘을 가진 뒤 그 쓰임을 정하는 거다. 타인에게 쏟을지, 나를 세울지, 동료를 지킬지를. 그렇기에 점은 곧 적(打)이고 선은 나(弧)이며 면은 동료(正)가 된다.

"무술이란 말이지."

사실 번민을 통해 스스로 사상을 다지기 위한 어리석은 물음일 뿐이다. 그럴 목적으로 만든 짓궂은 말장난이 점, 선, 면이라는 시험이었다. 이는 상대를 죽이는 무술과 신체 건강해지는 무술, 동료를 지키는 무술이라고 설명해도 무방했다.

중요한 것은 숨법의 요체를 통해 나의 자아 및 책임감을 확실하게 보는 것. 그렇기에 베끼고 멋들어지게 대답하려는 모든 시도는 당연히 웃길 수밖에.

"무슨 생각 해요?"

하얀 면 옷에 푸른 도복을 입은 이블린이 가부좌를 한 채 물었다. 방금 한 호흡을 마무리했는지 길게 숨을 내쉬며 차갑게 불타는 안광이다. 그리고 일어나려다 슬픈 표정으로 다리를 두드리는 모습이 사뭇 애처로웠다.

그녀의 시선.

동시에 이블린의 감정이 확 밀려들었다. 내색하지 않는 표정 속에 감춰진 작은 기대와 두근거림, 그리고 머릿속으로 그려지는 앙증맞은 계획의 설렘까지.

도르도의 감응 스킬은 사람 사이에선 효과가 매우 뛰어났다.

"많이 저려요?"

"생각보다 익숙해지지 않네요. 좀 일으켜 주겠어요?"

다가가 손을 내미니 이블린이 사뿐히 일어나며 입을 맞췄다. 저린 척 연기했던 다리로 내 허리를 감싸고 품에 꼭 안기니 그 보드라움과 향기로움이 코를 스쳤다. 차가움이 뚝뚝 떨어지는 그녀의 몸은 카임의 황금 정수를 흡수한 탓에 매우 뜨거웠다.

"수련은 진작 마친 겁니까?"

"이 시간에는 충전해야죠."

꽉 끌어안았다가 두 발을 땅에 내려선 그녀.

"그런데 조금 전에 재미난 일이라도 있었나요?"

"입구에서 동길이가 수련 중이던 것을 봐서 그럽니다. 관장님이 점과 선, 면에 대해 물었는데 그 답변이 참…… 아, 그러고 보니 이비 양도 비슷한 질문을 받았었지요?"

"열(熱)과 화(火), 온(溫)에 대한 거였죠."

맥락상 같은 질문이다. 주위를 태우는 열기냐, 스스로 유지하는 화기냐, 아늑하게 퍼지는 온기냐의 물음이니까. 당연히 이블린은 이용택 관장의 시험에 합격했다.

그쯤 잠시 생각에 잠겼던 이블린은 저택을 슬쩍 보며 답했다.

"강동길한테는 어려운 문제가 맞아요. 아마도 문제를 맞추기보다는 틀릴 때마다 억지로 조금씩 숨길을 만들어 주려는 계획인가 보네요."

"새겨지면 어떤 무술도 얻을 수 없게 될 텐데. 훗날 원망할지도 모르겠습니다."

스스로 경계를 긋지 않은 자는 자신을 세울 수 없다. 세상과 소통한다는 것은 세상의 영향을 받는다는 것과 진배없으니 그런 자에게 숨법이란 있을 수가 없다. 즉, 정형화된 숨법은 오직 흐르기만 할 뿐 어떤 방향성도 갖지 못하기에 숨법의 혜택은 몸이 건강해지는 것 외에는 전혀 없게 되어 버린다.

헌데, 그런 나의 말에 이블린이 눈을 동그랗게 뜨고는 소리 내어 웃는 것이 아닌가. 즐거움과 뿌듯함, 자랑스러움이 푸른 파도처럼 넘실거리니 나 역시 절로 흥겹고 어깨가 우쭐해졌다.

"제가 그 정도로 유머러스하지는 않은 것 같은데요. 같이 웃게 좀 알려 줘요, 이비."

"기준점이 다르잖아요. 관장님이나 당신이 쓰는 무술이 어떤 수준인지 깜빡깜빡하는 것 같은데요? 숨길만 트여도 육체 능력자 못잖은 힘이 생긴답니다. 거기에 격까지 높여 주는 건데, 그걸 원망하면 정말 나쁜 사람이에요."

"그럴까요?"

"네."

새삼 알았다. 그 비전을 목표로 매진하는 여자가 이블린이라는 사실. 그리고 눈앞의 그녀는 다른 사람들과 자신을 아예 다른 눈높이로 평가하고 있다는 것을 말이다. 마치 걸음마 하는 아이를 향해 '잘했어요~' 하듯 동길이의 노력을 본다.

그런 그녀의 기준점은 나였다.

이 잣대는 이용택 관장 역시 마찬가지일 것이다.

"언니! 뭐예요? 나도 껴 줘요!"

이를 본 한나가 바람처럼 달려왔고 뒤편의 이용택 관장 역시 내게 오른손을 슬쩍 들어 보였다. 수련을 마치고 둘이서 가볍게 손속을 나누자는 것.

그렇게 여느 때와 같은 일상이 흘렀다.

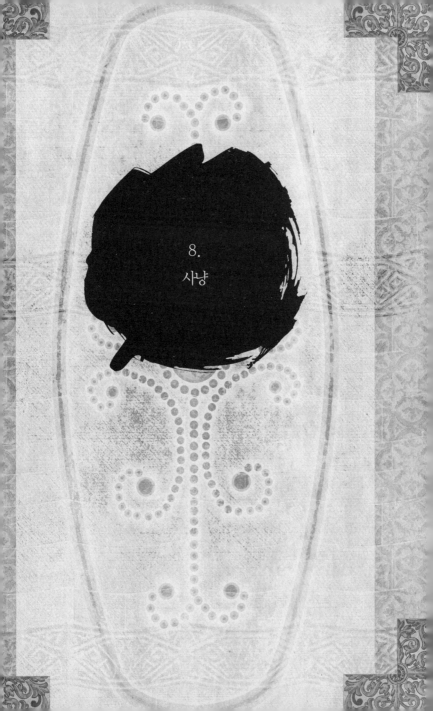

8.
사냥

new century로 접속.

"불멸의 라탄트라여! 영원하여라!"

"영원하여라!"

"영원하여라!"

찬란한 극지의 세계. 이제는 자장가와 노랫소리처럼 울리는 마지막 외침을 들으며 나는 불타는 얼어붙은 대지에 들어섰다.

"어서 오시오, 제임스. 그렇지 않아도 기다리고 있었지."

들어서기 무섭게 나를 라탄트라가 반겼다.

"완성된 거요?"

일순간 광풍이 몰아치며 수십만의 정령들이 폭풍처럼 밀려 들어왔다. 이어 바닥으로 정교한 북극의 지도가 고스란히 새겨졌다. 지난 시간 동안 그의 명령으로 북극을 돌며 샅샅이 훑은 정령들이 모은 모든 정보, 펜던트조차 모르는 현재의 지리, 식생, 동물과 몬스터 등의 모든 분포도가 담긴 것이었다.

입체적으로 떠오르는 그 정교한 정보들에 나는 펜던트를 가져갔다. 곧 펜던트가 눈이 멀어 버릴 정도로 빛을 발하며 삽시간에 정보를 먹어치웠다.

지도 제작.

이는 북극을 여행하려는 나의 목적과 초월을 갈망하는 라탄트라의 목적이 맞물린 시작점이었다.

✦   ✦   ✦

나는 도르도로 접속하고 이상현으로서 현실을 살며 가끔 제임스의 모습으로 라탄트라와 대화했다. 여러모로 정신없는 나날이었지만 내실은 충만했다.

그러던 중, 호감이 되었음에도 하얗지 않은 나의 눈을 보며 라탄트라가 물었다.

─ 그 눈은 어찌 된 것이오?

─ 귀가 모이면 신이 되고 신이 모이면 귀가 되는 법.

이용택 관장의 말을 전해 줬다. 그러자 그는 고민에 빠져들었다. 별반 어렵지도 않은 내용인데 이상하리만큼 고심하던 그는 나흘이 지나서야 내게 제안했다.

─ 영혼을 포식하고 남은 고깃덩이에 그 결정의 구슬을 새겨 줄 수 있소?"

나의 눈동자를 결정의 구슬이라 표현한 그는 최대한 시신을 훼손치 말고 죽은 몸뚱이에 그것을 남겨 달라고 하였다. 이를 위해 최대한 적극 협조하겠다는 이야기를 덧붙이며.

– 정식으로 계약한다면 돕겠소.

– 그럽시다.

우리는 페이엔탈을 통해 공증했다. 무조건 신뢰하기에는 꺼려지는 상대이기도 하거니와 진실 여부를 확인하기 위해서였다. 퀘스트화될 때 펜던트가 호환하며 정보를 제대로 정리해 주는 기능을 기대한 것.

그 결과는 내게도 호재였다.

[불멸의 가치≒소멸]

◇ 내가 틀린 걸까? 조화가 신성(神聖)이고 균형이 악마(惡魔)라니!

◇ 그렇다면 대체 초월은 무얼 뜻하는 거지!? 아아…… 그랬던가!

◇ 이래서야 영생과 저주가 다를 바 없지 않은가!

* 신이 되고자 하는 자, 라탄트라는 현실의 불멸성이 곧 조화와 균형이라는 깨달음을 얻었다. 그리고 고민에 빠져들었다. 처음 그는 이상적인 본래의 형태가 존재하며 그 상태를 추구하는 것이 곧 영생의 길이라 믿었다.

– 이로써 엘릭서가 탄생하였다.

인간의 가치는 관계를 통해 증명되는 바, 스스로 가치를 부여하고 위대케 하고자 영향력을 세상에 전파하고자 했다.

– 이로써 포션이 공급되었다.

그러나 육신은 혼탁했고 늙음을 멈출 뿐, 영원한 젊음을 얻지는 못하였다. 그는 근원에 도달하기 위해 가장 순수해져야 하며 자신을 향한 찬양까지 더없이 순수해야 한다고 보았다.

– 이로써 즈운이 축조되었다.

호캄이 되며 비로소 얻은 젊음. 차곡차곡 쌓이는 신앙으로 확신에 찬 인내의 세월을 보내던 중 한 이방인이 찾아온다. 뜻 없고 덧없기까지 한 그의 이름은 제임스. 초월하기 전까지 괜찮은 도움이 되리라 생각하며 대한 라탄트라는 뜻밖의 사실을 깨닫게 된다. 바로 영생불멸의 순수가 곧 최악의 타락이라는 것

그는 고민했다. 갈등했다. 그리고 선택했다.

▽ 초월을 향해……

[달성 조건]

[1. 포식하여 환혼령주를 완성한 그 종(種)에 불멸(진화)의 씨앗을 심으십시오.]

[2. 짝을 완성하여 지적 생명체를 탄생시킬수록 라탄트라의 흔적이 휘발됩니다.]

[3. 상위 정령계와 라탄트라의 소멸…… 0/40]

□ 보상

1. [정령계 상층 소멸의 여파. 백마력(호캄) 대륙 유입]

2. [라탄트라 소멸의 여파. 북부 문명 활성]

3. [펠마돈 : '불멸' 획득(퀘스트 성공과 동시 즈운에서 소유 가능)]

얻은 정보가 실로 범상치 않았다. 그와 대화하며 나눈 모든 것을 일목요연하게 정리해 준 펜던트의 효용을 둘째 치고 한 명의 선택이 부를 파급효과도 나중이다.

내게 가장 중요한 것은 바로 '신'이라는 존재에 대해 갈피가 잡혔다는 사실이었다. 왜 그들이 기는 존재하나 내공은 없는 현실처럼 그 흔적은 있으나 간섭하지 않는 것인지, 라탄트라와의 거래를 통해 나는 모호함을 넘어 확신을 얻었다.

'남은 것은 확인뿐.'

라탄트라와 같이 높은 격에 도달한 이의 고민은 new century의 근원과 밀접하게 닿았다. 덕분에 해답이 9할 드러났다.

사실 여유롭게 이용택 관장의 부탁을 듣고 한가로이 쇼핑도 하며 한나와 놀아 주고 부캐릭터를 운용하는 등의 시간을 부릴 수 있게 된 것도 이 덕분이었다. 내가 들고 뛰고 긴장한 채 노력하지 않아도 생존에는 절대로 무방하리라는 대부분의 대답이 나왔으니까.

물론, 그럼에도 몬스터 플레이를 하며 스킬을 획득하고 분석하며 지금, 이렇게 달리는 와중에도 정교한 수정을 쓰는 이유는 나의 발전을 도모하기 위함이다. 평생 수련하며 살아온 에일락 반테스의 인생이 내게 끼친 영향일까. 과거의 실패가 안겨 준 아픔 탓일까. 정교한 수정으로 노력할수록 확실하게 성장하는 기쁨 덕일까.

아마 그 전부일 것이다.

비밀을 알아 가는 즐거움. 스킬을 연마하며 성장하는 기쁨. 그리고 이렇게 쉼 없이 발전해 나가는 나임에도 어찌 못 하는 이용택 관장의 존재까지.

극의를 깨우쳐 앞서나 싶으면 그 역시 성큼 발전해 있었다. 내 극의를 훔쳐 가지는 못하지만 확실한 대응법을 즉시에 완성하는 괴물이니까.

하지만 이번에는 자신 있다. 그의 당황한 모습을 볼 수 있으리라 자신한다.

듣도 보도 못한 극의들을 한 세트 가져갈 테니까.

그렇게 기대에 차 나가려는 나를 라탄트라가 제지했다.

— 미물에까지 내 흔적을 남길 수는 없지. 기다리시오. 내 북부의 모두를 담아 전해 드리리다. 부디 가장 완벽한 토양에 심어 주기를 바라오.

— 알겠소이다.

그리고 오늘, 지도가 완성됐다. 지도는 그릇일지니 남은 것은 내가 채우는 일일 뿐. 초월을 위해 펜던트에 기록된 과거의 지도를 생생한 정보로 가득 채울 그날이 왔다.

※   ※   ※

[20······ 30······ 50······ 80······ 90.5%]

빠르게 퍼센티지가 오르며 띄워 놓은 지도창이 완벽하게 작동했다. 평면에서 입체적으로 탈바꿈한 지도에는 내 감각이 미치는 범위에서는 실시간 현황까지 표시됐다. 흰 원으로 표시된 나. 같은 크기의 라탄트라. 일개미들처럼 똑같이 움직이는 좁쌀만 한 노예들.

"아주 좋군!"

크게 만족한 내 표정에 그 역시 흡족해했다.

지도가 100%에 이르지 못한 이유는 드문드문 보이는 검은 경계들 탓이다. 이는 정령들의 접근을 막거나 그들을 없앨 만한 무언가가 존재하는 지점이다.

보스형 몬스터와 던전 같은 곳.

이제 방황하는 일 없이 정확히 목표를 찾을 수 있다. 남은 일은 실행뿐! 운수 좋게도 부캐릭터를 다루는 방법 역시 마련되었으니 이 일에 오롯이 전념할 수 있으리라.

"만약 우리의 가설대로 이루어진다면 그대는 역사가 되고 나는 신화가 될 거요."

"이제 그 답을 확인할 차례이지."

나는 보관함을 확대하여 열었다. 라탄트라가 손짓하니 빛나는 정령의 결정들이 흐르는 유사처럼 좌르르 쓸려 들어갔다. 영혼에 무게가 있으랴. 엄청난 양임에도 네 개의 칸으로 보관함이 감당하니 어느새 피라미드 내부는 텅 비어 적막감마저 감돌았다.

그는 거기서 멈추지 않았다. 염정의 물을 치솟게 하여 남아 있던 모든 인간을 펄펄 끓는 물에 그대로 익혀 버린 것이다. 순수한 속성력의 범람에 노출되자 그들은 내부의 힘과 반응하여 그대로 붕괴했다.

고통은 없었다. 본래 그럴 목적으로 만들어졌고, 그렇게 계획된 노예들이기에 오히려 마약보다 강력한 쾌감에 취해 죽었다. 라탄트라의 이름을 찬양하며 삽시간에 쓸려 버리는 그들. 라탄트라는 그 소산물인 결정과 역변의 흙들까지 모조리 내게 주었다.

즈운은 고요해졌다.

"이보오, 제임스."

"듣고 있소이다."

"내가 세상에 남길 낙인을 최초로 확인하는 이가 그대였으면 싶소. 계획대로 이루어져 내가 진정 초월하면, 가장 먼저 즈운에 오시오."

"그러리다."

담담한 내 대답에 그가 하늘빛 옥좌에 몸을 기대며 눈을 감았다. 이례적으로 숨을 크게 마셨다가 내쉬는 모습이 펼쳐질 미래를 음미하는 것 같았다. 이윽고 몸을 휘감은 대정령들 역시 함께 잠들었다. 그런 그의 모습을 뒤로 나는 즈운을 떠났다.

지도를 확인했다. 광활한 북극에서 검게 드러난 지역은 43곳. 이 중 일대에 자잘한 생명체들이 가득한 17지점은 어떤 무리를 이끌고 있는 보스 몬스터의 것이고, 남은 26지점은 마치 크레바스처럼 찍혀 어떤 공간, 출입에 제한이 있는 던전이었다.

그중 가장 가까운 지점을 짚었다.

화살표를 따라 나는 질풍이 되어 달려 나갔다.

❖　　　❖　　　❖

달빛만이 하얀 눈에 비춰 사위를 밝히는 이른 새벽.

걸어서 여드레 거리의 빙벽을 수 시간 만에 도착하자 화살표가 사라졌다. 이윽고 내 시야만큼 지도가 밝혀졌다. 윤곽만 있던 낡

은 지도가 최근의 사진을 현상한 양, 색과 음영을 확실하게 드러
낸 것이다.

[결빙의 류 : 호캄, 한바의 영역, 식량 창고에 도착하였습니
다.]

[백마력의 **빠른** 흐름으로 스킬 사용에 제약을 받습니다.]

"이래서 정령이 접근을 못 한 건가."

극미량만 흐르던 백마력의 양이 통상보다 많은 곳. 거친 바람
으로 그 방향조차 중구난방인 식량 창고는 마치 천불상을 앉힌
큰 절처럼 높은 절벽 곳곳에 구멍을 뚫어 놓은 모습이었다. 숭숭
뚫려 동굴처럼 보이는 곳곳에는 인간을 비롯한 다른 동물들이 있
었는데 살아 있는 것은 어디에도 없었다. 말 그대로 냉동 보관하
듯 걸어서 보관하다 생각날 때마다 오가며 뜯어먹는 듯했다.

'아무렴 어떠랴.'

저들 무리의 습성을 이해하기보다는 모두 죽여 환혼령주를 완
성하고 스킬을 얻는 것이 더욱 현명한 일이었다. 나는 멀리서는
거대한 냉동 창고요, 가까이서는 그 재료가 핏물이기는 하지만,
핀투라스의 동굴 벽화처럼 손바닥이 새겨진 벽.

갈린 두개골로 그득한 그곳을 날 듯이 뛰어올랐다.

스킬의 제약은 있을지언정 풍류보에는 조금도 영향이 없었던
까닭이다. 확실히 현실의 비전은 혈력, 마력, 기력을 제외한 무
언가 다른 요소가 작용하는 것이 틀림없었다. 아니면 다른 세계
관이기에 무시하게 된 절대적인 법칙의 효과일지도 모른다.

그렇게 턱, 턱, 발로 찍어 뚫린 구멍을 계단 삼아 수직으로 치
솟아 절벽을 오르던 때였다.

"먹이!"

"내 꺼야!"

"캬아!

빙벽 사이사이에서 큰 고양이 같은 것이 불쑥 내게 손을 휘둘렀다. 일순간 움직이는 개체가 72개임을 파악한 나는 체공한 채 아킬레스건을 긁어 오는 손을 밟고 눈을 도려내려는 앞발을 거머쥐었다.

뚝! 뚝!

손목을 낚아채 부러뜨리고 패대기치니 외마디 비명과 함께 나가떨어진다.

잘됐다. 안 그래도 죽일 것들이 필요했는데.

절벽 허리에 난 컴컴한 동굴에 따라 들어갔다. 곧 이빨을 드러내던 고양이가 '캥!' 하더니만 소리 내는 것이 아닌가.

"아, 아파! 으아아앙! 잘못했어요. 류 님! 사, 살려 주세요…… 으흐흑……."

갓난아이의 울음. 창자가 없는 시체 더미에서 뒹굴던 고양이는 털이 복슬복슬하게 난 어린 호캅이었다. 하긴, 그리고 보니 나를 노리며 저들끼리 떠든 게 언어였었다.

"어린놈들이었군."

되뇌다가 뒤의 살기를 향해 손을 뻗었다. 팔거죽에 부딪힌 손톱이 쨍강 부러지더니 팔목이 꺾여 덜렁거렸다. 그리고 손에 잡힌 여린 목덜미에 힘을 주자, 우둑! 하며 으스러진다.

"류, 류다!"

"먹이가 아니잖아!"

"으으…… 도망쳐!"

원숭이처럼 절벽을 타고 내려왔던 것들이 꼬리에 불붙은 짐승마냥 팔방으로 튀어 사라졌다.

호캄으로의 변화. 쉼 없이 단련한 것. 굴강이라는 특성. 대지의 뿌리를 상시 유지하는 이유로 더해진 방어력이 가히 나의 육신을 달리는 전차와도 같이 만들어 주었다. 상대의 공격을 흡수하여 흘리며 내 공격을 일방적으로 퍼부으니 튼튼한 호캄마저도 썩은 나뭇가지처럼 뚝뚝 분질러졌다.

'확실히 강해졌어.'

꽉. 주먹을 쥐었다 펴 보았다.

환혼령주의 완성은 영혼을 포식하는 데 있다. 당연히 크고 강력한 영혼은 노예가 아닌 왕에게서 얻을 수 있었다. 잔손질만 가는 학살보다야 확실한 보스급의 몬스터를 노리는 것이 효과적이다.

현재의 나는 쇼크웨이브로 대공포조차 밀어내던 현실에서처럼 북부의 괴물, 그중 최상위의 존재인 호캄마저도 우습게 보는 가공할 비전으로 중무장한 상태였다. 당연히 도망친 송사리들마저 찾아다니며 시간을 쏟기보다는 굵직한 대어로만 낚는 것이 좋았다.

그래도,

"뭐, 버리긴 아까우니까."

나는 죽은 채 퍼덕퍼덕거리며 몸을 떨고 있는 시체의 이마를 헤집었다. 검지에 힘을 주며 겨누니 저들이 했던 것처럼 손톱이 송곳처럼 삐쭉하게 나왔다. 이로 뼈에 구멍을 내고 환혼령주로

혼을 삼킴과 동시에 보관함에서 라탄트라의 선물, 나의 눈동자처럼 결정들로 모아 만든 불멸의 씨앗을 넣었다.

순간, 죽은 호캄의 백색 눈에 빨간 눈동자가 이글거리는가 싶더니.

퍼억-!

터져 버렸다.

비리다.

불룩거리며 어린 호캄의 하얀 이마에서 혈관이 붉어지더니 아래로 튀어나오다가 폭탄이라도 터진 양 산산이 터지는 것이었다. 졸지에 피와 뼛조각을 옴팡 뒤집어쓴 나는 입에 들어온 텁텁한 것들을 뱉어 내며 고개를 흔들었다.

'목을 으스러뜨린 게 잘못이었다.'

터지기 직전에 본 결과, 기형적인 압력이 힘의 흐름이 이어지다 그 부분에서 역류하기도 했다.

'하나 더.'

팽창한 압력이 뇌혈관을 과도하게 압박했었다. 즉, 뇌에 직접 삽입하는 것은 그다지 추천하지 않는다.

"좋아."

나는 피칠갑을 한 몸을 털어 내며 쓰게 뒤를 보았다. 그곳에는 사색이 된 채 손발을 바르르 떨다가 네 발로 달려서 도망치는 녀석이 있었다.

"흐아아아악! 사…… 살려……! 커헉!"

"걱정하지 마라."

잘못된 점을 정확하게 분석한 나는 녀석을 잡아 단숨에 심장을 꿰뚫었다. 이어 주인 잃은 혼을 환혼령주로 삼킨 뒤 시체의 구멍 난 심장에 불멸의 씨앗을 털어 넣었다.

다음, 잽싸게 포션을 흘려 넣는 것으로 마무리.

이번엔 어떨까?

아직 식지 않은 싱싱한 육체의 상처가 회복된다.

번쩍!

겁에 질려 뜬 채로 죽은 호캄의 하얀 눈에 초점이 생겼다. 놀랍게도 연한 갈색이다. 붉은색과 갈색의 차이로 보아 속성력을 받아들이는 데 개인차가 있지는 않나 싶다.

두근 두근!

심장이 박동하며 조금씩, 하얀 체모 사이사이로 검은색의 털들이 보였다. 그러나 속도는 매우 늦는 바, 아무래도 육체의 변화에는 시간이 더 걸리는 것 같았다. 인내를 갖고 5분간 지켜본 나는 이 어린 호캄이 완성되었을 때의 모습이 그려졌다.

백색 호랑이 인간. 골격이 굵어지고 확장되는데, 아직 어려서인지 옹골차기만 할 뿐 외관은 귀여웠다.

"수인종인가?"

진화라더니, 몬스터와 같은 호캄의 특성이 약화하고 중간 지점에서 타협이라도 보는 걸까. 여러모로 흥미를 자극했지만, 이는 차차 시간을 들여 관찰해 볼 일. 나는 방생하는 새의 다리에 번호표를 부착하듯 펜던트로 뒷목에 [1]을 새겼다. 마지막으로 도장 찍듯 꾹 누르니 페이엔탈의 효과가 적용되어 위치를 찾기 쉬워졌다.

'앞으로는 시간을 들일 것 없이 이런 식으로 해 두자.'

슬쩍 환혼령주를 굴렸다. 딸그락…… 딸그락…… 호감을 삼킨 구슬이 다른 몬스터들의 영혼보다도 더욱 짙게 일렁였다.

류쯤 되면 슬하에 호감도 많은 듯하니 씨 몰살을 하면 금세 완성될 것 같다.

절벽의 냉동 창고를 지나니 축사가 나왔다. 지름 5m의 넓은 벽으로 바람만 막을 수 있는 그곳에는 이빨과 손톱이 뽑힌 메킨과 늑대, 그리고 인간들이 한데 뭉쳐 있었다. 처음 보았던 데날에서는 그래도 옷이랄 것을 걸치고 있었는데 여기엔 그조차도 없다.

흐리멍덩한 죽은 눈, 반쯤 벌린 입으로 서로의 체온에 기댄 그것들은 약자(弱者)였다. 용변을 처리하는 곳조차 없어 한 모퉁이에 배설물들이 쌓여 있다. 만약 이곳이 사시사철 추운 북극이 아니었다면 저들의 건강 상태는 더욱 악화했을 터.

"움직이지 마! 움직이면 죽일 테다!"

"예, 예!"

"쉬, 쉿! 조용히 해!"

거친 숨소리 사이로 윽박지르는 목소리가 하나. 메뚜기처럼 튀었던 어린 호감 중 하나가 저들 틈바구니에 숨어 있다. 별반 관심도 없는데 운수 없게도 결빙의 류를 찾아가려는 딱 그 방향에 숨어 있으니 어쩌랴.

방향을 보노라니 삐쩍 곯은 늑대가 꼬리를 말고 비키며 엎드린 인간이 기어서 길을 냈다.

"이이…… 왜 다들 알아서 비키는 거야!"

당황한 녀석의 외침에도 누구 하나 할 것 없이 몸을 피하기 바

빴다. 그도 그럴 것이, 평생을 눈치만 보며 살아온 가축이 한눈에도 더욱 강한 내게 복종하는 것은 실로 당연한 까닭.

"아악!"

나는 대번에 심장을 꿰뚫고 혼을 삼킨 뒤 씨앗을 심었다. 이어 몸을 띄우고 축사를 건넜다. 중간마다 눈덩이 밑, 가죽 더미 속 등에 숨어 있는 어린 호캄이 보였지만 쫓지 않았다.

송사리 잡다 대어를 놓쳐서야 쓰겠는가. 재수 없이 발에 채는 놈은 잡아들이지만 말이다.

그나저나.

'병력이 전혀 없군.'

가축의 수만도 능히 900이 넘어 보이는데 이를 지키거나 관리하는 이는 전혀 없었다. 고작 어린 호캄 수십뿐. 탈출할 수 없는 지형이라 이리도 허술한가 싶다. 가축과 호캄이 질적으로 다른 것도 한 이유가 될 테고.

축사 이후에는 제법 저택 크기의 건물이 두 채 있었다. 놀랍게도 유리창에 석탄을 쓰는 난방시설, 여기에 욕실에 침실, 주방까지 고루 갖추었다. 원시시대에서 순식간에 중세로 이동한 듯한 모습이다.

나는 얼핏 보이는 창 너머로 고운 피부에 성별을 의심케 하는 미인들이 가득 있는 것을 볼 수 있었다.

'캘튼, 누아.'

이곳은 단 하나의 호캄이 성욕을 푸는 곳. 남자와 여자라는 성별로 나눈 하렘이다. 뾰족뾰족한 침엽수도 심어져 있고, 다듬어진 고기와 채소도 잘 보관됐다. 이 하렘이 결빙의 류, 한 명의 것이라 짐작한 이유는 나를 피해 도망친 어린 호캄들이 이곳만큼은 얼씬도 않은 까닭이다.

높이 도약했다. 바람처럼 체공하며 보노라니 지도창으로 도시와 그 중심의 거대 피라미드가 보였다. 절벽 위에 또 다른 세계랄까. 라탄트라의 것과는 다른 이글루처럼 얼음으로 만들어진 것이었는데 모두 즈운의 것과 똑 닮았고 크기는 더욱 큰 상태였다. 살아 움직이는 주민은 없다시피 했지만.

그때.

육중한 파공성과 하나의 점이 급속도로 확대됐다. 몸을 돌려 피하노니 매섭게 돌기둥이 바람을 찢고 스쳐 갔다. 연이어 하늘이 어두워지더니만 위쪽에서 넓적한 돌판이 회전하며 찍어 오는 것이 아닌가.

족히 4m는 됨직한 거대 몬스터, 하얀 눈의 두두가 가죽 갑옷을 입은 채 공격하는 것이었다.

쿠웅!

슬쩍 유수행으로 가속 전진하니 지축을 흔드는 소리와 함께 거대한 땅거죽이 박살났다. 나는 파편들 사이로 정면으로 달려들었다.

"더! 더! 더! 더!"

끼긱!

성대를 긁는 굵직한 소리. 뒤편에 사수와 부사수의 관계처럼 메킨이 낑낑거리며 돌들을 날랐다. 쌓인 그것을 투수처럼 힘껏 던지는데 날아드는 그 살벌함이 대포의 포격 못지않았다. 살아 있는 방공포다.

"너, 느려! 더! 더! 더!"

메킨을 재촉하며 기계처럼 던지는 속도가 경이로울 정도. 그래도 유수행의 신묘함에 저 단순함이 어찌 통하랴.

"으읏! 빨라! 우아아!"

피하며 다가가니 성난 두두가 돌을 나르던 메킨의 꼬리를 쥐어 내게 던졌다. 집어서 던지는 그 바람 압력만으로 최대 레벨 200의 원숭이형 몬스터가 눈알이 터지고 털이 타듯이 벗겨졌다.

펑!

내 잔상이 있던 바닥에 부딪히자 폭발하듯 터져 버렸다.

"계속 피해! 비겁한! 우아아악!"

두두의 발광에 파형으로 대기가 울렸다. 고막을 뒤흔드는 음파를 질러 대는 것이 가히 보스급 몬스터의 위용. 저런 놈을 집 지키는 개로 쓰다니.

'과연 제임스로 얼마만큼 가능할까.'

비전 없는 new century의 Lv84 전사가 스킬만으로 얼마나 버틸 수 있을까. 완력으로 투척하여 음속을 돌파하는 괴수를 상대로 말이다.

허공을 밟다가 내려섰다. 84의 혈력, 27의 기력으로 육체를 강화하고 샘솟는 8의 마력이 움직임을 가속했다. 운 좋게 제 성질에 날뛰느라 발광 중인 두두에게 아무런 위험 없이 접근할 수 있었다.

접근 성공.

이제는 공격할 차례다.

자세를 잡았다. 곧, 투로가 삽시간에 치명적인 길을 내게 안내해 주었다.

그때.

"어?"

본능적으로 감지한 걸까. 두두가 파리 잡듯이 손을 높이 들었다. 번쩍 치솟은 손. 짜증스럽게 뻗는 발바닥에 순간 뻗어 나가는 투로들이 그대로 두두의 전신으로 박혔다가 중심선이 뭉개졌다. 정교한 기술 따위 없는 압도적인 힘과 속도, 그리고 거대함이 난공불락의 요새처럼 막아선 것이다.

세차게 내려치는 두두의 공격.

순식간에 '제임스'의 한계가 정리됐다. 비전과 륜의 힘 없이는 피할 수도 버틸 수도 없다.

'그래도 한 번은 시험해 볼까.'

작은 호기심이 슬금슬금 들었다. 대번에 빈틈이 보이는 상대다. 강점과 약점이 훤히 보이니 필승의 상대라 해도 옳을 터.

테스트용 공격을 해 보기로 한다. 현저하게 떨어지는 이 능력치로는 일격을 먹이는 것이 고작일 것이다. 그러나 실전의 묘미는 그 한 수에 있는 법. 바늘로도 사람을 죽일 수 있듯이 전사 제임스의 일격이 코끼리 같은 저 두두를 쓰러뜨릴 수도 있다.

'해 보자.'

순수한 내 깨달음의 힘으로 가기로 했다.

전사 제임스의 전력의 대응법은 환혼장벽 108수.

처르르륵!

환혼령주를 굴렸다. 마르지 않는 4의 환혼력에 1회성의 저장

수치. 108의 환혼력을 더하여 단숨에 뻗었다. 장영이 겹치며 생성된 벽. 몰아치는 환혼력의 눈보라가 두두에게 작렬했다.

그리고……

와장창! 깨져 나갔다.

희뿌연 환혼장벽이 움푹 파이다 쑥 꺼졌다. 이어 두두의 손바닥에 완벽하게 으깨지며 내 몸마저 강타했다.

충격에 뼈마디가 이탈해 버렸다. 아찔한 시야에 두두의 거대한 그림자가 들어왔다. 내 동선을 따라 달려들어 추가 타격을 가하려 한 것.

나는 등에 지면이 닿기가 무섭게 대지의 뿌리를 사용했다.

전가된 충격력에 땅이 방사형으로 갈라졌다. 나는 모래판처럼 보드라워진 그 속에 깊이 파묻혔다. 진탕된 내부로 치솟은 피가 비릿하게 입을 가득 채웠다.

'제임스는 여기서 죽었고.'

파묻히며 대지의 뿌리를 쓰지 않았다면 쥐포처럼 땅에 눌려 퍼졌을 것이다. 아니, 내 계산보다도 더욱 단단했던 몸뚱이였기에 이나마도 버틴 것이리라. 그만큼 두두의 완력은 상상 이상이었다.

그럼에도 내가 끼친 피해는 고작.

"에……에…… 에취! 갑자기 춥다?"

훌쩍. 코를 들이켜는 정도이니, 그저 기막힐 노릇.

'이제 이상현이 나설 차례.'

나는 천정처럼 찍어 누르던 두 두의 손이 위로 올라가는 것을 보며 주먹을 움켜쥐었다. 그리고 먼저 토로를 계산하는 과정 없이, 보이는 왼쪽 가슴, 두두의 심장을 향해 뻗다가 손을 펼쳤다.

일점 집중의 권이 묵직하게 두두의 가슴에 박혔다. 내부에서 대수인의 파동이 심장을 찢어발겼다.

"어?"

덜컥. 몸을 떨었던 하얀 눈의 두두가 눈을 껌뻑이다 아래를 보았다. 가슴의 작은 구멍을 만지더니 등 어림의 큰 구멍에 손가락을 넣었다.

"아…… 아프다……."

입을 연 그 자세로 두두가 쓰러졌다.

나는 모래판에서 일어나 거목처럼 흙먼지를 일으키며 자빠진 두두에게 다가갔다. 마찬가지로 구멍 난 심장에 씨앗을 심고는 포션을 붓다가, 사이로 보이는 허연 뼈가 균열이 난 것을 보고 100명분의 포션을 더 뿌려 주었다.

마무리로 뒷목에 [1]의 숫자를 찍은 뒤 나는 텅 빈 도시에 들어섰다.

⊠　　　⊠　　　⊠

도시는 철저하게 모방되어 있었다. 각 모서리에 우물은 있었지만, 막상 끓어 오르지도 않고 물조차 없었다. 길과 수로는 있지만, 사람이 없고 물조차 흐르지 않았다. 대신 수로 위쪽에 거대한 통이 있었는데 그곳에는 늙은 두 마리의 메킨이 낑낑거리며 물을 퍼 날랐다. 묶인 채 힘겹게 한 양동이 넣으면 배수관을 따라 졸졸 물이 흘렀다.

왜 이런 도시를 지었는지 궁금하기도 했지만, 이내 호기심을 접었다. 어차피 사냥하러 왔으니 곧 본래의 일에 전념하려 한 것이다.

그런데 이게 웬걸. 피라미드 내부에 아무것도 없는 것이 아닌가. 호감은 물론 텅텅 비어 있었다. 가장 깊숙이의 비석에 이런 글귀가 쓰여 있었다.

"종교 없이는 겸손도, 위엄도 없다?"

기품과 웅장함이 새겨진 필체라니. 이 어울리지 않는 조합은 대체 뭐란 말인가.

"어?"

이를 잠시 보는데 건너편에 한 마리의 검치호가 모습을 드러냈다. 코뿔소보다도 큰 것에 번뜩이는 푸른 안광이 역시 보스급의 최대 레벨 몬스터로 보였다.

"너, 뭐냐? 큰놈이 안 막았나?"

그 위에 앉아 있던 거구의 남자. 백색 머리칼에 침잠하는 묘한 안광의 호감이 말했다.

"아니지. 큰놈이 죽었구나."

하의만 가죽으로 가린 그는 상체를 드러낸 채였다. 수북한 흰 털과 갑옷과 같은 근육의 밀도가 나의 육체보다 더 압축된 것 같았다. 2m 30cm의 신장의 그는 메고 있던 가죽 포대를 검치호에게 물리고 훌쩍 내렸다. 받아 문 검치호의 이빨로 살점과 피가 뚝뚝 떨어졌다. 큰 포대 안에는 죽지 않은 메킨들이 가득 담겨 있었다. 마치 노예를 사냥해 오듯 몬스터들을 공수해 온 것이다.

"큰놈은 나도 잡느라 고생했는데. 제법 맛있는 놈이 왔군."

굵직한 목소리가 말을 이었다.

"내려와라, 어린놈아. 거긴 내 자리야."

"결빙의 류, 한바가 맞나?"

"오라? 날 알고 왔어? 이거 신기한데……."

턱의 수염을 어루만지는 한바. 푸른 완갑을 찬 그는 팔짱을 끼며 나를 보았다.

"멍청한 건지 머저리인지는 다리부터 먹고 얘기해야겠어. 흐흐."

바뀌는 시선에 서늘한 바람이 밀어닥쳤다. 유리 결정이 뒤섞인 양 잘게 빛나는 바람에 나는 쇼크웨이브를 몸에 둘러 대응했다.

투지를 품는 순간 뻗어 나가는 나의 투로. 그 순간, 한바의 몸이 희끗희끗하더니 그의 몸이 최단 거리를 관통하며 내게 다가왔다. 번갯불처럼 번뜩이는 움직임!

이에 일점 집중의 권을 떨치자.

"이건!"

그의 몸이 직각으로 꺾이며 회피. 용수철처럼 돌아오며 거리를 압축! 이마를 들이받는 것이었다. 단순 과격 그 자체다.

나는 단숨에 승부를 짓고자 대지의 뿌리를 사용했다. 받으며 함께 치고자 한 것.

그런데 발이 삐끗했다.

왼손으로 막으며 순식간에 발로 투과된 충격파가 삽시간에 피라미드 전체로 퍼진 때문.

'이 정도일 줄은!'

간단한 공격에 실린 역도가 대단했다. 그 탓에 발이 붕 떠 버려 일점 집중의 권이 제대로 작렬하지 못하고 말았다. 그리고 6

할의 위력에 얻어맞은 한바의 몸과 그 반동으로 튕겨 나간 나의 몸이 벽을 뚫고 나갔다.

균열 난 건물이 와르르 무너지는 것은 당연한 순서.

깔리기 직전에 풍류보를 밟아 잔해를 피한 나는 긴장을 늦추지 않은 채 얼음 먼지 가득한 정면을 보았다.

"아, 라탄트라 이후로 이 얼마 만이냐. 나를 열 받게 하다니! 네놈 때문에 기껏 잡아 온 새끼들이 싹……"

수수깡처럼 기둥을 던지며 일어난 그가 이맛살을 찌푸리며 나를 노려보았다. 그러다 바닥을 긁어 파묻혔던 검치호를 꼬리째 들어 훌쩍 던졌다.

곧 숨을 크게 들이마신 뒤 불쑥!

"뒈졌지 않느냐-!"

포효!

나 역시 공항에서 사용한 바 있는 그것. 두두가 마구 질러대던 고함이다.

하지만 더욱 정제되어 있었다. 세련된 운용으로 그의 음파는 오롯이 나를 향했고, 그의 포효는 정확하게 내가 두른 쇼크웨이브를 걷어 냈다.

하얀 결정이 내 체모에 달라붙었다. 다시금 벼락처럼 선이 그어지며 그가 달려들었다.

이에 손을 펼쳐 대수인으로 그를 후려쳤다.

"또!"

본능에 따라 직감한 걸까.

이를 간 그가 공격하는 기세로 자세를 낮춰 땅을 후려쳤다. 이어 반동으로 회전하며 내리찍어 왔다. 느껴지는 기세라고는 조금도 없는 체조 같은 동작.

그러나 그 힘이 어느 정도인지는 경험해 본 바. 나는 즉시 풍류와 유수의 걸음을 밟았다.

발끝을 찍음과 동시에 흩어지는 상이 환혼력을 따라 교차했다. 삽시간에 그의 상하는 물론 전후좌우를 감싸며 모두가 108수의 환혼장벽을 퍼부었다.

한바가 수도 없이 두드려 맞으며 웃었다.

"시원하구나!"

그리곤 눈을 감고 무릎을 슬쩍 굽혔다.

조소하며 무섭게 재차 그려진 일직선의 투로!

'이런!'

방향을 본 내가 황급히 체모에 묻은 그의 하얀 결정들을 털어냈다. 허나, 그 짧은 찰나에 그의 투로가 2차, 3차까지 나를 따라붙었다.

'대체 저 움직임은 뭐지?'

가히 번개 같다. 신묘함과 깊이는 없으나 그 빠르기가 섬전 같으니 실로 간단치 않다. 비전에 버금가는 움직임에 꼼짝없이 당할 판이니 어쩌랴.

부딪칠 수밖에.

'와라!'

주먹을 쥐고 손을 뻗었다. 왼손의 대수인이 그의 몸통을 후려치고 예측 경로를 정확하게 오른 주먹의 권으로 관통시켰다.

"흐흐흐."

달려들던 그가 껑충 뛰었다. 당연히 예상했음이니 내 권이 한 발 앞서 그의 몸을 꿰뚫으려 했다.

그 순간, 한바가 양팔을 부딪쳤다.

청명한 울림. 이로써 피어나는 우윳빛의 방패가 나의 권격을 그대로 집어삼켰다. 마치 솜으로 친 양 한없이 부드럽고 유연하게 쑥 받아들인 그것이 오목해졌다가 볼록해졌다. 모골이 송연해짐을 느낀 내가 힘껏 도약하는 찰나.

간발의 차로 일점 집중의 권이 내 밑을 관통했다. 무시무시한 힘을 간접적으로나마 느끼며 나는 묘한 기시감을 느꼈다. 저 완갑. 힘을 흡수하고 튕겨내는 능력이 마치 겁륜의 효능과 같지 않은가.

삽시간에 근접한 한바와 공수를 나누며 나는 연신 깨지는 쇼크 웨이브와 옅은 환혼력을 숨 가쁘게 옷처럼 둘렀다. 강철 부딪치는 굉음이 거푸 울린다. 점점 빨라지는 한바와 달리 내 근육과 뼈는 죽을 듯이 비명을 질러 댔다.

그러나 밀릴지언정 망가지지는 않았다. 이유는 셋.

하나. 강력하기는 하지만 생각보다 한바의 공격이 압도적이지 않았다. 번뜩이는 움직임이 없는 한바의 힘은 거인 두두에 조금 못 미치는 정도다.

둘. 유지하고 있는 대지의 뿌리 덕분이었다. 완전 전가가 아닌 부분 전가로 향상된 방어력이 나를 연명케 했다.

셋. 고정된 능력치, 굴강 덕분이다. 깨질 듯 깨지지 않는 내 육신은 정신에 기반을 두어 조금씩 공고해져 갔다.

"이놈이!"

낯빛이 달라진 그가 힘을 더 주었다.

경직된 작은 둔함을 느낀 나는 손과 발, 뼈와 뼈가 부딪치다가 이내 한바가 분을 터뜨리는 사이 풍류보로 간신히 거리를 확보했다. 그리고 숨을 다스리며 보관함 구석의 청동 팔찌를 확인했다. 잦은 손상으로 다 죽어 가던 팔찌는 공명하듯 빛을 뿜고 있었다.

그 상태로 한바와 나는 서로 노려보았다.

직접 대화를 나누지는 않았지만, 눈빛만 보아도 알 수 있다.

– 이대로는 안 된다.

같은 생각. 더 극단적인 수가 필요하다.

승부를 보기 위해선 아끼지 말고 모조리 쏟아 내야 했다.

일촉즉발.

지금까지 쓰지 않았던 수를 쓰고자 투로를 압축할 때.

"이봐."

폭발하려는 활화산처럼 온몸을 팽창시켰던 한바가 말했다.

"그거 뭐냐?"

가만히 보았다.

"왜 그 있잖나. 이거, 이렇게 한 거."

그는 안정적인 자세로 정권을 찌르는 모양을 한 후 독수리 발톱처럼 할퀴는 시늉을 했다. 이게 맞나? 하며 고개를 좌우로 흔드는 모습이 순수한 아이 같고 경기 도중 쉬는 시간을 즐기는 선수와도 비슷했다.

감각을 벼리던 지금 상황과는 정말 맞지 않는다.

"궁금한가?"

"뭔가 굉장히 꺼림칙한데 왜인지 잘 모르겠더군. 알려 줘."

웃기는 일이다.

"다리부터 먹고 얘기한다더니 생각이 바뀌었나 보군."

"그래."

빈정거렸지만 한바는 태연히 고개를 끄덕였다.

"죽으면 못 들으니까. 넌 큰놈보다 세서 죽일 수밖에 없다. 그러니 죽기 전에 말해라."

넘치는 자신감에 어처구니가 없어 가만히 보았다.

"어차피 안 맞을 거다. 네가 말하건 말하지 않건 절대로 피한다."

그러니,

"말하나 하지 않으나 결과는 똑같을 거라 이거군."

"그래."

한바 역시 나를 보고 있었다.

뻔뻔하다거나 음모나 노림수라고는 전혀 찾아볼 수 없는 정직한 시선. 사냥감을 보고 의문을 풀고자 하는 두 가지 이외에는 없음을 나는 알 수 있었다.

하긴, 호캄이라는 강력한 포식자로 살았으니 저리 행동하는 것을 이해 못 할 것도 아니다. 외려 잘됐다. 내게도 훌륭한 기회인 셈. 나 역시 마찬가지니까.

"네가 죽으면 나도 들을 수 없을 테니. 서로 묻고 답하기로 하자."

"……흐흐흐. 좋아."

그가 털썩 앉았다.

대치하고 있던 나 역시 앉았다. 어느덧 날이 밝아 왔다.

"일점 집중의 권과 대수인이라 하지. 내 비기다."

"비기?"

반문을 듣고 나는 그가 굉장히 무식하다는 사실을 알았다.

"사냥 기술."

한바가 팔짱을 낀 채 '아야' 소리를 냈다.

"어떻게 한 건데?"

"노력하면 된다."

실제 내가 배운 과정은 달랐지만, 정론은 그러하다. 일심으로 수련하다 보면 극치에 이르게 되니까.

"어떤 식으로?"

"지금 네가 한 동작을 반복하면 되지."

"언제까지?"

"될 때까지."

"……너 어린놈이 아니었군. 하긴, 나도 오래도록 달리다 보니 지금처럼 빨라졌었지."

주억거리며 결론을 내린 그.

나는 재차 알았다. 눈앞의 호감은 대화하고 머리 쓰는 데 전혀 요령이 없다는 사실을. 혼자 정리하며 자신의 비기를 얘기하지 않았던가.

너무 강해서 대화의 요령 따위 익힐 필요도 없었을 것이다.

'달리기도 스킬이 되는 거였나.'

섬광처럼 움직이던 그것은 '달리기'로 추측되는 스킬의 극의였다. 넓은 설원을 달리며 터득했는지, 아니면 사냥감을 추격하며 깨우쳤는지는 모른다. 분명한 것은 본능적이고 맹목적인 달리기를 통해 한바가 저런 스킬을 얻었다는 사실.

임계점에서 엄청나게 급증하였던 공격력 역시 극의의 효과일 것이다. 속도가 빨라지면 그만큼 파괴력도 증가하기 마련이니까. 어느 정도로 얼마만큼 달려야 생길지는 알 수 없지만, 풍류보와 유수행마저 곤란케 할 정도라면 도전해 봄도 좋을 성싶다.

"그럼……."

한바가 다시 물으려 하자 나는 손가락을 들었다. 내 차례라는 뜻.

그는 순간 나를 노려보더니 팔짱을 끼며 고개를 끄덕였다. 자존심은 있어 보인다.

"그 물건은 뭐지?"

완갑을 가리키자 한바가 손으로 툭툭 쳤다.

"좋은 거다. 건너편의 동굴에서 얻었지."

"동굴?"

"그래. 이상한 곳이었다. 좁았는데 들어가니 넓어지더군. 맛있는 놈들이 아주 많았고 말이야. 이상한 게 너무 많아서 어지러울 정도였지. 배 좀 채우다가 나오면서 들고 온 거다. 이게 날 부르는 것 같았거든."

'암시장이군.'

던전인 줄 알았는데 암시장으로 통하는 출입구였던 듯싶다. 그곳이 노블레스급이었는지 일반 암시장이었는지는 알 수 없다. 확실한 것은 평화로운 시장에 호랑이가 난입하여 쑥대밭으로 만들고 나갔다는 것.

당연히 겁륜의 정체 역시 물어봐야 제대로 된 대답을 듣기 힘들었다.

"완갑의 기능도 쓰다 보니 알게 되었을 테고."

"그래. 너, 내가 본 두 번째로 똑똑하군. 그놈 같다."

"그놈? 라탄트라 말인가?"

"오~ 너도 아느냐? 먹을 놈인 줄 알고 갔는데 웬 낙서 하나
해서 준 이상한 놈이지."

"그 비석을 말⋯⋯."

척.

한바가 손가락을 들었다. 말을 자르며 씨익 웃는 모습이 자기
차례라는 것이다.

금세 따라 배우는 그의 영리함에 내심 헛웃음을 지었다.

"그것도 하다 보면 되는 거냐?"

"뭘 말하는 거지?"

그는 일어나서 이리저리 움직였다. 그러다 고개를 흔들고는 불
쾌한 낯으로 말했다.

"늘어나던 거. 이건 안 되던데, 이것도 하다 보면 되는 거냐?"

"아니, 관찰해야 한다."

"관찰?"

"통달한 뒤 그 이치에 따라야 하기에 막연히 움직이기만 해서
는 안⋯⋯!"

한바가 왼손을 주먹으로 탁 치며 웃었다.

마치 알았다는 듯.

그와 동시에 섬뜩함이 내 몸을 절단했다. 최단 경로가 육신을
갈라 온다. 확장된 나의 사고가 그의 움직임을 느린 동작으로 포

착했지만, 내가 말을 내뱉는 틈. 대화하며 보인 작은 방심을 치명적으로 노린 한바를 가만히 지켜보는 것 외엔 다른 방도가 없었다.

당했다.

'이놈!'

긴장의 끈을 완전히 놓았던 것은 아니지만, 설마 일문일답을 주고받기로 해 놓고 이리 쉽게 파투 낼 줄이야. 강함에 대한 순수한 호기심인 줄 알았는데 내 착각이었다. 그저 빈틈을 공략하기 위한 술수에 불과했던 것이다.

일어서기엔 늦다.

'그렇다면!'

최적의 수를 찾았다.

이동속도가 감소할지언정 내게는 절대적 물리 방어를 자랑하는 대지의 뿌리가 있다. 이미 충격파로 지반이 무너지는 것도 경험한 바. 얼마든지 안정적으로 비전을 뻗을 수 있다. 알지 못했기에 당황했을 뿐이지 개선하지 못할 빈틈이 아니니까.

의문? 호기심?

'죽이고 나서 직접 조사해 풀어 주마.'

투로를 정제하여 사선을 자아냈다.

예상대로 희끗희끗해졌던 그의 몸이 가공할 속도로 다가와 내 정수리를 내려치려 했다. 준비한 내가 맞고 치려는 순간.

쾅!

냉소한 그가 내 머리칼을 지나고 코끝을 스쳐 그대로 땅에 주먹을 내리꽂는 것이 아닌가. 포탄 터지는 소리. 반경 3m가 움푹 꺼지며 내 몸이 앉은 채로 위로 떠밀리고 말았다.

그리고 보았다.

찌르릉—!

그의 완갑으로부터 시작된 우윳빛 광채가 한바의 주먹에 어리는 것을. 고도로 응축된 구체가 이글이글거리는 광경을!

씨익.

"죽어라."

차갑게 웃은 한바가 굽히며 쑤셔 박았던 오른 주먹을 뽑아 올렸다. 작렬하는 빛!

용수철처럼 허리를 튕겨 올렸다. 반동으로 왼손이 솟아올랐다.

그의 주먹이 그리는 선!

무식한 맹수로 보았던 한바는 교활한 사냥꾼이었다.

'훌륭하다.'

나무랄 데 없는 한 수고, 실전에서 방심한 내 탓이었다.

그러나 마냥 당해 줄 수는 없는 일.

맞으면 턱이 박살 난다! 막아도 중상이다. 그렇다면 남는 것은 과감한 결단!

번쩍!

눈을 떴다. 일순간 내 의지에 따라 두 눈동자로 화했던 정령이 오채색의 섬광이 되어 한바의 눈을 태우고 잘랐다.

그의 벌린 입에서 비명이 아련해지는 찰나.

나 역시 방어를 포기. 대수인으로 한바의 몸통을 후려쳤다.

콰직!

-!

얼마나 정신을 잃었던 걸까? 괜찮은 상태인가? 지금 나는?

'여긴 어디지?'

정신이 아찔했다. 손으로 놈의 살을 파헤치고 뼈를 부수는 것까지는 느꼈지만, 더 뻗지 못한 채 의식을 잃고 말았었다.

어떻게 된 걸까? 잠시 기절해서 그런지 생각보다 마음이 편안하고 착 가라앉은 상태였다. 마치 숙면을 하고 일어난 것처럼.

"으음!"

시간이 흐르자 이명이 울리며 몸이 사라진 듯 모호했던 감각. 의식만 있는 채 몸을 잃은 것 같은 유체이탈의 상태에서 조금씩 현실이 느껴졌다. 숨이 막혔다. 발로는 바람이 불었지만, 상체로는 깜깜하고 갑갑하기만 하다.

나는 손을 움직여 머리를 누르고 있던 무언가를 치웠다.

머리를 휘휘 저었다. 하염없이 날아가 그나마 부지하고 있던 건물에 그대로 부딪친 모양이다. 잔해에 깔려 상체는 묻혔고, 간신히 하체만 바깥으로 나와 있었으니 말이다. 너무 멀리 튕겨 나가 주위 일대가 생소한 곳투성이일 정도였다.

'잊지 말자.'

방심했다. 힘과 능력이 있음에도 내가 실수를 범하고 말았다. 전장에서의 심문? 우선 죽여 놓고, 무력화시키고 진행해야 한다. 그게 실전이고 생존 아니던가. 무슨 명랑만화라고 싸우다가 친근하게 대화하며 서로의 기술을 논담한단 말인가.

에일락 반테스의 평생, 포로를 잡고 고문을 하는데 귀엽게 몽둥이로 치거나 채찍으로 때리는 일은 없었다. 근맥을 자르고 손가락을 자르는 것은 예사. 죽지 못하게 해 놓고 철저하게 부쉈다. 살려 달라는 말이 아닌 제발 죽여 달라고 빌게 하였다. 그게 전쟁이다. 그의 불패 신화에 잔인함이 큰 영향을 주었고, 이는 곧 아국에게는 구국의 영웅, 적국에는 공포의 화신이 되었다.

숨을 가다듬었다. 다행히 형광등 점멸하듯 의식의 부재가 있었을 뿐, 생각보다 육체는 양호한 상태였다. 그렇다면 한바는 어떨까.

"아악! 뭐냐! 내가 먼저 쳤는데! 왜 내가! 으윽!"

500미터는 더 떨어진 곳에 한바가 있었다. 이곳까지 날아가기 전에 앉아 있었던 곳. 격돌로 움푹 파인 그곳에서 한바는 왼쪽 옆구리를 움켜쥐고 일갈했다. 양쪽 눈이 지져지고 날카롭게 베여 피를 철철 흘린 채. 사납게 뜯겨 나간 옆구리로 창자가 흘러내리는 중상을 입은 채 그는, 욕설을 내뱉다가 나를 보았다.

"어, 어떻게…… 분명히 머리를 부쉈었는데……!"

동공 없는 백색 눈이 치켜떠졌다. 피를 흘리는 그의 눈이 나를 보며 떨렸다.

"괴물!"

한바가 곧 몸을 돌려 뛰어갔다. 그 잠깐 사이 창자가 보일 정도였던 옆구리는 피가 멎고 새살이 돋아나는 상태였다. 그는 비틀거리다 이내 보통 사람이 힘껏 달리는 속도로 도망쳤다.

'부쉈었다?'

곰곰이 생각하며 몸을 재차 확인했다. 느껴지기로 중상을 입기는 했으나 크게 사달이 난 정도는 아니었다. 그런데 왜 저러는 걸까.

엉망인 몸을 추슬렀다.

"상태창."

순간, 펜던트가 나의 육체를 향해 강한 빛을 내뿜었다.

제임스 Lv84 (곤바로스의 사도 : 진리 탐구자 : 소울 이터)

직업 속성 : 中. 影. 月. 昏

마력 속성 : 氷

힘 : 87/897.8	혈력 : 0/89
민첩 : 87/282.8	기력 : 0/28
지혜 : [87]	마력 : [8]
위엄 : 5	환혼력: [4]+(0/108)
평정 : [87]	위압 : [87]
통솔 : [87]	투지 : [87]
굴강 : [87]	재생 : 42

그간의 부단한 노력으로 능력치의 상승이 있었고 반대로 레벨이 정체된 것도 여전했다. 조금 전의 격전으로 굴강을 비롯한 능력치가 7이 상승했다는 것이 의외라면 의외.

펜던트가 빛을 발한 것으로 보아 상태창의 기능에 업데이트라도 있었는지 현재의 능력치가 왼편에, 최상의 상태일 때의 능력치가 오른편에 표시된 점이 다르다면 다른 점이었다.

엉망인 현재의 최하 능력치가 87이긴 하지만 이는 고정된 능력치, 굴강의 효력일 것이다. 한바와 직접 부딪치면서도 극심한 고통만 있을 뿐, 의지만 있다면 뼈가 부러지지 않던 것을 경험했다. 고정 스텟의 힘도 힘이거니와 에일락 반테스의 경험이 있는 나인만큼 나 스스로 목숨을 포기하는 일은 없다.

'설마, 마르지 않는 마력처럼, 굴강 덕분에 죽지 않게 된 건······.'

피식.

"그럴 리가."

정도가 있는 법이다. 호캄의 재생 능력으로 보아하니 나 역시도 그 영향을 톡톡히 받았으리라 생각한다. 산산이 부서졌다가 감쪽같이 복구되는 일이 일어나면 그게 사람이랴. 한바가 정령의 공격으로 두 눈이 멀 지경이 됐으니 헛것을 보았음이 분명했다.

스킬 : 혈력 집중(Lv35) 전사의 본능(Lv31)

　　　: 전사의 육체(master) 기력 활성(Lv11) 도둑의 시야 (Lv17)

　　　: 도둑의 본능(Lv21) 쇼크웨이브(Lv9) 숙련도 활성 (master)

　　　: 고통의 희열(master) 마력 응집(Lv15) 고요의 정신 (Lv16)

　　　: 마법사의 본능(Lv12) 연주(Lv1) 요리(Lv5) 옷 수선(Lv1)

　　　: 야영(master)

쓸 일이 없었던 연주 스킬과 옷 수선 스킬 등을 제외하고는 전

반적으로 오른 상태였다. 모두 그간 쉼 없이 단련해 온 결과였으니 나로선 자랑스러운 공적이다.

나는 점검을 마치고 도망치는 한바를 보았다. 치명상을 입은 지금이 놈을 죽이기에 적기다. 왜 그런지 모르나 전의조차 상실했고.

'이제 끝내자.'

가야 할 곳이 43곳이나 된다. 이제 한 곳에 들렀는데 이다지도 고생해서야 쓰랴. 한바와 겨루며 현재 내 실력을 확실하게 알았고 어떤 마음가짐으로 해야 하는지도 명료히 알았으니 이제 한 가닥 태만을 버리고 전심전력으로 공략할 것이다.

나는 자세를 취했다. 몸 상태가 상태이니만큼 초심이 되어 하나하나 정확히 되짚었다.

"후우-!"

마음과 함께 호흡을 다스리고 몰아의 경지에서 대상을 정했다. 호캄의 등을 보고 그 한 점을 확대하노니 곧 나와 점을 잇는 최적의 선이 올곧게 떠올랐다.

그리고 그 점에 내쉬는 숨을 담아 정직하게 뻗었다.

이것이 일점 집중(一點 集中)!

"크아아악-!"

뻗는 것과 동시에 어깨를 비튼 한바. 정말 경이로울 정도의 동물적 반응이다. 두두부터 호캄에 이르기까지 보스급쯤 되면 치명적인 공격을 본능적으로 아는 걸까.

왼팔을 남긴 채 이를 악문 한바가 껑충 뛰어 달아났다.

허나, 정확한 자세와 호흡이면 얼마든지 쓸 수 있는 것이 현실의 비전.

"잘 가라."

다 잡은 사냥감이기는 하나, 놓치지 않겠다.

치솟은 한바를 향해 재차 권을 뻗었다. 곧 그의 등이 뻥 뚫리며 힘없이 몸뚱이가 추락했다.

천천히 걸어 시체에 다가갔다. 눈을 부릅뜨고 죽은 한바의 손이 무언가를 꽉 쥐고 있었다. 그것은 두 개의 구슬.

인간의 얼굴을 한 거미들이 바글거리는 구슬과 거대한 눈동자와 큰 입을 가진 나무가 굳어진 기괴한 구슬이었다. 보는 순간 절로 떠올랐다.

"푸폰?"

"'봉인된 유물.'이라는 고대어인데…… 발굴된 유물 중에 상층의 암시장이 강제로 하층에 편입되면 보관 중이던 물품들이 압착, 변형돼서 가라앉게 된다우. 균열은 이리저리 얽히고설켜 버리고.

그렇게 생성된 수많은 균열들 안에는 살아 있는 건 마물이 되고 물건은 구슬로 변하게 되는데, 그 구슬들이 바로 푸폰이구. 그걸 트레저 헌터들이 발굴해서 비싼 값에 내놓수.

그 안에 뭐가 들었는지는 아무도 모르우. 축복이나 저주는 물론 고대의 무기부터 잡동사니들까지 온갖 게 튀어나오는지라 장담을 못 하거든."

암시장에서 위시 노파가 했던 말.

"이런, 거짓말쟁이 같으니."

딱 봐도 뭐가 나올지 극명한데 말이다.

하여간 누가 무서운 호캄 아니랄까 봐 전리품도 해괴망측한 것만 주는 것 같다. 라탄트라가 주었다는 비석에 대해 호기심만 남겨 주고 말이다.

너털웃음을 지은 나는 익숙하게 환혼령주로 한바의 영혼을 흡수했다. 그리고 떨어진 팔을 집어 와 씨앗을 심은 뒤 맞대어 포션을 부었다. 목덜미에 [6]의 도장을 찍는 것으로 완료.

그런데 이게 웬걸!

한바의 영혼을 넣은 환혼령주가 은은히 진동하며 짙은 한기를 내게 뿜어왔다. 눈여겨본 첫 번째의 구슬은 기존의 영혼을 집어삼킨 한바의 폭주로 완전히 활성화되었다.

'역시 보스급!'

두두와 달리 한바를 넣으니 쉽게 차올랐다. 센 놈일수록 완성도 빠른 것. 나는 기대감을 안고 완성된 환혼령주를 떼어 들었다. 그리고 펜던트의 메시지에 따라 이를 꿀꺽 삼켰다.

데구르르.

목젖을 타고 넘어간 구슬은 지금까지 간접적으로 흡입하던 영혼과는 포만감이 달랐다.

세 번의 변화가 있었다.

거하게 차려진 잔칫상을 양껏 먹어 위장이 가득가득 찼을 때의 느낌, 하나. 마치 어선의 대형 그물이 쫙 풀어지며 물고기들이 갑판에 쫙 펼쳐지는 듯 확장되는 이미지가 그려지는 것이, 둘째. 마지막은 마른 논밭이 빗줄기를 빨아들이듯 확산하는 영혼을 뼈마디에 박힌 108개의 결정이 흡수하는 것이었다.

몸의 변화가 일어날 때마다 펜던트가 연신 번쩍번쩍거렸다.

체내의 108곳을 통해 호캄이라는 종의 특성과 한바가 쌓아 온 경험이 어우러졌다.

기분?

나쁘지 않다. 오히려 상쾌했다.

소울 이터가 되어서 그럴까. 생각보다 괜찮았다. 이윽고 3분여의 시간에 6명의 영혼을 나는 소화했다.

예전 펠마돈의 비서로 괴물의 삶을 보았을 때처럼 나는 호캄의 영혼들을 상세히 기억하지 못했다. 그저 육신으로 오롯이 받아들였을 뿐.

허나, 내게는 듬직한 펜던트가 있지 않던가. 차분히 읽으며 정리하면 될 일이다.

툭.

이를 끝으로 삼켰던 환혼령주가 다시 토해졌다. 위까지 내려갔었는데 생각보다 매스껍지가 않았다. 마치 알사탕을 입으로 굴리다 뱉은 가벼움이랄까.

환혼령주의 모양도 재미있게 변해 있었다. 처음에는 뿌옇게 영혼이 일렁이는 매끈한 구슬이었지만, 지금은 모형 장난감처럼 하얀 머리칼에 백색 눈을 부릅뜬 호캄의 머리가 되었다.

'이거 영 꺼림칙한데.'

나중에 108개의 머리를 주렁주렁 달고 다니면 실로 도살자나 마찬가지니, 강유나에게 디자인을 좀 바꿔 보라고 해야겠다.

지금은 달라진 몸을 확인하는 것이 순서.

한가득 떠오른 메시지창을 확인했다.

[변환 상태를 분석합니다.]

[환혼령주 : 호감(核心種, Keystone species) : 복용 완료]

읽노라니 당시의 느낌이 생생하게 떠올랐다.

한층 가벼워진 몸으로 지금까지 경험한 적 없는 본능이 뼈와 살에 녹아들었다. 영혼의 비명이 아련히 지나가는 동안 나는 '기분 좋다.'는 감정뿐이었지만.

[능력치가 상승합니다. 힘+20 민첩+25 지혜+……[0] 재생 +17]

[스킬 레벨이 상승합니다. 혈력 집중 +5Lv 전사의 본능 +5Lv 기력 활성 +6Lv 도둑의 시야 +7Lv]

능력치는 올랐지만 고정된 지혜는 굳건히 제자리를 지켰다. 아쉬운 부분이다.

[종족 특성 : 호감 〈사냥 본능〉: 사냥감을 구분하여 취약점을 물어뜯어 일격에 죽인다. : 스킬 : 사냥감 분석. 약점 파악. 교활한 인내. 치명적 일격……]

[중심 특성 : 한바 〈쾌락 지배〉: 쉼 없는 번식의 본능. 성별을 막론하여 관계를 욕망한다. : 스킬 : 성감대 분석. 정력 증가. 강자의 페로몬. 농밀한 혀……]

[스킬 융합을 진행 중 1%…… 30%…… 60%……]

"뭐?"

차곡차곡 쌓이는 경험. 만족스러운 메시지에 흐뭇한 것도 잠시, 끝에 미묘한 메시지들이 연거푸 떠올랐다.

육체적인 향상과 더불어 경험 흡수를 통한 스킬 레벨의 상승은 짐작했던 것 이상의 가외 소득이다.

예상했던 것은 바로 종족 특성이자 특수 스킬.

문제는 중심 특성 부분에서 시작했다. 정확하게는 호감이라는 종을 각성시키는 중심 매개체인 한바의 스킬. 대체 뭐란 말인가.

"헐……."

믿을 수 없었다. 그렇게 강한 놈이 스스로 터득한 스킬이 저런 것들이라니.

'이놈은 밥 먹고 그 짓만 했나.'

진작 알았다면 뭐라도 조처했겠지만, 현재는 모두가 마무리된 마당이었다. 나는 헛헛하게 웃으며 마지막을 확인했다.

[융합 완료 : 호감의 종족 특성을 각인하였습니다.]

[쾌락 사냥(passive) : 〈Unique〉(Lv1 효과 : 모든 능력치 +1) : 〈사냥 본능〉과 〈쾌락 지배〉의 합성 스킬. 스킬 레벨의 상승으로 죽음과 환락의 눈(활성). 고통과 환희의 손(비활성). 포식자와 수컷의 포효(비활성). 굴종과 복종의 침실(비활성)의 특수 능력을 사용할 수 있습니다.]

"별꼴을 다 보는구나."

환혼령주의 소감으로만 평가하면 매우 좋았다. 자체적인 스킬의 연마로 전체 능력치를 추가로 상승시킴은 물론 확장형으로 4개가 더 있는 셈이니까.

단지 절차탁마하기에는 성향이 썩 건전하지가 않았다.

> ## [active] 죽음과 환락의 눈(활성)
>
> 1. 죽음의 눈 : 동성 사냥감에 사용 가능. 상대의 취약점과 생명선을 읽어 그 맥을 부수고 끊을 수 있다. 대상을 철저하게 파괴하는 포식자의 눈으로 대상을 위축시키고 심약한 이에게는 공포감을 주기도 한다.
>
> 단, 이성에게는 사용할 수 없다.
>
> 2. 환락의 눈 : 이성 사냥감에 사용 가능. 상대의 취약점과 성감대를 읽어 그 맥을 자극하고 흥분시킬 수 있다. 대상의 정신력을 하락시키며 흥분도를 극도로 상승시키는 눈으로서 순수한 소녀를 제외한 갈망하는 여성에게 성적 환상을 투영하기도 한다.
>
> 단, 동성에게는 사용할 수 없다.

"쯧쯧."

멀쩡한 여자도 변태 성욕자로 바꿀 해괴한 스킬이다. 남은 3개도 더하면 더했지 못한 것이 없을 정도. 실로 자신 이외의 것들을 가축으로 여긴 호캄의 성격을 잘 반영한 스킬이라 하겠다. 대등한 관계로는 다수를 지배하지 못하니 공포이건 쾌락이건 대상을 격하시키는 까닭.

뭐, 별수 있겠는가. 특수 스킬을 제외한 쾌락 사냥 그 자체만 꾸준히 연마할 수밖에. 모름지기 지나쳐 나와 상대를 모두 죽이는 것을 칭할 때 미쳤다(狂)고 한다. 상대의 취향을 존중하지 않고 강제로 바꿔 버리는 저런 수법은 사용하지 않는 것이 옳다.

약점 파악? 맥을 끊는 것?

당장 도둑의 시야만 전념해도 그 정도는 충분히 웃돌 극의를 얻을 텐데 뭐 하러 집착하겠나.

'덕분에 두 가지를 알았구나.'

생각에 빠져 있던 나는 인기척이나 훔쳐보는 이가 있나, 새삼 둘러보았다. 툭툭 시체를 걷어차 몸을 돌리고는 온기를 되찾아 가는 한바의 완갑을 풀어 보관함에 넣었다. 꼼꼼하게 더 감춘 물건이 있나 확인. 머리부터 발끝까지 싹 훑은 뒤에야 자리를 옮겼다.

전리품인 완갑 한 쌍과 푸폰 2개.

'오호라.'

아이템 정보를 확인한 그 쓸모가 나보다는 다른 이에게 있음을 파악하고 갈무리했다.

"쏠쏠하군."

아이템 이외에 새롭게 안 지식은 어떻게 '달려야' 한바처럼 강력해질 수 있는지다.

무작정 달리는 게 아니다. 지구력으로 버티는 것이 아니라 사냥이라는 종족 특성에 맞게끔 대상을 명확하게 정하고 한바가 그러했듯이 필살의 각오로 온몸을 던져 부순다. 그 행위를 반복하면 살의가 길을 만들고 나의 질주가 경계를 넘어설 수 있으리라.

그리고.

"아무거나 먹지 말아야지, 암!"

불량식품 삼가.

대번에 환혼령주를 완성하는 보스급 사냥은 정말 효율적이다. 하지만 그놈의 정신 상태에 따라 스킬의 성향이 확실하게 갈려버린다. 이는 소울 이터라는 직업 소개 부분에 '강자의 혼을 먹을수록 더욱 뛰어난 고유 스킬을 이끌어 낼 수 있다.' 는 것은 장점이기도 하고 단점이기도 했다.

앞으로는 보스 몬스터의 사상도 되도록 검증을 하고 사냥해야겠다. 정 멀쩡한 놈이 없으면 평범한 놈들의 영혼으로 보편적인 특성을 얻고.

헌데, 생각할수록 재미나다. 개인의 역량으로 종족 특성을 바꿔 버리는 게 가능하다니.

'하긴, 경지에 따라 부를 수 없는 자도 되고 신이 되려는 사람도 있는 판국에.'

그렇게 소득에 대해 점검하며 나는 북극 보스 몬스터의 첫 사냥을 마무리 지었다.

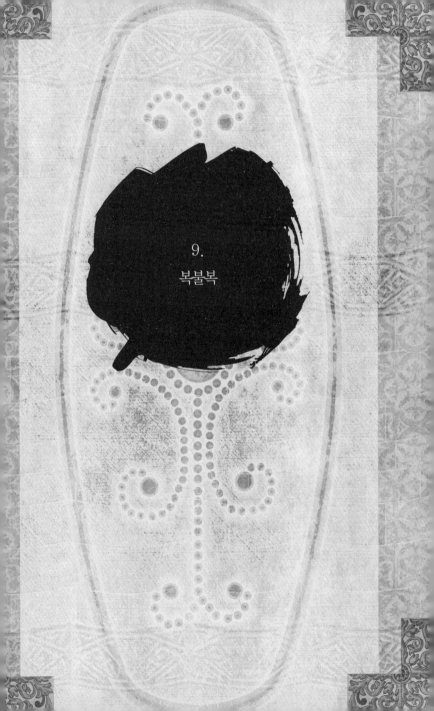

9.

복불복

눈을 뜨자 본 현재 시각.

AM 10:13.

접속을 마친 나는 다급히 응접실로 향했다. 요즘 이용택 관장과 강하성 소장 내외와 함께 지내며 하나의 등하교를 함께하고 있다. 격의 상승이라는 초유의 사태와 맞물려 일반적인 사회 상식에서 벗어난 우리는 항상 오전 식사를 함께하고 움직였다.

'늦었구나.'

지금처럼 내가 늦게 접속을 끊더라도 응접실에서 차를 마시거나 담소를 나누며 꼭 기다려 주었다. 굶어도 괜찮고 아무리 멀리 떨어져 있어도 펜던트를 통해 3차원 영상을 보내 인사할 수 있지만, 이용택 관장은 이 방법을 고수했다.

한집에 살며 함께하지 않는다면 의미가 없다고.

덕분에 다소 불편하기는 하지만 기분 좋은 얽매임과 부담 없는 책임감을 매일같이 느꼈다.

"죄송합니다."

정혜란의 스타일로 담백하게 바꾼 응접실에는 강하성 소장을
제외하고 모두가 있었다.

"또 늦었네요~ 맨날 늦는다니까요~"

교복 차림의 한나는 에어컨 바람을 쐬며 짐짓 혀를 찼다. 겉은
어른 흉내를 내는데 표정은 장난기 가득하다.

"꽤 재미난 것을 가져와서 그래. 바로 보여 주고 싶은데……
소장님은 먼저 일어나셨나 보네요?"

건너의 부엌에서 오며 주영순이 잔을 건넸다.

"상현 군이 바빠서 시간 대중이 워낙 없잖아. 여름 바캉스 장
소 돌아본다고 남해에 갔어."

"죄송합니다."

"괜찮아, 괜찮아요. 여기 커피. 갓 볶은 원두로 방금 갈아서
융 드립으로 내린 거예요~ 상현 군한테도 가기 전에 줄 수 있어
서 다행이야."

고혹적인 목소리로 은근히 책망하는 그녀. 미지근한 온도의 커
피를 각각 돌리니 곧 응접실에 진한 향이 가득해졌다. 이에 강하
성 소장을 따라 남해에 가느냐 물으니 그녀가 웃으며 고개를 끄
덕였다.

"그럼 내일 봐~"

나는 산뜻하게 나가는 주영순을 배웅했다.

커피를 쭉 마시는 이용택 관장. 책을 읽다 나를 보며 눈을 찡
긋하는 정혜란. 어깨를 으쓱하는 한나가 보였다. 나는 개의치 않

는 투로 말했다.

"이비는 오늘도 계속 수련장에 있나 보군요."

"정말 한시도 쉬지 않는다니까요."

"잠깐 불러도 될까요? 제가 이번 여행에서 굉장히 흥미로운 것을 가져왔습니다."

정혜란은 종을 살짝 흔들어 바깥의 하인을 불렀다. 그리고 그녀를 불러오라 말한 뒤 이용택 관장을 보았다.

달그락. 잔을 내려놓은 그가 한숨 쉬듯 말했다.

"너무 미워하지 마라."

강하성 소장에 대한 우려다.

"별말씀을요. 저는 비치는 만큼만 비쳐 줄 뿐입니다."

"그게 미움이다."

그의 씁쓸한 읊조림에 나는 기별도 가지 않는 커피를 입에 털어 넣고는 보관함에 손을 넣었다. 한 쌍의 완갑과 두 개의 구슬, 그리고 갈라지고 빛이 바랠 대로 바랜 팔찌였다.

"이것 좀 보시겠습니까?"

"이게 그 재미난 거예요?"

눈치 좋게 한나가 탁자 위의 물건들을 옮기고는 식탁보의 주름을 폈다. 갈라진 사이로 빛을 뿜는 팔찌. 호응하듯 공명하는 푸른 완갑은 그것만으로도 신비로운 반향을 일으켰다.

"어머! 정말 예쁘다!"

정혜란은 이 중 인두껍의 거미로 가득한 구슬을 흰 장갑을 낀 손으로 잡았다. 소녀처럼 기뻐하며 눈에 가까이 가져가 이리저리 비치는 그녀의 볼은 상기될 정도.

"예쁜가요?"

"이렇게 생동감 넘치는 매화는 처음 봤답니다. 상현 군, 이게 뭔가요?"

의아함에 묻노니 그녀가 엉뚱한 대답을 했다. 내 눈에는 영락없이 거미인데 왜 매화라 하는 걸까? 혹시 보는 사람에 따라 달리 보이는 걸까?

다른 하나를 가리키며 한나에게 물으니 그녀가 손사래를 친다.

"오빠, 책은 학교에서로 충분해요…… 어? 엄마랑 다르네?"

"관장님은 어떤지요?"

"부러진 검이 한 자루 있구나."

때마침 도착한 이블린에게도 물으니 그녀는 살짝 들뜬 숨을 가라앉히며 간단히 답했다.

"잘 모르겠어요."

"모른다면?"

"검은 구슬이라 안에 뭐가 있는지는 보이지가 않아요."

마지막으로 하인들에게까지 확인한 결과 '검은 구슬'이라 답하는 것을 보고 나는 이해할 수 있었다.

"제가 극지에서 잠시 머무르고 있다는 건 아실 겁니다. 간밤에 보스 몬스터라 할 수 있는 결빙의 류를 사냥했는데요. 이게 그 전리품들입니다. 구슬들은 푸폰."

홈쇼핑 상품 광고를 하듯 말하며 펜던트를 만졌다. 곧 내 지시에 따라 상세하고 간단명료한 아이템 정보가 그들 앞에 착착 펼쳐졌다. 위시 노파에게 들었던 푸폰에 대한 설명에 이어 '각자의 운에 따라 다른 물건이 나온다.'는 것까지였다.

"일반적으로는 말이지요."

"격이 일정 수준이 된다면 자신의 운도 꿰뚫어 볼 수 있다는 뜻인가 보네요."

정혜란의 정리에 이블린이 내게 물었다.

"결빙의 류는 얼마큼의 무력을 가졌던가요?"

"거의…… 박빙이었지요."

냉정하게 볼 때 그러했다. 호캄의 방어력과 재생 능력은 실로 대단했다. 아마 세계를 넘나들며 생긴 현실에서 무적의 쇼크웨이브처럼 일점 집중의 권과 대수인의 파괴라는 특성이 더해지지 않았다면?

너끈히 견뎠으리라.

체모조차 정련된 전신 갑주보다 뛰어나며 압축된 근육과 뼈는 그 자체로 공성병기 급이었다. 광폭하고 저돌적인 호캄의 특성으로 보건대 침 탁탁 뱉고는 더 난폭해졌을 터. 현실의 이용택 관장과 내가 비전들로 손속을 주고받는 것처럼 new century의 상위 스킬은 마땅히 대응할 수 있는 스킬이 있기 마련이니까.

'절대 파괴라는 속성을 본능적으로 알아챘던 것도 대단하고 대지의 뿌리를 역이용했던 전투 분별력도 살벌했었지.'

이블린이 말했다.

"그렇다면 푸폰의 결과물을 볼 수 있는 것도 상현 씨나 우리가 현실에 속해 있기 때문일 가능성이 커요. 암시장에서의 위시 노파라면 충분한 식견이 있을 텐데, 오직 운으로만 확인할 수 있다고 했으니까요. 물론, 추측이지만요."

그녀의 분석을 무시할 수 있는 이는 이 자리에 누구도 없다.

급속도로 발전하는 추세로 보건대, 곧 숨결이 트일 것이 가시화된 이블린이다.

"그렇다면 괜찮은 아이템을 얻을 수 있겠군요."

"이모저모로 쓸모가 많다는 루콘이라는 것도 얻을 수 있을 거예요. 노블레스 등급의 암시장에도 출입할 수 있는 상현 씨가 하는 건……."

"제 눈에는 흉악한 거미 떼와 몬스터가 가득 보입니다."

'하여간 운수하고는.'

"……위험부담이 있겠네요."

나는 저들에게 배턴을 넘겼다.

"필요한 분이 고르시면 되겠군요. 다만, 만에 하나가 있으니 함께 있는 자리에서 깨뜨렸으면 싶습니다. 관장님과 제가 함께 있다면 무엇이 나와도 대처가 가능할 테니까요."

이용택 관장이 말했다.

"네가 깨뜨려도 된다. 몬스터가 보고 싶구나."

그의 진담에 모두가 크게 웃었다.

"이 완갑은 결빙의 류가 사용하던 아이템입니다. 보다시피 관장님이 주셨던 겁률. 이름조차 모르는 그것과 꽤 깊은 관련이 있어 보이는 물건이지요."

"오빠가 못살게 굴어서 죽은 거요?"

설마 너무 완벽하게 죽어 버릴 줄은 나도 몰랐다.

"흠. 흠!"

멋쩍음에 기침하고는 손짓을 했다. 곧 모두의 앞에 있는 설명서가 넘어갔다.

그녀들이 키득 웃었다.

증폭의 완갑(腕甲) : 左

속성 : 天 光

9겹륜의 3좌, 반격의 사도, [루-타훔]의 파편을 녹여 제작한 뱀브레이스(vambrace). 쉼 없이 더해 가는 가공할 힘 무한의 역도로 적을 분쇄하던 그의 전투력을 숭앙한 바르곤의 사제, 로암이 제작한 보호 무기이다. 저장시킨 진력을 토대로 착용자의 방출형 스킬을 최대 5배 증폭시킨다.

주의 : 육체의 단련이 있어야 한다. 반동으로 팔이 분해될 수 있다.

[tip]: 숨겨진 특수 스킬이 있다.

[tip]: 역변의 흙으로 변형할 수 있다.

흡수의 완갑(腕甲) : 右

속성 : 天 暗

9겹륜의 3좌. 반격의 사도, [루-타훔]의 파편을 녹여 제작한 뱀브레이스(vambrace). 모든 속성과 함께 상대의 힘만으로 철저하게 적을 궤멸시키던 그의 지치지 않는 활력의 경이로 바르곤의 사제, 로암이 제작한 보호 무기이다. 충격 전부를 활력으로 전환, 끊임없이 공급한다. 축적된 활력으로 육체 능력이 비약적으로 상승한다.

주의 : 공격의 흐름이 끊어지면 극심한 탈력감에 시달린다. 반동으로 사망할 수도 있다.

"무언가 대단한데 아이템치고는 수치가 나와 있지 않네요?"

"체감도에 따라 사용하기 나름이니까요."

정혜란이 이마를 짚었다.

"저 같은 사람한테는 어려운 내용이네요. 그럼 난 이 푸폰이나 가질까나?"

제일 먼저 관심을 끊는 그녀였다.

"사모님, 아직 재미난 부분이 남았으니 마저 구경해 주세요."

나는 연이어 숨겨진 스킬. 내 일점 집중의 권을 흡수하고 되돌렸던 [반탄]을 보여 주었다. 그리고 역변의 흙과 함께 기존의 팔찌를 완전히 부서뜨려 완갑에 흡수시켰다.

사람이 죽어 흙이 되었다. 역변의 흙은 포화한 정령력으로 물질화된 인간의 육체. 설명으로 '변화는 용인하되 변혁은 막는다.' 한 것처럼 기본적인 특성을 완벽하게 유지하는 꿈의 연금 재료다. 여기에 안정성을 높이고자 라탄트라가 남긴 불멸의 씨앗을 추가했다.

청동 팔찌를 넣은 이유는 완갑의 성능을 더욱 높이고자 함이다. 파편으로 만든 완갑과 파편 그 자체인 검륜이 더해졌으니 농도는 짙어지기 마련. 기존의 성능은 더욱 향상됐다. 여기에 추가로 하나를 더 넣기로 했다.

바로 엑탈렘.

역변의 흙이 완갑에 달라붙자 완갑이 용광로에서 바로 나온 쇳

물처럼 황금빛으로 물들었다. 나는 쇼크웨이브를 운용하여 감싼 뒤 공기층에 틈을 내어 엑탈렘을 넣었다. 그리고 압축!

그야말로 북극에서의 여정 전체를 담은 총화다.

존재할 수 없는 신비가 한데 어우러졌다.

온 정성을 다하는 스킬의 운용. 그로 말미암아 탁자에서 떠올라 뒤섞이며 형체를 바꾸는 완갑의 모습은 마치.

"젤리 같아요."

"전 귀여운 슬라임!"

……그렇다고들 한다. 나는 한 귀로 흘리며 펜던트가 실시간 분석하는 정보를 예의 주시했다. 함량에 따라 완성품에 걸맞도록 압력을 조절하고 때때로 역변의 흙을 부어 온도를 높였다. 엑탈렘을 넣어 중화하고 환혼력으로 냉각하기를 어언 10분.

마침내 완성된 두 개의 완갑은 청자를 연상케 하는 빛깔의 원통이 되어 있었다. 밋밋하나 하얀빛을 머금고 있는 팔 길이의 그것을 탁자에 조심히 놓았다. 뜨거울 것을 살펴 환혼력으로 탁자를 감싸니.

치이익-!

예상대로 냉각되는 소리와 함께 백색의 빛이 잠잠해졌다. 쇼크웨이브를 완전히 거두며 아이템 정보를 띄웠다.

[루-타훔]의 완갑(腕甲) 〈등급 : 유물〉

속성 : 天. 光. 暗. 運

특징 : 귀속(歸屬). 성장(成長)

반격의 사도. [루-타훔]의 힘이 깃든 뱀브레이스(vambrace).

역사 이래로 반격(反擊)이라는 단어의 진정성에 가장 근접한 9 겁륜의 세 번째 사도, [루-타훔]. 지혜의 신 곤바로스의 지혜로 해석되는 모든 종류의 힘을 흡수, 보관, 응축, 가공, 방출하는 능력을 갖춘 그의 무위는 모든 륜의 사도 중 단연코 압도적이었다.

그의 강력함을 동경한 바르곤의 사제, 로암의 작품에 진리를 탐구하는 이방인이 본질을 강화하고 역변의 흙과 엑탈렘을 더해 특성을 가미했다. 여기에 완전한 진공 상태를 재현하여 절대적 평형 상태에서 균일하며 막대한 압력으로 제련, 무구의 완전성을 추구하니 누구나 사용할 수 있으나 단 한 명에게만 허락된 걸작이 탄생했다.

* 특성

1. 절대 귀속. 사용자와 혼연일체가 되며 첫 이미지를 토대로 진화하게 된다.

2. 완전 복원. 사용자가 사망치 않는 한 어떤 피해를 보아도 최상의 상태로 환원한다.

3. 흡수, 보관, 응축, 가공, 방출의 심화 스킬이 존재하며 각각의 숙련도에 따라 [반탄]의 위력이 배가된다.

4. 사용자의 능력치는 아이템의 성장과 호환되어 상승효과를 얻는다.

(단, 한 쌍의 완갑을 모두 착용하지 못하면 효과는 반감된다.)

[tip]: 제작 과정상의 이유로 모든 것을 얼리는 극한의 힘이 잠들어 있다.

[tip]: 제작 과정상의 이유로 파동에 관한 모든 스킬을 되받아칠 수 있다.

완성이다.

투입된 재료의 효과가 모두 살려진 최상의 아이템. 펜던트가 제공하는 레시피에 따라 제작한 최고의 무구. 생각했던 것보다 더 괜찮은 결과물이었다.

"이건…… 너무 대단해요."

"생긴 건 투박한데 정말 성능이 딴판이네요."

지나친 아이템의 설명에 모두가 빠져 있는 그때, 이용택 관장이 말했다.

"대체 무슨 일을 벌이려고 하는 거냐? 내 알기로 위험한 일은 다 끝난 것으로 아는데."

"보험이랄까요."

나는 각각의 아이템을 보며 말했다.

"제 여행지가 극지이고 사냥하는 몬스터도 보스급이기에 앞으로도 이와 같은 아이템을 얻을 기회가 더러 있을 겁니다. 저는 이렇게 제작되는 아이템들을 여기 계신 분들이 나눠 가지셨으면 합니다."

정확하게는 이용택 관장과 나를 제외한 이들이다. 비전과 일그러진 륜으로 무장한 우리 둘이 죽을 위험은 사실상 없을 테니까. 우리가 죽을 정도면 저런 아이템이 도움이 되는 상황이 아닐 것이고.

"왜 그래요? 정말 무슨 일이 있어요?"

"그렇진 않아, 한나야. 단지…… 정말 만에 하나를 대비한 거야. 사실상 잊히다시피 된 내 곁에는 지금 여기 있는 가족들밖에 없어. 난, 어떤 일이 있어도 네가 다치고 이비나 사모님이 손해를 입는 일이 없기를 간절히 바란다."

"상현 군, 지금만 해도 충분하지 않나요?"

정혜란의 말에 나는 고개를 끄덕였다.

"그렇긴 합니다만, 절대라고는 할 수가 없어요. 그리고 오늘부터는 제가 봐 왔던 현실의 존재들을 찾아가 볼 생각입니다."

간접 확인이 아니다. 태진이를 직접 찾아가 볼 요량이었다. 아울러 강유나의 정보를 토대로 각 륜의 주인들도 하나하나 방문할 것이다. 그리고 빼앗아 일그러진 륜을 더욱 강화할지, 본래의 삶을 살도록 여지를 둘지 결정할 생각이다.

"비교적 약하기는 하지만 엄연히 능력자들이고 륜의 계약자이기도 하며 new century와 관련 없는 현실의 정령과 소통하는 소녀도 있습니다. 신진권 역시 눌려 있기는 하지만 제게 대항할 방법만 찾으면 언제든지 이용할 놈이고요. new century의 스킬을 현실에서 사용하는 능력자도 확인되었지요."

생각보다 잘 빠져나가 번번이 강유나를 골탕 먹이는 그녀도 직접 찾을 계획이다.

"자가 복제라 그랬나요? 목숨이야 얼마든지 버릴 수 있는."

"네. 그 와중에 혹, 불행한 일이 있을까 하는 겁니다. 이를 해결하는 가장 확실하며 완벽한 방법은 관장님이나 저만큼의 힘을 갖는 것이지요."

이블린이 끄덕였다.

"초능력은 의외성이 있긴 하죠. 륜에 대해서는 샘플이 없어 뭐라 말하기는 어렵지만, 그에 비견되는 특성이 있나 보군요. 예를 들면 어떤 것이 있나요?"

"대표적으로는 회귀 능력. 시간을 되돌리는 힘입니다."

"시간을요?"

사실 반탄이나 이용택 관장의 성륜이 가진 능력치 향상은 대처하기에 따라 피할 수 있는 부분이었다. 전투 감각이 뛰어나면 역이용할 수도 있다. 그러나 신진권의 계약 속박이나 시간 회귀와 같은 종류는 다르다. 아차 하는 순간 당하고 당한 뒤에는 대처법이 없다.

반면, 이용택 관장은 별것 아니라는 듯 말했다.

"개량한 숨법이면 얼마든지 버틸 수 있다. 막지는 못해도 함께 회귀할 수 있지."

"어? 아빠가 어떻게 아세요?"

"예전에 공항에서 한 번 당한 적이 있단다. 완벽하지는 못해도 중간에 저항할 정도는 됐는데, 덕분에 한층 더 숨법을 다듬었어."

그는 모두에게 말했다.

"말이 나온 김에 잘됐구나. 대성키엔 아직 적잖은 시일이 필요할 테니 내 일부만 빼 심법을 만들어 두마. 우선 이것만 익혀도 항상 명경지수와 같은 상태를 유지할 수 있을 거다. 상현이의 극의를 보고 만들었으니만큼 딱히 집중하지 않아도 정신을 보호하지."

이용택 관장은 즉시 정혜란의 손을 감싸 쥐었다. 이어 매의 부리와도 같이 손을 쥐고 혈을 자극하기 시작했다. 나는 그 모습을 본 펜던트가 번뜩이며 정보를 분석하려는 것을 막았다. 그러며 이용택 관장에 대한 부분에서는 절대 반응하지 않도록 아예 명령어를 입력해 두었다.

이것이 그와 나의 경쟁이었으니까.

'괴물은 괴물이야.'

레시피에 따라 아이템을 제작하는 나보다 필요하면 스킬을 뚝 딱 만들어 내는 그가 더욱 경이적이다. 과연 그라면 한바를 상대로 어떤 전투를 벌였을지 궁금해졌다. 나는 달리기의 극의를 가능한 한 빨리 익혀 같은 방식으로 공격해 볼 것을 다짐했다. 그때 이용택 관장의 대처를 보면 내 대응이 미흡했는지 충분했는지 여부를 알 수 있을 것이다.

"새로운 숨법이 또 있습니까?"

"네 극의 탓에 여간 애를 먹었어야지. 비슷한 걸 만들려다 괜히 숨법만 네 번째 개량 중이다. 후후. 이번 것은 기대할 만할 거야."

힘들지 않게 타혈하며 각자에게 시구와도 같은 오묘한 단어들을 읊는 그였다. 나는 그 과정에서 눈을 돌리며 심법의 전수가 완료되기를 기다렸다. 이윽고 5분 후 전수가 완료됐다.

남은 일은 하나. 아이템을 배분하는 일. 미묘하지만 이만큼 신경 쓰이는 일이 어디 있으랴. 그때 설명서를 보며 골똘히 생각하는 그녀들을 보고 정혜란이 어깨를 나섰다.

"완갑은 하나씩 한나랑 이비 양이 갖고 푸폰은 저랑 그이가 갖는 걸로 해요."

"네."

"알겠습니다."

'이렇게 끝?'

감정이 상할까 우려했는데 정말 그렇게 분배가 끝났다. 한나와 이블린은 각자 왼팔과 오른팔에 완갑을 착용했다. 한바의 몸 크기, 그 거구에게 맞게 큼직했던 완갑이 그녀들의 팔에 녹아들 듯이 줄어들었다. 반소매 셔츠를 투과하여 피부에 감도니 은은한 청빛이 어리다 완전히 사라졌다. 언제고 그녀들의 의지에 따라 착용되는 일체형 무기가 되었다.

정혜란 역시 푸폰을 들어 탁자에 힘껏 던졌다.

쨍!

흩날리는 파편과 함께 흉측한 거미들이 삽시간에 쏟아졌다. 그리고 순식간에 색색의 매화가 되어 응접실을 날아다니다 정혜란의 몸에 빨려들었다.

"후우—"

민들레 홀씨 날리듯 양손을 쥐어 바람을 분다. 그에 따라 꽃향기가 그윽하게 퍼지더니 그녀의 아름다운 웃음이 싱그러움에 더욱 빛을 발했다. 그 가운데서 요정처럼 춤추며 그녀가 정말 즐거워했다.

"뻔하겠지만."

아내의 모습을 보며 심드렁하게 엄지와 검지로 깨뜨리는 이용택 관장.

예상대로 반 토막 난 낡은 검과 하나의 서신이 떨어졌다.

"음? 상현아, 뭐라 쓰여 있는 거냐?"

알 수 없는 글자를 스킬의 도움으로 해석하자 문구가 매우 의미심장하다.

"'검을 부수면 검을 얻으리라.'고 적혀 있는데요."

"그래?"

이용택 관장은 대번에 손잡이를 제외한 남은 반 토막을 뚝 분질렀다. 더 나아가 손끝으로 검신을 완전히 뽑아 버렸다.

검을 보았다. 변화가 없다.

"……완전히 부숴야 하나?"

미련 없이 손잡이를 쥐자 내 눈에 검 손잡이가 바르르 떠는 것이 언뜻 보였다.

"잠깐만요."

한발 늦은 걸까.

나는 손자국이 깊숙이 난 그것을 펜던트로 확인했다. 그리고 한숨을 내쉴 수밖에 없었다.

무형검(無形劍) - 디아누스 : 〈파손(破損)〉

시대를 풍미한 소드 마스터 디아누스.

살아서 베지 못한 것이 없다는 검기의 소유자인 그는 죽기 전 깨우친 모든 검의 기예를 남기며 유언했다. '이 검을 부수는 자, 모든 것을 베는 검을 얻으리라'.

최강의 검을 얻고자 많은 이들이 도전했으나 운철이라는 재질의 견고함과 디아누스 본인의 검기로 정련된 검은 어떤 상황과 충격 속에서도 견고하기만 했다. 그렇게 그의 검은 전설이 되었다.

* 특성 :

1. 기록된 바, 디아누스의 무형검은 사용자의 의지에 따라 응축된 검기가 형태를 바꾼다 한다. 정신력의 크기만큼 위력과 형태가 증대되는 바, 일찍이 디아누스는 산악만큼 거대한 검기로

일격에 강과 성을 갈랐다고도 전해진다.

2. 고대의 검술을 익힐 수도 있다고 알려졌다.

* 주의 : 파손되었습니다. 정확한 정보는 확인할 수 없습니다.

자료에 관한 추론이긴 하지만, 매혹적인 아이템이 분명했다. 그것이 날아간 이유는 손잡이가 망가진 것이 원인이고.

이용택 관장은 움푹 파인 손잡이를 이리저리 만졌다. 돌려서 쑥 들어간 부분의 반대쪽을 눌러도 보았다. 그러자 구멍이 뻥 뚫리더니 한 줌 모래가 되어 와르르 흘러내렸다.

"……약해 빠져선."

바라보는 내 시선을 슬쩍 회피한 그.

"으이구. 여보, 이리 와 봐요. 이 향기가 마음을 진정시키는 효과도 있다네요?"

"어허. 남사스럽게. 애들이 보잖소."

"아이~참. 그러지 말고 자~"

한껏 들뜬 정혜란이 이용택 관장의 의자 뒤에서 그를 품에 안았다. 나는 멋쩍게 웃고 자리를 비켰다.

※   ※   ※

핑크빛 가득한 응접실에서 나온 나는 늦게나마 한나의 등교를 돕고 길을 나섰다. 태진이를 찾아 나선 것이다. 녀석의 현재는 과거와는 상당히, 그것도 매우 크게 달랐다.

"태진이와 현화가 유명인사가 됐단 말이지요?"

일찍이 태진이는 회귀하며 미래가 바뀔 것을 매우 경계했다. 이는 그가 믿고 있던 나비효과 이론을 기반으로 한 것이었는데 나는 그 틈을 이용해 의심의 싹을 자르는 데 성공했었다.

그러나 정말 조심하고자 했던 내 탓에 미래가 완벽히 달라지는 사태가 발생했다. 그뿐만 아니라 아바타 사건으로 한국에 입국한 클라우드와 양혁수, 이블린을 위해 직접 개입하기까지 했다. 집단 최면으로 태진이만 뺀 남은 모든 것, 세상 전체의 기억을 수정한 거다.

동생의 기획사가 신진권에게 통째로 넘어갔다. 어제까지만 해도 함께 있던 클라우드, 양혁수, 이블린의 존재가 싹 지워졌다. 화룡점정으로 성륜의 주인이라는 신진권이 스윽 얼굴을 드러내기까지 했다.

녀석으로선 참으로 미칠 일이리라. 나만 빼고 세상이 미쳐 돌아가는 판국이니, 동생은 물론 부모조차 태연하건만 오직 그 혼자만 불안해질 수밖에 없다. 여기에서 태진이의 행동은 실로 과감했다.

― 네. 어디서 정보를 얻었는지 뜰 영화와 광고에도 투자하고 전혀 다른 장르의 작곡도 하는 데다가 new century의 정보까지 풀고 있어요. 홈페이지의 정보까지 백과사전 수준으로 업데이트하고 말이죠. 가장 재미난 건~

"재미난 건?"

― 실수가 전혀 없다는 거예요. 마치 이전의 양혁수와 대련했던 영상처럼 상대가 어찌 행동할지를 모두 간파한다랄까? 그런데 단기적인 부분에서는 완벽한데 장기적인 계획에서는 여기저기 파

탄이 보인다는 게 재미나요.

궁금하다는 투로 말하지만 이미 분석이 끝난 강유나의 말이었다. 나는 태진이가 얼굴만 비치는 고등학교로 향하며 물었다. 건물과 건물을 뛰며 허공을 질주하니 실로 교통 체증 없는 쾌속한 이동이었다.

학교에 들어선 후, 층을 오르며 태진이의 반을 찾았다.

"김보경이라 했지요? 태진이와 같은 플레이 방식을 보이는 그 이중 접속자는 어떻습니까? 그때 직접 면담을 했다 들었는데 말이지요."

― 그녀는 뭐랄까요? 철 지난 과일을 가져온 아줌마랄까? 묘한 정보로 거래하려고 했답니다.

그녀의 말을 들으며 발을 내디뎠을 때였다. 시계가 삐뚤어지는 것을 아주 잠시 느꼈다.

학교에 들어섰다.

나는 층을 오르며 태진이의 반을 찾았다.

"김보경이라 했지요? 태진이와 같은 플레이 방식을 보이는 그 이중 접속자는 어떻습니까? 그때 직접 면담을 했다 들었는데 말……?"

순간, 걸음을 멈추었다.

주위를 보는데 배경과 나누는 대화까지 모두 익숙했다. 데자뷰일까, 기시감일까. 똑같은 상황을 두 번째 겪는 기분이 들었다.

이를 자각하자 이음새가 틀어진 공간의 균열이 보였다.

이 증거가 알려 주는 것은 명백했다.

회귀 능력!

시간이 되돌아갔다. 똑같은 상황이 누군가의 의도로 반복되고 있었다. 지켜보는 자가 있는 것이다.

'이놈 봐라?'

나를 도발한 거였다면 칭찬받을 만했다. 괘씸하다는 생각이 불처럼 치솟았으니까.

"유나 씨, 대화는 잠시 후에 이어서 하겠습니다. 주인공이 수 초 안에 보일 예정이군요."

강유나는 내 말에 담긴 감정을 바로 파악했다.

– 네? 아하~ 이해했어요. 그럼 이따 꼭 알려 줘야 해요.

"물론입니다."

나는 냉정하게 다음의 행동들을 그대로 답습했다. 다시금 되돌릴지라도 그 장단에 맞춰 주었다.

이윽고 감각의 저편에서 녀석이 나타났다. 바로 이전과는 다른 능력을 자유로이 사용하는 옛 친구.

태진이었다.

7 권에서 계속